Best Time

白马时光

榜下贵婿

全3册 下

落日蔷薇——著

江苏凤凰文艺出版社
JIANGSU PHOENIX LITERATURE AND ART PUBLISHING

目录

目录

第四十一章 流言亦纷纷

夜深，魏卓府中灯火通明，巡逻的兵将较之以往再添一倍。

这是座格局四四方方的府邸，比状元府可大出许多倍，府里没有弯弯绕绕的曲径通幽，也没有草木繁茂的花园，甚至连花盆都没摆，各处都透着股干练整肃的味道，像把军营安在家里般，硬邦邦的没有一点儿温馨之意。

明舒猜这大概是因为府中没有女主人的关系，她进来半天，连年轻的丫鬟也没见着，只有些上了年纪的嬷嬷，被叫来服侍曾氏。

自进了这府邸，曾氏只觉得周围人看自己的目光多带着好奇与探究，她便局促起来。大夫已经给她看过伤，敷好药绑上绷带，伤虽不重，但偏偏让她无法行走，她只能老老实实地坐在堂上。相较于她，明舒可就坦然得多，从大夫手里讨来药膏自己抹在脖子上的勒伤处，待母亲看完脚伤才问魏卓："魏叔，可有我阿兄消息？"

确保安全后的第一时间，魏卓已命人去找陆徜。

"暂时还没找到他，不过听说已经进城了。"魏卓道，又见她与曾氏担心，劝慰道，"你们不必如此担心，陆徜他武艺不错，人也聪明，若遇险情，即便无法擒敌，要脱身也不难。我已经派人守在你家里，只要他一回来，就请他过来。"

"有劳魏叔了。"明舒道谢。

"今日曾娘与你皆惊魂一场，现下危机未去，你们回去恐还是危险。我已让人打扫厢房，你与你母亲不妨在我府中留宿一晚。"魏卓又道。

留宿啊……

明舒望向曾氏，曾氏忙摇头，于是明舒道："多谢魏叔，今夜就叨扰了。”

“……”曾氏沉默。

魏卓也瞧见了这对母女间的眉眼官司，硬朗的面容上露出一丝笑意，刚要开口，便听外头下属来报：“开封府陆少尹来了……”

因为一早就交代过，下属现已将人带到堂外的空庭上，明舒隔着大敞的槅扇门看到宋清沼架着陆徜站在外面，哪还顾得上其他，没等魏卓发话，人已跑出门去。

陆徜右臂搭在宋清沼肩上，侧垂着头，神志已经有些模糊，看着跑出门来的人，狭长的半闭的眼睁开。明舒瞧他这副模样，又见他胸口染血，心内早就掀起狂风巨浪，比自己被人勒住脖子还要难受，两步冲到他身前，脑中尽空，仍是唤他：“阿兄——”

“途中遇伏，他中了箭，为了找你不肯就医，一路策马找到这里。”宋清沼架着陆徜道。

即便二人是对手，他也不得不佩服陆徜。

“中箭？”明舒这时才发现陆徜左肩上的伤口，折断的箭杆只露两寸在外，箭头没肉而入。

陆徜定定地看着明舒，忽然挣开宋清沼，伸手抚上她后颈，将她往怀中一揽，道：“你没事……就好……”

一个“好”字到了最后，气息渐弱，他闭上眼。明舒还未回神，便觉他身体一沉，人往下落，她忙伸手环抱住他的腰，后面的宋清沼见势亦上前再度架起他。

魏卓扶着曾氏晚了几步出来，曾氏看着儿子伤重晕倒，情急之下推开魏卓，可没走两步人便一晃，差点儿跌倒，再度被魏卓扶住。

“扶进内堂，我府中有大夫。”魏卓当即道，又安慰曾氏，“我府上大夫是军医，对外伤最是拿手，你别担心，我不会让陆徜有事的。”

曾氏的心乱成一团，只能红着眼倚着魏卓，看着宋清沼与明舒合力，将陆徜抬进了内堂。

夜已深，九头烛台点了三盏，将不大的房间照得透亮，又有侍从手持宫灯站在床侧，为察看伤口的大夫照明。陆徜已经被扶到床上，背靠枕头昏沉沉坐着，明舒跪在床内侧，与在外侧的宋清沼一起扶住他。

曾氏不在屋里，由魏卓在外面陪着。这等血腥场面，本不宜让女子瞧见，但明舒固执不肯离去，索性留下协助大夫。

剪子咔嚓数声，陆徜上衣尽除，露出肩头血肉模糊的伤口。

那伤口鲜血淋漓，皮肉外翻，明舒咬紧牙关看着，秀眉紧拧，满目急怒，却不得不悉数压抑在心。

“我要取箭头，你们按紧他。”大夫做好准备，取出尖嘴铜镊。

除了明舒与宋清沼外，另外还有两名魏卓的属下进来一起帮忙按着陆徜。四人合力之下，大夫方出手取箭头。

只闻哧的一声，箭头从肉中拔出，鲜血即刻涌出。陆徜闷哼一声，浑身颤抖，一只手握拳，另一只手猛地攥住明舒的手。

无知觉下因痛而握拳，力道极大，明舒只觉得手掌指骨都要被他攥碎。

这得多痛才能让陆徜如此能扛能忍的人都不禁浑身颤抖？

明舒的手疼，心更疼，眼眶渐渐红了，可她仍没说话，也没动，用尽全力协助大夫，直到伤口完全处理妥当，陆徜亦被扶着躺下，她方抹抹眼，从床上下来。

屋内一片狼藉，药童收拾满地染血的残布，大夫在旁边斟酌药方。曾氏这才和魏卓进来看陆徜。所幸这一箭未射中要害，箭上也没毒，陆徜性命无虞，眼下正沉沉昏睡。

知道陆徜没有危险后，曾氏才放下那颗悬在半空的心。魏卓便劝她休息，惊魂半日，曾氏精力早已不济，曾氏却不愿意，执意要留下照顾陆徜。

“阿娘，您有伤在身，身子又弱，万一因此病倒，阿兄醒来如何心安？听魏叔的，您先去休息吧。阿兄这里有我，我会守着的。”明舒温声劝道。

在魏卓与明舒的劝慰下，曾氏总算妥协，去厢房休息。

“明舒，你别太担心，陆徜不会有事的。”宋清沼这才上前劝慰明舒。见她眼眸微红，他的心也隐约被扯疼，可她又不似曾氏那般柔弱，镇定自持叫他满腔柔情不得诉出。

明舒点头道：“今日多谢你了。幸亏有你，否则他……”

话没说完，她咽下了后半句。宋清沼拍拍她的肩膀，以示安慰，正待再劝几句，外头有人来请：“宋编修，殿帅有请。”

“你快去吧，别担心我。”明舒知道这是魏卓要找宋清沼问陆徜遇袭之事，忙道。

宋清沼又看她两眼，轻叹一声告辞离去。

屋内便只剩她与陆徜二人。

九头烛台已经吹熄，只剩桌案上两盏羊皮灯，暗淡光线照着陆徜双眸紧闭的脸。明舒搬了把凳子坐在床侧，一边拧着泡在温水中的帕子一边看他。

按她的个性，应该恨不得能跟在魏卓身边，听宋清沼细说事情经过，然后再查清歹人身份，但现在，也不知为何，她什么都不愿去想，就想守在陆徜身边。

听宋清沼说，他折箭策马，从遇伏之地一路奔驰到家，又从家里找到殿帅府来，满口都念着她。

若是从前，她大抵又要感慨一番兄妹情深，但现在……

她倾身轻拭他的脸颊与脖颈，又小心翼翼地散开他头上的发髻，让他躺得更舒坦些。

此前数番都是陆徜照顾她的伤病，这回换成她守着他了。

天不知何时亮的，陆徜的眼睁开一道缝，昏黄烛光已被天光取代。这一夜，他并非全无感觉，取箭时撕心之痛犹在眼前，他似乎听到有人在自己耳边轻声道：“阿兄莫怕，我在……我在……”

那是明舒的声音。

想到明舒，昨日之事浮上心头，他立刻就想再次确认她和曾氏的安危，只是一转头，就见明舒枕着手趴在自己枕边打瞌睡，她的另一只手，正被他握在掌中。

软软的，纤细的，带着暖意，温存如她这个人。

天光轻蒙她面容，纤长的睫，秀挺的鼻尖，莹泽的唇，都近在他触手可及之处。

陆徜不想吵醒她，一动不动躺着侧头静静看她，哪知明舒却忽然惊醒，嘴里喃喃着："喂药，要喂药了"，揉着眼坐起——大夫交代过，隔几个时辰就要喂药，她牢牢记着。

照顾人这件事，明舒真没做过，难免有些手忙脚乱，不像陆徜应付自如，她只能强打着精神不睡，哪怕是假寐也会很快惊醒，就像现在。

"喂药……"说着，明舒忽又顿住，拍拍脑袋，她傻了，药才刚喂过没多久。

"你脖子上的伤怎么来的？"不期然间，一个声音响起。

明舒蒙眬睡眼陡然睁大，睡意尽消。

"阿兄，你醒了？"她低头望去，正与陆徜目光相撞。

陆徜已经留意到她颈间那圈被勒出的瘀痕，他撑床欲起。明舒见势忙上前扶他慢慢坐起，夏日薄被随着他坐起而滑至腰间，陆徜只顾盯着她的伤，并没察觉不妥，明舒却在他坐定后傻了眼。

昨夜疗伤剪去他衣物后，并没给他再套新衣，故他眼下未着上衣，只左肩上缠着白色绷带，肩臂线条与结实的上身尽数显露，加上发髻已散，柔软长发自然垂覆，衬着他伤后的苍白俊颜，无端地叫人觉得妩媚。

"问你话呢？"陆徜还在计较她的伤，见她呆呆愣愣，不禁追问道。

明舒闭上眼，捂住口鼻，别开脸。

陆徜见她满脸通红，举止奇怪，忽觉身上发凉，垂头一看，也是俊脸染血，飞快地攥起薄被扯至胸前，语气起了波澜："我的衣裳呢？"

"剪……碎了……"明舒不敢转头，但脑袋里还飘着刚刚眼前的那一幕。

真是罪过。

剪碎了?!

陆徜定了定气，道："去替我寻身衣裳来。"

明舒猛点着头冲到屋外，叫来魏府下人要衣裳。衣裳倒是很快送到，一套里衣，一身外袍，是魏卓没有穿过的新衣，他们俩身量相当，不过魏卓比陆徜壮实些，这衣裳给陆徜穿有些显大，但也比没有好。

陆徜便勉力穿衣，奈何只剩一边手能用，穿得有些艰难。明舒听那边窸窸窣窣了一会儿，料想他穿衣不便，索性走回床畔。陆徜果然才穿好半边，正皱着眉头打算把右臂套进袖中……

“行了，你别乱动，回头把伤口绷裂，又要麻烦。”明舒坐到床畔，目不斜视地盯着他的脸，手却顺利将右边衣袖展到他右手前。

二人面对面坐着，气息交错，彼此全都红了脸。明舒为他穿好里衣，又将双手绕到他后颈处，将他的长发一寸寸自衣襟里撩出。陆徜侧头看她，在长发垂落时，他呓语般唤了声：“明舒。”

明舒转头。

过近的距离让她的鼻尖擦过他的鼻头，陆徜眸中痴迷瞬间化作汹涌海涛。

明舒呼吸一窒，下意识地想逃，不慎动作过大牵动他的伤处，只听他闷哼一声垂下头去。她吓了一跳，忙道：“阿兄？伤……伤到你了？我瞧瞧，你让我瞧瞧……”

陆徜捂着伤处垂头不语，明舒越发担心，矮身低头看他脸色。

不看还好，一看却看到他唇角微勾。

明舒直起身来，气坏：“陆徜，你够了！”

陆徜猛地抬头：“你叫我什么？”

“陆徜！不可以吗？”明舒叉腰道，“陆徜！陆徜！陆徜！”

还指望她再喊“阿兄”吗？呸，什么慈爱严厉的兄长，他才不是！

“哎！”陆徜干脆利落地应了。

于他而言，这声“陆徜”，堪比天籁。

“……”明舒气结。

“别动，我就看看你的伤。”陆徜却伸出手，指腹轻抚过她颈间伤痕，神色再变。

凌厉得像要吃人一般。

魏卓今日也起得早，下属已经前来通传，昨日伏击曾氏与明舒的四个歹人，在禁卫军统领的围堵之下，有两人已被抓到，另外两人，一人在搏杀过程中伤亡，一人逃离。

被抓的这二人已被带到府中的刑审堂，他也正要赶过去，怎料走到半道上，忽闻下人来报——

“殿帅，尚书令陆大人在外求见。”

魏卓脚步一顿。

这消息传得倒快，一大早陆文瀚就赶过来了。

京城地界出了这样的事，追杀良民、刺杀朝廷官员，还惊动了禁卫军统领，封了整个胜民坊抓捕凶徒，这样的惊天消息压根儿压不下去，京中已然传开，现下朝中官员已议论纷纷。

陆文瀚都觉得自己来晚了——昨夜恰逢宴饮，他多饮了两杯，歇得太早，底下人不敢打扰，到了今晨才把消息告诉他，否则他也不至于让玉卿带着一双儿女在别的男人府中住一宿。

现下，魏卓正坐在堂上慢条斯理地啜茶陪客，瞧见陆文瀚阴着脸的模样，他抬抬手：“陆大人，请喝茶。”

“多谢殿帅，不过陆某今日不是来与殿帅闲话的。昨夜之事，陆某已经听说，承蒙殿帅出手救下玉卿母女，又对陆徜施以援手，陆某感激不尽，殿帅请受在下一礼。”陆文瀚说着起身抱拳作揖。

魏卓跟着起身，以掌托住陆文瀚的手臂，道：“陆大人无须多礼，魏某当不起陆大人的谢。”

他行伍出身，手上劲力非陆文瀚可比。陆文瀚的礼行不下去，也未坚持，直起身道：“也罢，大恩不言谢，改日陆某必当相报。现下还请殿帅让他们出来，陆某想带他们归家。”

没错，他是来要人的。

听到“归家”一词，魏卓眉梢轻扬，露出两分意味深长的笑来：“已经着人去请了，陆大人少安毋躁。”

不论陆文瀚说什么，魏卓都不反驳，颇有些四两拨千斤的味道，倒叫陆文瀚有种一拳打在棉花上的感受。

“那就多谢了。”陆文瀚便换了话题，“昨日之事，可知是何人所为？抓到歹人没有？”

“意欲向曾娘和明舒行凶的歹人抓到两名，已经押到我府上，陆大人来之时，我本正要前往亲审。”魏卓道。

“我随殿帅同往。”陆文瀚道，他倒是想瞧瞧，在这汴京城中，谁有那么大的胆子敢向他的妻儿下此毒手。

岂料魏卓一口回绝：“此事涉及三殿下密令陆徜所查之案，恐怕不便外人插手。陆大人若是有心，三殿下稍后也会前来，你们再议不迟。”

陆文瀚还待再问，却听外面一声通传，陆徜和明舒到了，他收起满腹疑虑，转身迎到门口。

陆徜着一袭竹叶青的绸衫，被明舒扶着慢慢踱进屋中。

“殿帅，陆大人。”陆徜依次向陆文瀚和魏卓行礼，表现得一视同仁，并没对谁格外亲近。

陆文瀚瞧他脸色苍白、行动迟滞，又见明舒颈间那道比昨日颜色更深的瘀青，脸唰地沉下来。

“你们俩的伤势如何了？”他心疼地问道。

“我没事，这是小伤。”明舒摸摸脖子，代陆徜开口，“阿兄的伤比较重，是箭伤，伤在左肩。”

陆徜闻言望向明舒——这会又成“阿兄”了？

明舒以目光回应——不然呢？在外人眼中他们是兄妹，那他们就是兄妹。她尊敬他，他还有意见了？

“……”陆徜沉默。

“坐下说话吧。”魏卓招呼陆徜坐下，又问起他的伤势。

“劳殿帅挂怀，晚辈的伤无碍。”陆徜道。给他治疗的大夫是军医，用的药也是军中治外伤最好的秘药，再加上他身体底子不错，昏睡一夜醒来，精神已经恢复大半。

“曾娘呢？怎么没见她……”魏卓点头，又问道。

“我过来前去看过母亲，母亲脚伤未愈，行走不便，想留在房中休养，就不出来见外人了。”陆徜依言坐到椅上，回道。

一句“外人”，刺激到了陆文瀚。

“她既不愿出来，那我去见她！”陆文瀚沉声道，语气中已生愠怒。

好好的儿女认不回也就罢了，和他变成外人，倒和外人变成一家人不成？瞧曾氏躲在魏卓内宅避不见人，陆徜与明舒也都与魏卓更熟稔的模样，不知道的人，还以为他们才是一家子！

“已说了母亲有伤，需要静养，还望陆大人体谅一二，勿去打扰她。”陆徜半步不让，公事公办的口吻，没给陆文瀚留半分余地。

别看陆文瀚在朝中呼风唤雨，但他还是拿这对母子没有一点儿办法。这二人软硬不吃，夫妻情分、父子孝道在他们那里都行不通。他与玉卿和离之时虽吵得天翻地覆，却也恰是情最浓时分开，这些年纵他家中给他另娶新妇，仕途顺遂，他也依旧忘不了她。她之于他，便如心间一道白月光，如今既然重逢，他自然是想破镜重圆，弥补她与儿女这半世凄苦。然而她却再不肯给他半点儿机会，纵然他想要认错道歉，重新博她欢心，她若避而不见，他也是计穷，除非他真的耍狠玩阴，将官场那套用到她身上，倒是能够将人抢回，但若他真这么做了，别说玉卿这辈子不会原谅他，就是陆徜，也绝不会善罢甘休。

陆徜太像他了，那骨子里的骄傲和倔强，几乎与他一模一样，甚至比他还要犟。他当初尚愿意为仕途向家中妥协，但陆徜却似无惧无畏。即便他三番五次向这个儿子示好，甚至表示只要陆徜愿意回陆家，就能入族谱，成为陆家嫡长子，将来不仅有承继权，在官场上亦能得到陆家照拂，仕途会比现在顺遂百倍，陆徜仍是拒绝了。

陆文瀚听得出来，陆徜的拒绝，绝非以退为进的谋划，而是在干脆地与他划清界限。

“陆徜，不论如何我都是你的生父，你就恨我至此，真不愿一家人团聚？明舒，你说说。”在外人家中讨论这个问题不免难堪，但陆文瀚黔驴技穷。

“啊？”被点到名的明舒一下子站直——让她说？她能说什么？前面的误会只是个乌龙，她又不是他们的亲女儿……

“陆大人，您为难她做什么？”陆徜反手按住明舒的手，语气冷了下来，“我们又几时与您是一家人了？”

眼见这两人有些争吵的迹象，明舒果断开口：“陆叔，陈年旧事对错难辨，到如今恩怨俱消，阿娘对您已无爱恨，阿兄自然也不会对您心怀怨怼，只是对他来说，慈母抚养二十载，恩重如山，他必是要孝敬母亲一辈子的，母亲既无修好之意，阿兄便也只会是母亲的儿子。十九年了，我阿娘早就放下过去，您也早已另娶新妇，前缘已断，何必执着。”

让她说，那她就直说了。

儿子不帮他，女儿也不帮他，陆文瀚气得七窍生烟，深呼吸几口，才改变策略开口：“好，此事暂且不提。如今你们遇袭受伤，贼人未擒，危险仍存，陆徜身边人手不够，状元府防备薄弱，你们不宜回去，不如先搬到我府上暂住，以防不测。”

这个理由，够正当了吧。

提到这个，倒正说中了陆徜的心事。诚如陆文瀚所言，状元府人手不足，即便马上从三皇子那里调配人手，防御力量仍旧不够，容易叫歹人钻了空子。

事关母亲与明舒的安危，绝非他意气用事之时。

见他脸上有松动迹象，陆文瀚的气顺了顺，正要和颜悦色继续劝，却听魏卓忽然开口：“论及安全，整个汴京城，除了皇宫大内外，恐怕没有哪个地方比我这里更安全了。”

他是禁卫军统领，全府上下里三层外三层全是士兵，要是他家都不安全，那汴京都该不保。

“陆徜、明舒，你们可以与曾娘一起住下，到这桩事了结为止。这些歹人在京中公然作恶犯案，而我负责戍守京畿要地，必要将此事查个水落石出。陆徜，有你在此，若是有进展，我也可与你商讨一二。”

明舒眨了眨眼，不说话，只想——魏叔真是不开口则已，一开口就正中靶心。

不得不说，魏卓这番说辞太诱人，陆徜确实心动。

陆文瀚却受不了：“荒谬！我不同意！怎可让曾娘住到不相干的人府

中？我与你们不是一家人，难道他魏卓和你们就是一家人了？”

陆徜蹙眉道：“陆大人……”

反驳的话还没说出，明舒突然来了一句：“不是一家人，那变成一家人不就结了？”

这话已出，三个男人六只眼睛全齐刷刷望向她。

明舒猛地闭嘴——一不小心，她把心里话说出来了。

陆徜又以目光相询：此话何解？

陆文瀚已经气得心肝脾肺肾都疼：他上门要人，没要着就算了，反而帮了情敌一把？

只有魏卓接了句：“如此甚好。”

四人间的明争暗斗因为三皇子赵景然的到来而被迫终止。

陆徜总算想明白了明舒的意思，趁着退到一旁等赵景然进来的空当，小声朝明舒道：“你又在琢磨什么？”

明舒悄声道：“只是觉得阿娘可以做些全新尝试罢了。她为了你，为了生活，这些年舍弃了多少？现在好容易苦尽甘来，她也可做回自己。我们是她的后盾，已能保她后半生无忧，若她得遇良人，人生多一种选择，也没什么不好。还是阿兄你也像那些世俗的人一般，不愿阿娘改嫁……”

“胡说八道什么？！”陆徜忍不住敲了她一下。“改嫁”之词虽让他有些意外，但他也并不排斥，反而是留意到了其他，忍不住问：“‘我们’？我和你？”

“……”明舒沉默片刻，别开脸道，“口误，是你。”

陆徜微微一笑，因见赵景然进门，便不再与她窃窃私语。

赵景然听说陆徜与明舒各自遇袭，急忙前来，又听说已抓到行凶之人，便要亲自审问。朝廷机密要事，就算与明舒有关，明舒也没办法跟去，事情过去了一夜，她到现在都没机会问陆徜到底发生了什么，不过料想与陆徜不肯明说之事有关。

“你先回去陪陪阿娘，不要出府。”陆徜简单交代了一声，便随赵景然走了。

因三皇子驾临的关系，陆文瀚也无法强留于此，负气离开魏府，叫来属下自去调查陆家三人遇袭之事。那厢陆徜已跟着赵景然与魏卓进了魏府地牢。

地牢阴森，不见天日，只有墙上的火把发出的光芒照出厚厚的青石壁。一条路通到底，就是审讯室，室内堆放着刑审器具，有两个人正被铁链牢牢缚在柱上，嘴里各自塞了根硬木块。

“把堵嘴的玩意儿拿下来，我们有话要问。”魏卓吩咐道。

“回殿帅，这些人后槽牙藏有毒囊，恐是死士，毒囊已被取出，只怕他们咬舌自残。”穿着一身黑甲的士兵肃立回道。

“拿下来吧，先拔掉他们几颗牙，我们再问。”魏卓口吻平静，没有多余的废话，说出的话叫人心惊肉跳。

立时便有人取来尖钳撬棍等物，被缚在柱上的二人闻言面色已白，魏卓泰然自若道：“殿下，请移步外屋稍坐，待下官松了他们的嘴再请您进来审问，以免污了您的眼。”

赵景然点头应允，陆徜却没动：“我留下陪魏叔。”

待赵景然离开后，陆徜走到那二人面前，头也不回地问道：“魏叔，知道是哪个人向明舒动的手吗？”

“左边那个。”魏卓道。

陆徜又踱两步，走到左侧那人身前，那人被他看得心头阵阵发寒。陆徜未置一语，只朝旁边的士兵使了个眼色，对方会意，猛地抽走那人嘴里的木块，陆徜未曾受伤的右手飞快地掐住那人的下颌，用力一按，那人声音都没发出就被陆徜捏得下巴脱臼，再也合不拢嘴，只能惊恐地看着陆徜。

“这个人，我亲自来。”陆徜声如冰凌，眉梢挂霜。

啊——

凄厉叫声响起，如同鬼哭狼嚎，久久不歇。

折磨人耳根子的惨叫终于消停，最后松口的却是还未开始上刑的，被缚在右边的男人，他被同伴的惨状吓到。

“去请三殿下过来吧。”魏卓吩咐道，又从怀中掏出条折成方块的素帕递给陆徜，“擦擦吧。”

陆徜道谢接过，慢条斯理地擦拭起手上沾染的血。

“看不出你小小年纪，手段颇为老辣。”魏卓看着左边那个已然晕过去的、满脸带血的男人，感慨道。

原以为陆徜一介书生，又是堂堂状元郎，必是位清风朗月般的公子，大抵也与其父一样，是个清高自傲的读书人，不屑这等刑讯逼供的行径，哪曾想他下手竟无半分犹豫，这杀伐果决之气，倒不像陆文瀚了。

“魏叔过奖。”陆徜很平静，适才刑讯时张牙舞爪的戾气一下子收尽，轻描淡写道，“谁叫他动了不能动的人。”

“你和你父亲不太一样。”魏卓又道。陆文瀚那人年轻时虽然飞扬跋扈，看着像个纨绔，实则心思深沉，是个瞻前顾后的人，为官十余载又添精明油滑，是他最不喜欢打交道的那类人。在这一点上，陆徜和陆文瀚南辕北辙。

如果曾氏和明舒真出了事，陆文瀚要报仇可能还要掂量对方的身份，但陆徜却会豁出所有……他眼里，偶尔有些亡命之徒似的目光。

三皇子赵景然很快就被请来，魏卓与他并排坐到椅子上，索性将审问之事都交给陆徜，毕竟没人比陆徜更清楚事情的起因。虽然昨夜宋清沼略提了一些，但魏卓也只知道个大概。

遇刺这么严重的事，陆家三口险些都遭了殃，魏卓又恰好在场，宋清沼想瞒也瞒不住，便将简家之事和盘托出。

“说吧，你们是什么人？又是谁派你们来的？此行有何目的？”

陆徜仍在擦手，微斜的目光中带着些许阴鸷，叫那人心惊胆战。

“我……我们是江宁……江宁府通判高仕才的人。高大人命我等潜入汴京，伺机刺杀新科状元陆徜的妹妹，陆明舒。”

“高仕才为何要杀我妹妹？”陆徜动作一顿，眼中阴鸷加深。

“这我们就不知道了。我等原是逃到江宁的流民，被他秘招入府，身家性命都在他手里攥着，不过是替他卖命的奴才而已，他行事哪会告诉我们缘由。”

“只有杀我妹妹这一件事？”

那人频频点头：“就这一个命令。”

陆徜将帕子攥入左掌，忽然出手，狠狠掐住那人咽喉，待那人憋红了脸，险些晕过去前才松开。

“不想受苦就把你知道的都说出来，别等我问！接下去只要我问一个问题，你就受一次刑，我看看你嘴里这口牙，够我问几个问题。”

那人惊恐地看着他，而后道：“大人，我真就接了这一个命令啊。”在陆徜目光逼视下，他想了想，又道，“不过据我所知，高大人一共派出两队人马，一队追杀陆明舒，一队追杀周秀清。”

周秀清便是简家周姨娘的全名。

陆徜又蹙了眉，刚想发问，那人立刻补充：“我真不知道原因，只听从上峰指示。这回潜入汴京的指挥上峰叫伍四，我们都听他之命行事。他吩咐动手，我们才动的手。”紧接着不等陆徜开口，他又把如何与这伍四联系、平时藏身何处、暗号是什么等说得明明白白。

“大人，我所知道的全都告诉您了，您……您就别再问了，我真的不知道了……”

陆徜暂时放过此人，再堵上他的嘴，又用水泼醒另一人，再审问一遍。那人满嘴是血，话也说不清楚，倒费了陆徜一番工夫，不过说的内容与前面那人相差无几。

审问结束，三人离开地牢回到魏卓的议事厅内，魏卓当即叫来副手，依着适才陆徜审出的内容，让副手安排带人捉拿剩余要犯。

“三殿下，陆徜，你们不必担心。昨日事发之后，我已经下令全城戒严，他们逃不出城去。”魏卓下完命令，回过头来向赵景然和陆徜道。

禁卫军负责戍守京城，魏卓一声令下，四方城门守备加强，歹人想要出城可不容易。

“有劳殿帅。”赵景然道。

“三殿下言重，魏卓身负京畿安全要务，责无旁贷。”魏卓忙抱拳回道。

“子翱，你在想什么？”赵景然见陆徜不语，又转头问他。

“回殿下，子翱在想周秀清的下落。按适才审讯可知，这高仕才与简家大案必有关联，所以才下诛杀命令，有极大可能就是幕后主使。”陆徜思忖道。

“江宁府辖下出了简家这样的案子，江宁官员必受裁撤，其中就有江宁知府，而这高仕才原为江宁通判，因知府下马，如今暂代知府一职，是最有希望替补知府空缺的人。若此人真是主谋，那恐怕不是只图金银，还谋高位。”赵景然回道。

“所以当他知道周秀清这个重要证人被秘密押回汴京时，狗急跳墙想要杀人灭口并不奇怪，但是……周秀清是被掳走而非被灭口的。我问过押送周秀清的几个兄弟，当时伏击他们的黑衣人并无伤害周秀清之意，那起人要的是活口，与高仕才的目的并不相同。还有，高仕才既然派出两队人马一为明舒，一为周秀清，那伏击我的人又是谁？”

陆徜抽丝剥茧般慢慢道来。

“再者，派去江宁的人行事隐秘，就算打草惊蛇，让高仕才知道有人在查简家的案子，但这其中并未牵涉明舒，他又怎会这么快就知道明舒身在京城，且如今就是我的妹妹？”

陆徜想不通，明舒的身份怎会暴露得如此彻底。

除非，有人提前得知了明舒的身份，又告诉了高仕才。

而这个人，应该就是劫走周秀清的人。

在他们的身后，还藏着一个阵营不清、动机未明的神秘人。

“这支箭与这柄刀，也有问题。”魏卓听完一切，将昨日从陆徜身上取下的箭头并他带回来的箭杆，以及那柄短刀等兵器，都摆在了书案之上。

陆徜与赵景然各取一件细看，箭镞锐利，刀刃锋利，一看便是军中之物，不是凡品。

“坊间兵器管控严格，弓箭刀剑之类，我朝更是明文规定不允私藏私带，这样的兵器已属军备，哪怕是普通乡军都不能有，他一个通判家里，怎会有这么多军用兵器？”魏卓边说边指着那箭杆，“不过正常军用兵器，器身之上必有军器坊所刻徽记，这几件军器上却都没有，应该属于私铸之物。”

私铸军器，罪行可不是劫杀几十口人可比的了。

魏卓说话之间，眼神已如刀剑般凌厉。

审完犯人，又与魏卓、赵景然一番深谈，陆徜不只错过了午饭时间，连药都一起错过了。

明舒看着温在炉上的药，一阵着急。

要不是他三人关起门来密谈，谁都不能前往打扰，明舒早就把药给他送过去了。

这人真当自己是铁打的吗？昨儿个伤成那样回来，今天也不知道多休息！

如此想着，明舒又有些迁怒魏卓和三皇子，怨他们不顾陆徜的伤势……正郁闷着，门外传来陆徜的声音。

“劳驾替我备汤，我要沐浴。”

沐浴?!

明舒一下子跳起来，两步走到门前。

回应陆徜的下人都还未退下，就听门吱嘎一声被人从内打开，明舒气冲冲站在门口。

“沐什么浴？你肩膀上的伤，昨天晚上大夫才交代过不能沾水！”

平时也没见他这么爱干净，怎么受了伤反而矫情作妖了，明舒不能理解。

“你……别靠过来。”陆徜身体一滞，往后退了小半步，挥手让下人去备水。

明舒满心问号。

“身上脏。”陆徜有些无奈，“刚才审了犯人。”

他摊开手，明舒这才瞧见他衣裳上的血污。

都是审问时犯人伤口溅出抑或是口中喷出的污物，陆徜躲不过。

“那也用不着沐浴，让人给你擦擦身，换套干净的衣裳。”明舒侧身让他进屋。

“你不懂。”陆徜不便明言。

明舒正给他倒药，闻言回头：“你倒是说说我不懂什么？以前也没见你有这等洁癖。”

陆徜便不答了。

他是没有洁癖，有洁癖的人是明舒。

衣裳是可以换，但审讯过程中那些飞溅进头发丝里的血污唾沫等物……不洗洗他觉得那股味儿散不去，明舒肯定是要嫌弃的。

“喝药！”明舒将药塞进他手里。

陆徜两口喝尽，明舒又给他清水漱口，他漱完口又问起曾氏，明舒边让人备饭，边回答她：“阿娘听说咱俩把尚书令给赶跑后，很是欣慰……你放心，她很好，脚上的伤今早又换了次药，看起来消了些肿。”

“那就好。”陆徜道，“我已经同三殿下和魏叔商定，这段时间我们暂留魏府，待危险过去再回家。”

“危险过去？要多久？又是一个月吗？”明舒便双手环胸，似笑非笑地问他。

陆徜挑了挑眉——明舒到现在，都没问过一句她遇袭的原因。

聪明如她，怎会想不通这场突如其来的祸事与什么有关？但因着那一个月的约定，她竟生生压下那颗打破砂锅问到底的好奇心……

陆徜攥了攥拳，刚想说什么，屋外却有下人敲门。

沐浴用的热汤与干净巾帕等物都已送到。明舒开了门，亲自指挥下人把东西送入放好——巾帕等物都放在浴桶旁边触手可及之处，干净的衣裳展开挂到桁架上以便陆徜穿衣，浴桶中的水需冷热调和以使温度适宜……

陆徜坐在屋里静静地看她忙碌。从没有哪一刻，像眼下这般让他觉得自己这箭伤受得很值。

待一切准备妥当，明舒才与众人一同出去。

陆徜不喜身边有人贴身服侍，沐浴必是自己来。

明舒仍旧担心，隔着门在外头高声叮嘱：“你小心地滑，慢点儿走。”

“沐浴时别睡着，别弄湿伤口……”

“有什么事记得叫我……”

她的话还没说完，房门忽然被陆徜打开。

明舒吓了一跳。

陆徜才散下长发，倚着门看她：“你要是这么担心，不如进来帮我。”

明舒憋了半天，只扔给他三个字：“不要脸。”

陆徜便低声笑了。

第四十二章 顺藤摸瓜计

城门都有重兵把守，盘查森严，行凶歹人无法逃出城去，在城中龟缩两日后，终于在第三天找到城防的疏漏之处，趁夜悄悄潜出城去，与伍四会合。不料这却是禁卫军设下的陷阱，用来引蛇出洞，又暗中跟着这些歹人找到了伍四，一举擒获。

“你这招顺藤摸瓜之计，用得不错。”魏卓道。

“魏叔过奖。”陆徜淡道。

人依旧是关在地牢内，陆徜重点审问了伍四。这伍四是个硬汉，陆徜颇费了一番工夫才撬开他的嘴。

从伍四供述中可知，现江宁通判高仕才多年前就已经开始招纳流民入府，以家丁为名培植死士私兵，人数不少，约有百人，平时替高仕才做些见不得光的勾当，与江南一带的盗匪帮派暗中皆有往来，可谓以官养恶。高仕才再纵容这些势力为江南部分富商权贵谋取私利，暗中收受钱物贿赂，又在江宁府扶植自己的亲信以巩固权势。

伍四只是高仕才私兵中的一个小头目，替高仕才料理过不少脏污之事，但那些也只是冰山一角。他并不清楚简家劫案的缘由，这次只是接到高仕才密令追杀明舒、周秀清与陆徜三人。

“主子交代过，周秀清与简明舒这二人务必清理，陆徜次之。不过我们终于得知周秀清的下落时，周秀清已经失踪，所以才转而刺杀陆徜。”伍四道。

除了两个证人外，陆徜是简家劫案的主要负责人，他一死，这案子就难查了，再者也能警告后来人，让人少插手江宁之事。

“所以……周秀清不是你们带走的？”陆徜问道。

也不知用了什么刑，伍四脸色惨白额冒密汗，虚弱无力地点头应着陆徜的话。

不是高仕才的人出的手，又会是谁？

陆徜心中隐隐有个猜测，但没有证据不能妄下定论。

那人……掳走周氏是为了什么？

烈日当空，晒得刚从地牢里出来的人不由自主地眯起眼。

“陆徜，眼下进京追杀你们的凶徒已经全部落网，明舒暂时安全了，你也不必过于担心。”魏卓瞧着陆徜仍旧眉头紧锁的模样，劝慰道。

“简家的案子一日不能水落石出，我便一日难寐。”陆徜抬手至额前遮住阳光。

提起简家的案子与明舒的身世，魏卓也是一阵唏嘘。明舒那么个爱笑爱闹的小姑娘，才刚十八岁就经历灭门之灾，想想便叫人难过。纵使魏卓久经沙场见惯生死，也不禁替她愤怒，心疼她，何况是陆徜这个与她朝夕相处的人。

魏卓倒能理解陆徜急欲查清此案的心情，但仍是劝他：“案子急不来，你现下伤势未愈，又为此事数日未歇，也得顾着自己的身体，别叫你母亲和明舒担心。”

“谢谢魏叔，我知道。”陆徜道了谢，又提起另一事，“虽然简家的案情并未查明，但是高仕才指使行刺之案，已是证据确凿。再有他招募培植私兵，家中藏有私铸兵器，又令伍四等人犯下多桩罪行，这些足够将他提至京城审理。”

“嗯，我明日会与三殿下入宫面圣请旨，你也一并同往。没人比你更清楚简家劫案始末以及所有涉案关节，故今夜还需要辛苦你拟定明日递交圣人的奏章。”

“没问题。”陆徜一口答应，又道，“不过这高仕才既然在家屯兵，恐怕不是轻易能伏法的人，事情败落，我担心他被逼急了会不顾一切……江宁府衙的人力不足，其中又有他培植的亲信，不足以应对冲突。”

“无妨，我会令江宁厢都指挥使曹海亲自拿人并押送入京，曹海是当初曾随我一同战场杀敌的老同袍，有他亲自拿人，这高仕才逃不掉，除非他是真要反了。”魏卓说到此处，眸光一沉，几分寒色闪过。

陆徜点了点头，不再多说。

夜深，只有一轮弦月悬空。四野无风，夏夜闷热，陆徜坐在案前写奏章写得一身汗。

他箭伤未愈，明舒不让在他屋里放冰鉴，怕冰气冻坏骨头落下病根，他只能生受这份闷热。

才刚收起最后一笔，门外就传来敲门声。

他抖抖未干透的奏章，将奏章小心翼翼收入桌屉中，这才起身开门。

“你怎么还没睡？”看到门外站的人，他不由得蹙眉。

二更鼓敲过很久了，这都快到三更天了。

门外的人是明舒，她手里端着两碗凉饮，头发已经半散，身上是藕荷色褙子，里面一件白绫抹胸，下头系着条与褙子一色的宋裤，清清凉凉的居家打扮。

这装束是时下女子常见的装扮，并不出格，却被她穿出一身的俏皮劲。

陆徜看了两眼，便将目光转开，心里浮起几分被死死压抑在胸的异样感受。

“你不也没睡？”明舒进屋，反驳道。

如今他们暂居魏府，房间是面对面，他屋里的灯火每天几时熄，她都一清二楚。

已经连着三天，他房间的烛火都到快五更天才灭，没多久天亮他就又起身，这一夜下来他几乎没睡两个时辰，打量她都不知道?

之前因怕扰他公事，她也便都忍了，可天天如此，她着实忍不住。

“伤都没好，天天还要换药，夜里又不好好休息，你可顾着些自己的身体吧！”明舒着实不想当个唠叨的人，但她发现自己做不到。

以前总嫌陆徜管东管西，但现在，她好像也和他一样了。

不过陆徜在这方面的感受和明舒可不一样。

被她管束念叨，陆徜心里反而生出喜悦。

“知道了。你呢？头可还疼？”陆徜到盆架前拧了把巾帕，拭净头脸脖子上的汗湿，才回来问明舒。

“不疼了。”明舒耸肩，反正不去回忆就没有痛苦。

“那就好。你别勉强自己，我这边已经找到新的证据，暂时无须你的证词，你顺其自然便好。”陆徜坐到桌前，端起一碗凉饮仰头喝尽。

忙了整夜，他一滴水都没喝，如今才觉得口干舌燥。

明舒便将自己那碗也推到他面前：“什么新证据？”

“这次对方派来行凶的人，已经全部抓获，足够指证他主使刺杀，还有几桩其他罪行，其他的等将人提入京城再审也不迟。”

虽然仍有疑点未明，但进展勉强还算顺利，起码他们揪出了高仕才。

明舒眼睛一亮：“全部抓到了？那我是不是可以……”

陆徜没同她客气，又是一口饮尽凉饮，而后才道：“怎么？想出门了？”

“阿兄……我铺子里还有一大摊子事呢！这都困在这里三四天了……”明舒拉过椅子坐近他，满眼企求神色地盯着他。

陆徜撂下碗，一语不发地垂眸望她，互相盯了片刻，明舒败下阵来。

受不了他这目光，看得她脸皮一阵发烫。

“想出去可以，换个称呼。”陆徜这才开口。

“换什么？”

“随意。”陆徜提了要求。

明舒白他：“那就……陆兄？子翱兄？”

陆徜：“把那个‘兄’字去掉。”

“陆……徜？”明舒闭闭眼，豁出去了。

说也奇怪，明明上回她还能叫得好好的，过了几天，她反而叫不出口他的名字了。

“准你出门了。”陆徜笑了，疲惫一扫而空，“不过你不能一个人出门。虽然行凶之人都抓到了，但保不齐对方还有后手，我已经向魏叔借了人，你出门时带上，别让他们离开你左右。”

“知道了！”明舒大喜，只要能出门，身后有没有尾巴跟着她不介意，“谢谢阿兄。”

“……”陆徜沉默。

要听她叫一声“陆徜”，可真是太难了。

但这罪，都是自找的。

他怨不了谁。

翌日，陆徜起了个大早，没等到明舒起床，就已与魏卓出府。

明舒昨夜睡得晚，今日起得有些晚，陆徜替她借的人已经在院子外头等了许久。

那是两个年轻的禁卫军，一个叫邱明，一个叫潘顺，都站得笔直，各穿一身轻甲，腰间挎刀，威风凛凛的模样。

明舒没想到陆徜行事如此之快，昨晚才商量好的事，今天他虽然早早就走了，可人却都替她安排好了。

“陆娘子，马车已经备好，您要先去哪处？”邱明问道。

“我……”明舒刚想说满堂辉，忽听旁边有人喊她。

“陆娘子，应捕快找你。”魏府的下人把应寻给带了过来。

应寻是来给陆徜送文书的，不过陆徜不在，他就“顺便”来找明舒了。

“应捕快？”明舒有些诧异他找自己，又很快反应过来，“可是那拐卖案有眉目了？”

应寻盯着她看了片刻，这才挥挥手里的卷宗：“在这里。”

明舒伸手去取，他却又收回去。

“卷宗都是官府密档，你不能私自查阅，需有官衙差役陪同。”

这话说的，他直说他也要跟着不就结了？

明舒挑眉：“那我请应捕快去我铺里喝杯茶吧？”

应寻还是一脸正儿八经的模样：“好。”

“那走吧。”明舒心情愉悦地大步往外走去，邱明和潘顺不远不近地跟在后边。

走了几步，她突然转头问应寻：“应捕快，你调阅这卷宗的事，我阿兄知道吗？”

“我调阅卷宗需要请示上峰。”他早就和她说过了。

“那你的上峰是……”明舒隐隐有了不祥的预感。

“你阿兄。”

“……”

所以陆徜什么都知道?!

明舒原以为陆徜只安排了邱明与潘顺两个人保护自己，可走到马车前才发现并非如此。

马车前后左右各站了一名随车护卫，再加上车夫与邱、潘两人，她出趟门，身边一共跟了七个人，这阵势就夸张了。

“陆娘子，请上马车。”邱明道。

明舒转头看了眼应寻，应寻一脸公事公办的神色，并没露出多余的表情。她咬咬牙，登上马车。

马车悠悠而行，很快就到了满堂辉。

魏卓派来的这几个护卫很负责，把明舒保护得很好，明舒还没进铺子，他们就已经抢先入内，把铺子每个角落都搜查一遍，确认是否有人潜藏在内。铺子很安全，歹人没有搜到，倒把满堂辉的伙计们都吓了一跳，战战兢兢地站在堂中面面相觑，也不知出了何事。

明舒费了一番唇舌才安抚下他们，这才和应寻进了后堂，只留邱明和潘顺在外守着，其余人都退到了铺子外。

几天没来，明舒觉得满堂辉让人格外放松。铺里的事务确实累积了一大堆，她暂时顾不上应寻，先将伙计们叫进来开了个朝会，把这几天发生的事都了解个遍，再分派每个人这两天要完成的活计。等到堪堪忙完一节，已经过了一个时辰，应寻还被晾在旁边。

明舒这才遣退众人，向应寻告罪。

“快点儿看。”应寻没与她客套，把卷宗往她桌面一扔。

“两份卷宗？”明舒诧异道。

“一份是彭庆的拐卖案，另一份是卢家的失女案。这两桩案子虽有关联，但分别立案。”应寻道。

他办事细致，知道明舒在查的柳婉儿与卢家有关，索性将当初卢家的婴儿失窃案也一并调阅了。

明舒先取过拐卖案卷宗仔细翻阅起来。

十七年前的拐卖案，拐卖的主谋者早已伏法。按大安律法，拐卖儿童为童工者流放三千里，卖为他人子孙者则判徒刑三年。这桩拐卖案的主谋者彭庆两条皆犯，取其重者判刑，被流放三千里，人已不在汴京。

除此之外，还有从犯两人，一个是彭庆的妻子，一个是彭庆的妹妹，这两人皆获三年徒刑，早就已经放出来了。

明舒从卷宗中抽出一页纸，那上面详细列着彭庆被抓之时未及卖掉的孩子，其中果然就有卢瑞珊的名字。

“这三人专门在汴京城内人群聚集处偷盗诱拐孩童，当时已经引起官府的注意，暗中排查摸底近半年，而后终于收网，才将这起人连根挖起。卢瑞珊运气好，被盗回后即被彭庆一个主顾相中，约定了交人时间，后来却因风声太紧，那主顾不敢收人，彭庆收了定金不能转手，便暂时养在家中，由其妻看顾，直到官府上门抓人时被救出，送回家中。”应寻已经先明舒一步看完所有卷宗，这会儿见明舒翻得慢，索性向她说明案情。

明舒点点头，又翻起卢家的卷宗。

当年卢三娘被盗之后，卢家人立刻就报了案，所以这桩案子被独立出来。关于卢三娘的案子，在卢家的卷宗中陈述得更为详细。

卢三娘被盗之时才刚满月，而十七年前的卢家还未及如今这般显贵，卢父卢广春也只是吏部一个小小的主事，后来才调去工部任职，一路高升到工部尚书的位置。当时的卢家家境平平，家中下人并不多，卢母冯氏生下卢三娘后，只雇了一个奶娘照看尚在襁褓中的婴孩。

根据冯氏和奶娘的口供记录，当时的卢三娘并不好带，时常夜啼吵闹，月子中的冯氏既要调理身体，还得主持中馈，被闹得头疼不已，于是夜里便会让奶娘将小婴儿抱到街中哄上一段时间，待婴儿睡着后再抱回家中。

怎知正因此举，婴儿进了彭庆的视线。蹲守两日之后，彭庆下手，趁黑推倒奶娘，将婴儿夺走。事后卢家立刻就向官府报案，也派家丁四处寻找打听，却迟迟没有消息。

就这般找了数月，在卢家人几近绝望时，却传来彭庆一伙落案的消息，官府又在其家中找到一些未及卖掉的孩子，于是张榜寻亲。冯氏便带着奶娘前往认人，这才寻回卢三娘卢瑞珊。

这一节案情与彭庆卷宗中所述能够对应上，并无问题。

明舒便又翻过一页，这一页上所述内容，便是认人时的记录，她细细看起。

她边看边问："应捕快，你说有没有可能出现母亲认不出孩子的情况？"

应寻面露难色道："这不好说。我知道你想问什么……婴儿面容变化极快，如果母亲没有亲自照顾，又隔半年才见着孩子，我觉得有可能出现无法确认的情况，但是冯氏当时不是把照顾卢三娘的奶娘也叫上了？二人一齐辨认的，怎会有误？"

从卷宗内的记录来看，认人过程亦无可疑。

"据卷宗记载，现场冯氏无法确认，最终是奶娘认出来的。"明舒指着那行文字推给应寻看。

"奶娘照顾婴儿时间最久，认得出来又有何奇怪？"应寻并不低头，卷宗内容他已看过，心中有数。

"本来是不奇怪，但现在不是冒了个柳婉儿出来？"明舒撑他。

如果卢家没有认错孩子，那柳婉儿又是怎么回事？她手里的长命锁和丝帕又从何而来？

应寻道："从卷宗来看，当时的案子没有任何疑点，你要想查透彻，那只能把当时涉案的人找出来问一遍。比如彭庆的妻子和妹妹，以及这个奶娘，甚至卢夫人也要见一见。"

这查起来可就有些麻烦了。

明舒想了想道："既然她们都与案件有关，那衙门应该留过底，要找前三人的下落应该不难。"

应寻觉得，他又给自己找麻烦了。

“是可以找出来，但还是老规矩……”

应寻话没说完，就被明舒打断：“需要请示上峰！我懂，我自己请示，可以了吧？”

“知道规矩就好。”应寻没理会明舒的打趣，公事公办道。

明舒合上卷宗，笑了：“应捕快，你还真是一点儿都不肯变通。”

“所以？”应寻反问她。

“所以我挺欣赏你的。当差办案，还真就需要你这样的人才。”明舒道。

一个人能有自己的坚持是件难得的事。

“我记得从前有人说我手底下不知出过多少的冤假错案。”应寻垂眸道，唇角难得地浮起浅浅笑意。

“那不是被你气到了！你大人不计小人过，就别放在心上了。”明舒给他倒了杯茶，又道，“应捕快，我还有件事想问你。”

“说吧。”应寻就知道她这突如其来的恭维必有所图。

“你……收徒弟吗？”明舒问道。

应寻喝了半口茶，顿住：“什么意思？”

“我想找个师傅跟着，学些侦破手段……”

她话没说完，就见应寻把茶碗撂下了。

他连茶也不喝了，生怕她一会儿说那是拜师茶，又飞快地从她手里抽回卷宗：“白日梦少做，这卷宗看完了吧？看完我就收回了。衙门还有要事，告辞。”

语毕，他头也不回地走了。

明舒坐在椅上笑出声来，故意叫道：“替我送送我师傅。”

应寻跑得更快了。

天色慢慢暗了，转眼到了晚间。

柳婉儿的事，看起来还得等应寻把那三人的下落找出来，她亲自去问问才能有结论。明舒便暂时放下，专心忙起铺子里的事来，一忙就忘记了时辰，直到门口铃铛响起，陆徜出现在铺子里，她才发现天色已晚。

陆徜身上还穿着官服，他见过圣人后，又和魏卓去了三皇子府上商讨完后续事宜才得脱身，猜测明舒肯定没有回去，便直接来铺子接她了。

“阿兄来了？再等我一会儿，马上就好了。”明舒正站在后堂的多宝格前清点东西，再一件件摆上去，听到外头传来的声音，便开口道。

脚步声响起，陆徜走进后堂，一眼看到明舒正踮着脚要将一只方匣摆到多宝格的最高处。

明舒伸直了手，然而高度还是差了一点，她够不着，只好道：“阿兄，劳驾，把小凳搬过来……”

话音未落，手上的木匣已经被人拿走，又轻而易举地放到了架子上。

“是放这里吗？”陆徜的声音响起。

明舒点着头一边道谢，一边转过身，陆徜就站在她身后，与她不过两个拳头的距离，放好东西后并没退开。

属于他的气息铺天盖地笼来，明舒有些呆滞，却听到陆徜仍旧平静的声音：“这些都要放上去吗？”

他指着旁边桌边堆的几个木匣问她。

“嗯。”她应道，又阻止他，“你的伤没好，我自己来吧……”

“放哪儿？”陆徜已经随手拿起另一个木匣问道。

明舒无奈，只能告诉他位置，他再放上去，明舒一时也走不得，只能被他半环在胸前，与他一齐收拾好多宝格。

两个人都出了身汗。

明舒坐回椅子上歇着，想起卢家的事，又问他：“阿兄，你知道我在查卢家的事，为何假装不知？”

“你不是不想让我知道吗？”陆徜边说边将一个食盒放到桌上打开，“三殿下赏的果子，宫中贡品，尝尝。”

食盒里冒出袅袅白雾，里头竟然铺着冰块。陆徜说着取出小碟，瓷白的碟子上是冰过的桃子，浅浅的粉色似少女娇俏的脸颊，新鲜饱满。

陆徜洗过手，撕起桃皮来。

明舒眼巴巴看着，道：“你就不怕我又闯祸吗？”

“你闯过祸吗？我怎么不知？”陆徜淡道。比起让她胡思乱想，他更希望能有些事分去她的注意力。他知道，这段时日她定不好受，即便面上毫无表现，她的心里，也必是迷雾重重，只是不曾提过半句。

他撕桃皮的动作很慢，很细致，晶莹的桃汁顺着纤长的手指流下，勾得明舒不由自主地舔舔唇。

“你既这么想，我可求之不得！那我还有件事，要麻烦阿兄帮忙。”明舒笑开，正要从陆徜手里接剥好的桃子。

陆徜倏地缩回手：“有求于我？”

“嗯。”明舒忙点头。

“那这称呼……”

又来了！明舒瞪着他：“陆徜！陆徜！陆徜！可以了吧。”

陆徜含笑将桃子递进她手中，听完她的要求，道：“明日就让应寻去办。”

明舒狠狠咬了口桃肉，汁水挂上唇瓣，晶莹剔透——陆徜也不自觉地抿了抿唇。

想尝。

有了陆徜的吩咐，应寻的动作很快，不出三日就找到了彭庆的妻子与妹妹，以及卢家奶娘的下落。

彭庆的妻子蔡氏与妹妹彭氏均被判三年徒刑，刑满出狱后，蔡氏便改嫁他人，跟她现任丈夫住在西鸡儿巷内。西鸡儿巷乃是妓馆会集地，她丈夫是混迹其间的鳏夫闲汉，没个正经营生。彭庆的妹妹彭氏则住在北斜街，这街也是个鱼龙混杂之地。

明舒打算先去见这二人，恰逢今日应寻没有要务在身，又有陆徜叮嘱，他便陪明舒跑这一趟。

“彭氏没嫁人吗？”明舒边走边问应寻。

“出狱后嫁了，不过没两年她丈夫就病故了，留下一个儿子……”应寻说着摇摇头，“不成器，整日吃酒赌钱，钱没了就管他老娘要。”

“那蔡氏呢？她可有儿女？是和彭庆的，还是和现任丈夫的？”明舒又问。

“她现任丈夫是个鳏夫，本来就有个女儿，前两年出嫁了。他们两个倒是没有再生，至于和彭庆……好像生过一个女儿。”应寻道。

“那她与彭庆所生的女儿，现下何处？”明舒好奇道。不管是拐卖案的卷宗还是卢家的卷宗，都没提过彭庆和蔡氏的女儿，他夫妻二人均伏法获罪，那那个孩子去了哪儿？

应寻被她问住，眉头也蹙起：“这倒不知，也许是被人收养了。”

明舒没再追问，二人已经走到西鸡儿巷中，巷子两侧多是门头俗艳的妓馆，其间夹杂着些卖酒果杂货的小铺，因尚是白天，妓馆都还关着门，只有些在妓馆过夜的男人打着哈欠神情萎靡地从馆内出来，看到明舒这样的小娘子，便又两眼放光地打量起来。

这种时候，应寻就冷冷地替明舒瞪回去，顺便露出腰间佩刀刀鞘的一角，那不怀好意的人便都纷纷逃了。

两人就这样走了一段距离，到了巷尾的一个胡同口。胡同里面都是民居，蔡氏的住处就在其间。胡同窄且脏，勉强可供两人并肩，二人一前一后往里头去。

“就前面那间……”应寻指着前面一扇小木门，正要带明舒上前，话没说完便听见砰的一声。

应寻与明舒脚步顿停。

木门被人从内撞开，一个妇人跌出门来，一屁股坐进门口的污水中。门内很快又冲出个男人，飞快地揪起妇人的衣襟，结结实实扇了她两巴掌，骂道：“你这贱人，拿老子的钱去贴补前夫的妹妹？看老子不打死你……”骂毕，他扬手又要打。

明舒与应寻对视一眼，应寻飞快地冲上前去，一把握住男人的手腕，反手一拧就将人按在墙上。男人疼得哇哇大叫，嘴里骂些不堪入耳的脏话，直到应寻道了句：“开封府衙办事，老实些！”他才安静下来。那厢明舒已经扶起地上的妇人，这妇人年近四旬，脸上脂粉涂得极白，唇抹得艳红，眉毛剃成细细一条，约莫是在宅中时已被男人打过，妆容已经糊了，嘴角破皮，许是用手抹过血，口脂被带到了脸颊上，形容狼狈不堪。

不消说，此人便是蔡氏。

“你没事吧……”明舒问她。

她借着明舒的力道站起后反将明舒推开，往地上啐了口血沫子，便撩起袖管冲上去，趁着男人被应寻压制住，伸手狠狠抽了他几个耳刮子，又用涂着红蔻丹的长指甲劈头盖脸地抓挠他。

“我呸！你个窝囊废，你的钱？你能赚什么钱？那还不是老娘辛辛苦苦赚回来的！敢打老娘，你个没种的男人……”她边骂边打男人，下手毫不心软。

不过片刻，男人脸上就被抓花，头发也被抓散。

如此一来，情况顿时逆转。

应寻为了阻止她打人，也被挠了两下，他当即松手，那两人便扭打起来，应寻气坏了，抽刀狠狠劈在一棵从墙里斜斜伸出枝干的小榆树上。树枝应声而断，砸在这二人头上，二人不得不分开。

“再打，就跟我回衙门打去！”应寻怒道。

男人缩缩脖子，蔡氏也拍着头上的树叶，斜瞥明舒、应寻二人。明舒此时方道：“我们是来找蔡娘子的。”

她刚说完，男人就开了口：“这贱人惹的祸事跟老子可没关系，你们快把她抓走……”

蔡氏又抡袖，作势要朝他冲过去，男人便骂骂咧咧地快步朝胡同口跑去。眼见男人的背影消失在胡同内，蔡氏又低头摆弄起自己在抓挠中裂开的长指甲，满脸不在乎地开口：“官爷和这位小娘子找我有何要事？这巷里的事，还没我不知道的，二位要想打听，知道规矩的吧……”

瞧她这副模样，明舒便知她惯常与衙役官差们打交道。

“我们不打听巷内的事。”明舒笑了笑，“蔡娘子，我们是来问一桩旧事的。”

她说话间递上几文铜钱，蔡氏满意地接下，用手擦了擦，道：“问吧，但我可不保证自己一定知晓。”

“放心，你定然知晓。”明舒笑道，便问，“十七年前，彭庆与你将卢家三娘强抢回来，可有此事？”

蔡氏擦铜钱的动作渐渐停了，抬头看明舒，漫不经心的目光化作警惕。

“十七年前的案子，官府都已经结案，我那死鬼丈夫被判流放，我也在狱里待了三年，怎么现在还来问我这陈芝麻烂谷子的事？”蔡氏反问她。

“没什么，只是有些疑惑想请教蔡娘子。”明舒说着又摸出钱来，这回却是粒碎银，“我就想知道，卢三娘子被你们盗回近半年，这半年时间，她一直由你照顾？”

蔡氏接下碎银，却没像先前那样露出贪色：“小娘子，十七年前的事，我哪记得清楚？再说了，官府不都已经查清了？当时没脱手的孩子又不止一个，都藏在宅子里由我看着，有什么好奇怪的？你说的什么卢三卢四，我可记不得了。”

“可是卢三娘子在你家里待了半年，半年都没找到买家？”

蔡氏想了想，夸张地“哦”了声，仿佛恍燃大悟明舒问的是哪个人，道：“你说那个孩子啊？当时不都和官爷们交代了？不是没找着买家，是买家家里出了事，不能来接人，因为收了他们的定银，我们只好先养着，再加上那段时间风声紧，我们哪还敢去外头找新买家……那孩子后来不是被认回去了？现在翻起旧案，你们这唱得哪出戏？”

她回答完反问明舒，明舒摇摇头，依旧是笑的：“没什么，多谢蔡娘子。”

“这就问完了？”蔡氏倒有些诧异。

“问完了，告辞。”明舒语毕，又朝应寻使了个眼色。

二人转身朝胡同口走去，蔡氏却站在原地垂头不动，直到明舒忽然转身喊了她一声，她才惊醒般望去。

“对了，蔡娘子，我记得你有个女儿吧？后来彭庆与你伏法之后，你们的女儿呢？”

明舒站在数步开外的地方静静地问道，将蔡氏那一瞬间惊变的神情尽入眼底。

“送人了。”她回答得很快。

“送谁了？”

“我记不清了，反正送人了就是送人了，难道我把自己的女儿送人也犯法了？你问这么多作甚？这与你何干？”蔡氏回得又快又厉，语气也变得不耐烦。

明舒没再多说什么，只朝她点点头，转身又与应寻向胡同口走去。

蔡氏依旧站在原地，看着二人的身影消失后，她方顿顿脚，快步走到胡同口，四下张望一番后，朝着某处快步走去。

待她走出十来步，胡同口的大树后突然探出两颗脑袋。

“猜她要上哪儿去？”明舒问道。连脸上蹭花的妆容都没整理就匆匆离开，蔡氏要去的地方必定有古怪。

“为何要猜，跟去看看不就知道了？”应寻从树下走出道。

“果然姜还是老的辣，师傅就是厉害。”明舒夸他道。适才出来时她本来要离开，却被应寻给拉到树后藏了起来，她起先不知何意，现在才明白他的用意。

“我没答应做你师傅！”应寻横眉。

“我猜，她是去找彭庆的妹妹了。”明舒也从树下走出，悄悄跟上蔡氏，并没反驳应寻的话。

应寻摇摇头，只能随她跟上。

彭庆的妹妹彭氏住在北斜街，丈夫死后家里就断了银钱来源，她就当起神婆，做起卜卦画符问米请神上身等招摇撞骗的勾当来，糊弄附近的百姓，不过信她的人并不多，收入有限，也仅仅够糊口。

应寻和明舒目送蔡氏走进彭氏家，关上了门。

两人站在离彭氏家不远的树荫下等着，明舒道：“一听我们提起卢三娘和她女儿，她就跑来找彭氏，这二人定有猫腻。”

说罢，她又踮起脚看了看：“可恨听不到她们在谈些什么。”

“急什么，等蔡氏走后咱们试试彭氏。”应寻道。

“好的，听师傅的。”明舒郑重点头。

“……”应沉寻默了片刻，“再叫一声‘师傅’，这案子就别指望我帮忙了。”见她要说话，他又抛下一句，“有你兄长撑腰也没用！”

明舒识相地闭上嘴，转眼就看见彭家的门被人打开，她一指：“有人出来了。”

出来的是个十来岁的少年，穿着短打，腰里坠着个钱袋子，手里还掂着几文铜板并一粒碎银，忘乎所以般从树荫下走过。

“那是我刚才给蔡氏的钱。”明舒认了出来。

看这少年的年纪，当是彭氏那好赌的儿子无疑。怎么一转眼，蔡氏就将钱给彭氏的儿子了？

她记得刚才去找蔡氏时，蔡氏正和她现任丈夫因为银钱之事吵架，缘由正是蔡氏把钱贴补给彭氏。

这其中是否有些关联？

她正思忖着，那边彭氏的家门再度被打开，蔡氏怒冲冲出来，身后跟着个矮胖的妇人，穿得一身黑漆，头上却戴着两朵硕大的红花，打扮得神神道道，料想是彭氏。

两人站在门口吵了起来，多是蔡氏在骂人，又推搡彭氏，嗓门儿扯得有些大：“看紧你那废物儿子，让他少在外头乱说话！”

语毕，她又匆匆走了。

明舒与应寻忙藏到树后，待人离去后才走出。

“师傅，我觉得现在不是找彭氏的好时机。”明舒道。

应寻问她：“那你觉得什么时候合适？”

“先摸摸她家的底，查查她的收入来源，就从……她儿子着手。”明舒说完又问，“我说得可对，师傅？”

“对……不对……”应寻刚想点头，发现她又喊上了，脸色顿沉。

“天晚了，要回去了，不然阿兄该着急了。”明舒在他发作前忙道，“走走走，我请你喝香饮子，这回给你买罐甜的。”

她一边说，一边溜之大吉。

夜幕初降，明舒回到魏府门前，恰好撞上刚回来的陆徜。

应寻就送她到门口，见了陆徜行礼：“少尹大人。”

陆徜便问二人：“从哪里回来的？”

“今日陪陆娘子去见了彭庆的妻子蔡氏，又去了趟彭庆妹妹的住处，刚从北斜街回来。”应寻答道，一点儿没有隐瞒。

“有进展吗？”陆徜又问。

“当然有进展！”明舒兴奋起来，双眼泛光。

“那就好。”陆徜没有再追问，瞧着明舒又打起精神的模样，亦是稍稍松了口气。

“阿兄，应捕快受伤了。”明舒扯扯陆徜的衣袖，示意他看应寻的脸。

应寻左下颌处有道被蔡氏指甲挠出的细长伤口，血已干涸。

他摸摸下巴：“无妨，小伤而已。”

“阿兄，他这算是因公负伤吗？你们衙门可有医药补贴？”明舒却道。

“你说呢？”陆徜反问她。

“衙门就是小气！”明舒哼了哼，道，“捕快那么辛苦，一个月的俸禄也不过五两，应捕快，你要不别干了，跟着我干吧，我给三倍！”

“……”一个是上峰，一个是上峰妹妹，这个问题应寻不会回答。

“当着我的面你就敢挖墙脚？”陆徜眯了眼。

应寻觉得自己还是别在这对兄妹面前杵着了：“若无其他要事，属下告辞。”

陆徜冲他点点头，把明舒拉到身边，一边进府一边问她：“我且问你，你今日是不是没把邱明他们带在身边？”

“我们要去找蔡氏，人带太多容易把她吓着，所以就让他们在附近等着了。阿兄，你放心，我不敢拿自个儿小命开玩笑的，何况不是还有应寻跟着？”明舒回道，又苦下脸，“但这样的日子得过到什么时候？我……”

她难受。

“快了。圣人已经下了口谕，派人快马去江宁，让曹海速押凶嫌并一干涉案者进京，如果顺利，七月初他们就能抵京。”陆徜一边说一边小心翼翼地观察明舒。

将消息一点一滴透漏给明舒知晓，既是让明舒心里有些底，也算让她慢慢了解自己的过去吧。

“曹海？”明舒对这个名字极陌生。

“江宁府厢军的都指挥使，也是魏叔从前的同袍。”陆徜道。

明舒“哦”了声，跟着陆徜进了院子。

“等等，你先跟我来。”陆徜没像往常那样与她先去向曾氏请安，而是带着她进了自己的屋子。

陆徜在魏家暂居的乃是一处三套间的厢房，进门正中是会客厅，左边是书房，右边是寝间，他将明舒带进了自己的书房。

“怎么了？”明舒不解地问道。

这神神秘秘的做派，可不像陆徜。

陆徜走到书案前，从腰间取下一物，轻轻搁到桌面上，推向明舒。

“这是……”明舒拿起东西，铮的一声拔开。

是柄短刀。

巴掌大小的长度，刀鞘全黑，刀身轻薄锃亮，刃处有一线凌厉光芒。

“收好它。”陆徜道，“给你防身用。”

明舒将匕首彻底拔出，紧握刀柄将匕首置于眼前翻来覆去地看，心忽然突突跳得厉害，眼被刀刃亮光吸引，竟缓缓伸出手指，想摸一摸那道凌厉光芒。

“别用手碰！”

没等她摸到，手腕就被陆徜急急攥住。他绕过桌案，走到她身后。

“想试？”他问她。

“嗯。”她轻轻回道。

“握紧。”陆徜在她耳边低语，手掌亦随之覆到她握刀的手背上，连刀柄带她的手一并入掌，紧紧握住。

明舒还没反应过来时，站在她身后的陆徜忽然倾身，左手擦过她的左臂，从桌上抽了张纸往空中一抛。

寒光一闪而过。

他握着她的手挥下短刀。

细软单薄的纸一下被削成两半落下，切口齐整。

明舒张了张嘴，眼睛瞪得老大，半晌才道：“阿兄，我还要！”

语毕，她自己拈了张纸抛起，陆徜握着她的手又是一挥，纸张在半空中裂成两半。不知为何，明舒觉得心里畅快，咯咯笑出声来，扬手又扔了一张，陆徜顺着她，再划一张。

如此重复数次，桌面落满纸，明舒方住手。

“高兴吗？”他问她。

“高兴。”她答得痛快。

陆徜便拿起刀鞘，另一手仍旧握着明舒的手，将刀送入鞘中。

随着铮的一声，短刀归鞘，陆徜的双手也彻彻底底圈住明舒。

明舒后知后觉反应过来时，已被圈在他怀中。

“高兴就好。”他的声音从后面传来，深沉而缓慢。

他很久没见她笑得这般肆意张扬了。

明舒站着，没回身，只是轻声道：“阿兄，谢谢。”

“嗯。”陆徜应声，轻轻垂头。

唇将触及她头上的发丝时却停住了，片刻后，他松开手。

他还是她的阿兄，不是陆徜。

第四十三章 一场新雨后

雨淅淅沥沥地下着，天阴沉得像要塌下一般。

陆徜今日休沐未去官衙，便在魏府中歇着，魏卓亲自带了军医过来给他复诊换药，明舒便哪儿也没去，也留在了府里。

曾氏陪魏卓坐在堂中说话，明舒就站在通往内堂的帘子外头听里边的动静。

“明舒，你杵在那儿听什么呢？”曾氏看她竖直耳朵的模样，不由得问道。

“听听阿兄有没有喊疼。”明舒回头道，“怎么一点儿声音都没有？”

魏卓听笑了，道：“你放心吧，这是我那里医术最好的大夫，不会疼着你阿兄的。”

“魏叔的人自然是厉害的，不过医术好不好与阿兄疼不疼可是两回事，伤口在他身上，怎么会不疼？”明舒不以为然道，注意力仍在内堂。

“原来不是他疼，是你心疼？”魏卓打趣道。

明舒猛地转过头，脸颊红扑扑的：“谁心疼他了？”

帘子忽被人掀起，陆徜从里面出来，穿一袭浅青薄袍，左肩处微耸，隐约有包扎得厚实的细布痕迹。他一出来就听到明舒的声音，唇角挂着浅浅笑意，站在她身后道：“明舒，我没事。”

明舒觉得自己被打趣了，刚想回嘴，却见大夫跟着走出，便又追问大夫：“我阿兄的伤恢复得可好？”

“少尹的伤恢复得很好，陆娘子不用担心。不过这段时间起居行动依旧要留神，尽量避免左臂使力。”大夫叮嘱几句，把药方交给明舒后，便带着药童告辞离去。

明舒把药方交给来安，让他速去抓药回来煎，回过头来又叮嘱陆徜注意事项，陆徜只有点头记下的份。

魏卓便向曾氏道：“这两人，都看不出谁是兄谁是妹了。”

曾氏笑着：“也亏得明舒在，我少操了不知道多少的心。”说着她脸上又现出几分惆怅来，看着明舒的目光里都是心疼。

魏卓知道她的心事，小声宽慰道：“曾娘别担心，明舒是有后福的孩子，又有你们，定能过此难关。”

“但愿如此。”曾氏叹道。因陆徜与明舒双双遇刺，陆徜在查简家劫杀案的事便瞒不住她，她自然也听说魏卓已知晓明舒身世。

“阿娘！”明舒叮嘱完陆徜，又回头来找曾氏。

魏卓便收起话题，起身告辞，陆徜恰有要事与他商量，故送他出门。二人遣退随从，边走边谈。

“魏叔，可有周秀清的下落？”陆徜问道。虽然已经抓到伍四等人，但他依旧没放弃寻找周秀清。

“还没有。”魏卓道。陆徜从劫人现场的种种迹象中推断，周秀清被劫之后应该是被带入汴京城了，可这一回并不像抓伍四等人那般顺利，魏卓派出大量人手在京城搜索了多日，仍旧无果。

“会不会人已不在京城？”魏卓又问。

以禁卫军之能，若在京中找不到一个人，只有两种可能，一种是那人并不在京中，另一种是对方权势地位不低。可周秀清所牵涉的乃是江宁府的案子，总不至于和京官有所牵扯吧？

陆徜摇摇头：“事发之后，三殿下也派人在汴京附近各要道搜查过了，若他们要离开京城，必会留下痕迹，但很奇怪……周秀清就像突然凭空消失般。”

他说罢脚步一停，朝魏卓拱手：“魏叔，其实子翱心里有个猜测，只是未得证实，故一直不敢明言。但周秀清之事事关重大，我……”

“但说无妨。”魏卓道。

“宋清沼曾派人往江宁县打听过我的过往，他的人在那里遇见过豫王手下。”

魏卓眼神顿凛：“你怀疑豫王？他可是圣人器重的皇长子，也是……”

后半句没说出口，陆徜却也听明白了，豫王为长，三皇子为嫡，他二人都是储君人选。

“若是其他京贵倒还好说，可是豫王……”魏卓摇摇了头。

不是查不了，而是他不能查。禁卫军乃是天子之兵，他这个掌军之帅是圣人最信任的近臣，最忌讳的就是卷入储君之争中。若只是江宁府劫案他倒能出力，可现下正是立储的关键时刻，皇帝本就有意考查比较两个皇子的能力，豫王与三皇子都在风口浪尖上，如果这个时候他牵涉其中，固然本意为公，与储君之争并无关系，但圣人会如何想可就难说了。

结党营私本就是天家大忌，更何况他还是手握京畿戍防的禁卫军统领。一个弄巧成拙，别说是他，就是三皇子赵景然，也会因此受到圣人的怀疑猜忌。

这些陆徜自然明白，也正是有这些顾虑，他才迟迟未将心里的怀疑说出。

“罢了，可能是我多心。魏叔不要放在心上，权当没听过吧。”陆徜又往前走去。

要魏卓出手查豫王，确实强人所难。

“陆徜……”魏卓却忽然叫住他，似乎做了个决定，“你在京中行走，身边不能没有人。我给你一队人，他们不属于禁卫军，都是些刺儿头，你若能收服，自可如虎添翼。”

“多谢魏叔。”陆徜拜谢。

过午，雨依旧没停。

陆徜下午跟着魏卓出门，明舒就向他借了书房，趴在他的书案上画首饰图样。

屋外忽然响起一阵急促的脚步声，却是应寻托了开封府的同僚来找明舒。

“应大哥人在大兴赌坊，拿住了余连，他请陆娘子速去一趟。”

余连就是彭庆妹妹彭氏的儿子。

明舒把笔一丢，匆匆跟着那衙差去了。

大兴赌坊也开在北斜街上，里头密不透风、乌烟瘴气的。余连出老千被发现，叫人扣在赌坊里，险些被断手割耳，因为应寻的出现而暂时得保，但赌坊老板也不相让，现下两边正僵持着。应寻虽然是捕快，但这些道上的事他也管不了，只能暂时勉强稳住局势。

“应捕快，这人犯了我赌坊的大忌，您想保他也成，拿钱来赎，否则今天他就别想踏出我大兴的门。”赌坊老板姓钱，坐在赌桌上冷笑道。

几个打手拿着棍棒等物围在应寻和余连四周，外面则是围得水泄不通的看热闹的赌客。

余连跪在地上，哭得一把鼻涕一把泪拽住应寻的衣摆求救命，应寻问钱老板：“要多少钱？”

“也不多，他刚才出千赢了五两银子，我要他还百倍。”钱老板道。

五百两？

这简直狮子大开口。

别说应寻没有五百两，就是有也不可能给。

“五百两都出不起，应捕快还是别管这摊子闲事。”钱老板讽刺道。

“钱老板好大的口气，张嘴就要五百两银子？”少女清脆的声音夹着笑意从人群外传来。

四周围着看热闹的赌客忽地骚动起来，两个身着轻甲腰间佩刀的男人伸手隔开两侧的人，分出一条路来让中间的少女缓步迈入赌坊内。

十七八岁的姑娘，面带笑容，看着漂亮讨喜，可不是会出现在这种地方的人。

钱老板刚要开口，却见她身后还跟着四个人，一共六个人将她护在正中。这六人皆着轻甲佩长刀，在汴京城中能公然佩刀的，可都不是普通人。钱老板立时从桌面上下来，上上下下地打量着明舒，抱拳道：“这位娘子是……”

做这生意的人，一要镇得住场子，二要识得人。汴京遍地权贵，若一不小心得罪了哪个，就得吃不了兜着走，钱老板自然要先打听明白这人是否得罪得起。

“您甭管我是何人，我只问钱老板一句准话，这人我要如何才能带走？”明舒只看了应寻一眼，便又扬起小脸望向钱老板，唇边依旧挂着和气的笑。

这笑配着她身边的护卫，落在钱老板眼里就有些高深莫测的味道，但话已放出，他也不好自打嘴巴，看了她两眼，刚要说话，明舒却又道：“钱老板，不如我们借一步说话。”

钱老板斟酌片刻，做了个“请”的手势，要邀她往后堂相谈，应寻着急地道了声：“陆娘子！”

明舒冲他摇摇头，示意他闭嘴，而后跟着钱老板进了后堂。不过半盏茶时间，后堂的布帘掀起，两人相谈甚欢地出来，互相拱手相让。及至堂中，明舒扔下张纸，朝余连道：“画押。”

余连低头一看，那是张五百两的借据，当下就要跳起，却被钱老板的人死死按在地上。

“银子我替你付了，就算是你欠我的，画了押跟我走吧。”明舒道。

余连还想挣扎，钱老板却向左右使了个眼色，立时就有人上前按住余连，让他在借据上按了指印，又将借据递给明舒。明舒这才笑眯眯地朝钱老板抱拳：“多谢钱老板，那我就先告辞了。”

钱老板挥挥手让手下退开，也冲她抱抱拳：“小娘子好走，钱某不送了。”

应寻从地上拽起余连，满头雾水地跟着明舒出了赌坊。

刚迈出赌坊门口，明舒就捂着胸口深深吸了口清新空气——里面乌烟瘴气，快把她给憋死了。

“你真给了五百两？”应寻把余连往邱明手里一塞，到明舒身边小声道。

明舒摊手：“你看我像带五百两出门的人吗？”

“那你……”

明舒比了个“二”，道：“二十两。给了二十两，顺便让钱老板帮了我个忙，写了张借据让他画押。”

“……”应寻想问她怎么办到的。

明舒不过以己度人罢了，做买卖的人总是不愿意随便得罪人，她庆幸自己一听是赌坊，就把邱明等人通通都带上，狐假虎威，借他们六人的威势先震慑了钱老板，再与他私下谈判一番，给他台阶下，他自然也就松口。当然，明舒还是出了点儿血——二十两银子也不少了，是她今天带在身上的全副身家。

这钱，她得要回来。

“走吧，审余连去。”明舒弹弹借据，不再和应寻解释。

众人带着余连就近找了个偏僻的地方，明舒往树下的石墩上一坐，冷眼看着余连。余连扑通跪到地上，不断磕头：“小娘子饶命，小娘子饶命……”

“五百两，你准备怎么还我？”明舒道。

“小娘子，您就是杀了我，我也还不上这笔钱。您是观世音菩萨再世，饶了小人吧！”余连哭道。

“饶不饶你且看你的表现，我有几个问题要问你，你若答得好，我就考虑考虑放过你。”明舒抚着借据道。

余连点头如捣蒜：“我答我答，小娘子问什么我都答。”

明舒先问起他的父母，待确认是彭氏出狱所生之子后方继续问他：“你父亲去得早，你又不务正业，整日吃酒赌钱，你母亲是个神婆，所得银钱只够勉强应付日常所需，你的花销从何而来？”

彭家的经济情况，这几天应寻已经查了个大概，都通过书信告知明舒了。彭家只靠彭氏装神弄鬼得来的银钱过活，按理应该过得很拮据才是，可这几年来这对母子的日子却过得不错，衣裳伙食都不缺，余连甚至有余钱吃酒赌博，这就奇怪了。

“是……是我母亲的嫂子……她时不时会接济我们一些银两，我家的钱都是她给的，隔三岔五就送几两银子过来。”余连道。

“你母亲的嫂子，可是家住西鸡儿巷姓蔡的那位？”

“是是，就是她。”余连忙点头。

“据我所知她虽然是你母亲的嫂子，但早就另嫁他人，为何还会一直接济你们？”

“可能……可能因为她们感情好……”余连垂下头，目光闪烁道。

“感情好？这银子一给给了好几年？”明舒抖抖借据，“余连，你打量我问你之前没打听过她们从前做什么勾当的？”

买卖人口牟利，为了一点儿银子行丧尽天良之事，害得别人家破人亡，哪会无条件接济自己曾经的小姑？

“你若不老实回答，这张借据我随时可以送到钱老板手里，到时候看你是想缺个胳膊还是少个耳朵……”

“我说我说！”余连忙大声道，“是我母亲……我母亲手里握着蔡舅母的把柄，逼着她这些年不断给我们家钱，不过我不知道到底是什么把柄，我母亲从来没对我提起过……”说话间他看了看明舒的神色，咬咬牙又道，“只有几次她们吵架的时候，我偷偷听到一些，好像是十几年前的事，和蔡舅母的亲生女儿有关，再多我就不知道了。”

明舒与应寻对视一眼，应寻发话：“趁热打铁，不妨现下把彭氏叫来问问。”

“好。”明舒点头。

彭氏听到儿子被赌坊的人拿住时险些昏过去。她就这么一个儿子，还指望他给自己养老送终，哪忍他被人弄残？当下就急匆匆赶到赌坊外，却被告知余连已让人带走，正无头苍蝇般在北斜街上找儿子，就被应寻等人撞见，带到明舒面前。

明舒还坐在树下等着，余连被人架在一旁，看到彭氏过来就扯开嗓门喊：“阿娘救命！”

彭氏听到声音急出满头大汗，跌跌撞撞地跑过来，差点儿摔个狗吃屎。

“你们……你们这些歹人，赶紧放开我儿子，否则我报官了！”

应寻抽出腰间所佩令牌，在她眼前一晃而过：“报吧，我就是开封府捕快应寻。”

“你们……你们……官匪勾结欺凌良民了！救人哪，快救人！”彭氏抹抹汗，扯开嗓门儿喊了起来。

明舒斜望余连："让你母亲闭嘴。"

余连看着她手中的借据，只能妥协："阿娘收声！别叫了！再叫我就没命了！"

彭氏的声音这才戛然而止，又一下子跪到地上，要磕头求饶，明舒在她开口前冷冷道："不必求我，我只问你，你拿住了你嫂子什么把柄，让她愿意接济你们？"

"我嫂子……"彭氏愣了愣，才反应过来明舒问的是谁，她飞快地看了眼余连，汗流得更多，道，"我嫂子乃是看在与我哥哥夫妻一场的分上，才接济我的，哪来什么把柄？"

天已经晚了，明舒有些不耐烦，便不多同她废话，道："你儿子已经交代，你嫂子蔡氏是因有把柄被你拿住，才一直送银子与你们，这把柄与她亲生女儿有关。我现在只想要句实话，你老实交代了，人，你就可以带走。但凡有一句假话，你就去大兴赌坊接你儿子吧。"

"阿娘，救我啊！你就告诉他们吧！别让他们把我送回大兴赌坊。"余连吓得大叫道。

"我……我真的没……什么亲生女儿，我不知道！"彭氏被余连喊得六神无主，只能看看儿子又看看明舒，再看看四周凶神恶煞般站着的人。

"我只问你，蔡氏的亲生女儿去了哪里？是不是被你们偷龙转凤了？"明舒站起，每说一字便向彭氏迈一步，直到走到她面前，垂头喝道，"说！"

"我没有，不是我，不是我做的！"彭氏咬咬牙抱住了头，摇头道，"是我嫂子！我嫂子做的！"

"她怎么做的？"应寻这时方上前拉开明舒，冷冷道。

彭氏跌坐在地上，双手攥着衣摆道："十七年前的旧事了，那时我们跟着大哥做那见不得人的勾当，没想到有一日大哥偷了个才满月的女婴回来，那时我们还不知道这女婴是官宦人家的女儿。因为买主的关系，这女婴没能及时送走。那时大嫂也刚生了女儿，和这女婴只相差半月，因此就让她照顾着这女婴。"

她咽咽口水，边回忆边继续道："碰巧那几个月官府查得紧，大嫂见风声不对，生怕出事，就悄悄把家里藏的孩子扔的扔，转手的转手，那女婴也在其中。不料没过多久，官府果然找上门来，大嫂见事情败露，为了给自己的女儿谋条生路，在对方家人上门认领之时，骗说她的女儿就是当时的女婴，还逼我不许将此事说出去。后来她女儿果然被对方抱了回去，一晃眼过了十多年，她女儿倒是过着金娇玉贵的日子，可怜我们母子两人受尽苦楚，所以我才找上她。她怕我将这事说出去，这才……"

"那那个被扔掉的女婴呢？去了哪里？"明舒捏捏眉心，又问道。

"我不知道，这些都是大嫂做的，她从没告诉过我们把女婴扔在了哪里。"彭氏哭道，"我知道的就这些了，已经全都告诉你们了，求你们放过我儿子吧。"

明舒思忖片刻，朝邱明等人点了点头，架着余连的人松开手。余连得了自由，飞奔到彭氏身边，又向明舒道："小娘子，你想知道的，我们都说了，放了我们吧。"

"你们走吧。"明舒挥挥手，让他们离开。

余连却又觍着脸过来讨要借据："那这借据……"

明舒倏地缩手，应寻拦在了她身前。

"这可不能给你，我只答应不把借据给钱老板，可没说还你。想要啊，先拿二十两银子过来再谈。"明舒语毕拍拍应寻的肩，对应寻等人道，"走了，咱们回去。"

走出几步，她又转头对彭氏道："想要回借据也成，找你大嫂问清楚那女婴的去向，我就还你们！"

从彭氏口中套出当年蔡氏偷龙转凤之事，明舒心里有些沉重。

先不论那柳婉儿的身份，至少卢家现在的这位三娘子卢瑞珊，有七成可能是假的。这便让事情复杂起来，明舒见过卢三娘的母亲冯氏，看得出来冯氏很疼这个女儿。十七年的母女情分，如今却要告诉冯氏，卢三娘是当年夺走她亲生女儿的人贩子的孩子……

只消想想，明舒就觉得不是滋味。

“别想了，现下只能知道卢瑞珊身份有问题，但也不能证明柳婉儿就是卢家亲生骨肉。我们还要找奶娘问一问，再从蔡氏嘴里问出女婴去向后，才能证实一切。”应寻知道她在想什么，将她的注意力拉回案情。

明舒点点头，不再去想与案情无关的事，想再问问奶娘的事，无意间看了眼天色，一拍脑袋：“糟了，天都黑了！”

这么晚了，陆徜怕是又要生气。

紧赶慢赶，她总算赶回魏府。

希望陆徜不要气太狠。

及至魏府门口，她匆匆与应寻道别，刚要进门，偏巧远处传来几声马蹄声，竟是陆徜也晚归，与她凑巧在门口撞上。

明舒眨了眨眼，乖乖唤了声：“阿兄。”

陆徜今日策马而行，离她几步时勒马，人裹在夜色里，叫明舒瞧不清他的模样。

“你……”陆徜想说什么，却忽然改口，“你先进去，我和应寻有事要谈。”

竟什么也没问，就放过了明舒。

明舒大大松了一口气，道了声“好”便飞快进府。走了几步，她却越想越不对劲——就这么放过自己，这不是陆徜的做派。他刚才连马都没下，仿佛刻意支开她……

明舒的脚步渐渐缓了下来，而后停下，折身飞快地跑向大门。

门口，应寻已经上前从马背上扶下陆徜。

“大人这是……”他边扶边问道。

陆徜摇摇头：“有劳你了，我没事。”

应寻便不再多问，架着他往府里慢慢走去，陆徜又道：“这事，你别同明舒提起。”

不待应寻开口，前面就传来个声音：“别同我说什么？”

陆徜一抬眼，看见明舒双手环胸倚着门框，目光不善地盯着他。

十年风水轮流转，先前都是明舒怕陆徜，这一回，轮到陆徜心虚了。

明舒走上前来，盯着陆徜，目光先落在他左肩上——早上刚重新包扎过的伤口裂开了，血染透了衣裳。

她再看他的脸——好好的一张俊脸，嘴角破了，右眼角青了。

她那火气噌噌往上蹿。

“明舒，我没事，这些都是皮外小伤。”陆徜知道她的脾气，立刻解释。

小心翼翼的语气，是他难得的示弱。

“你又遇刺了？”明舒冷冷道。

“不是，就是遇上几个刺儿头，切磋较量了一番。”陆徜见她盯着自己的嘴，不由自主地摩挲唇角的伤，搓下点儿血来。

“所以……你是和——人——打——架——”明舒气笑了，“你身上箭伤未愈就和人打架？陆徜，你是不是活腻了？”

应寻想替陆徜打个圆场，但见陆徜有被骂到狗血淋头的趋势，他识相地闭嘴。

这对兄妹间的事，他还是不要随便插嘴的好。

帮着明舒把陆徜扶到了他屋里，应寻果断告辞离去。来安被打发去请大夫，屋里只剩下明舒一个人独对陆徜。

陆徜坐在窗下的贵妃榻上，看着明舒气到不行的模样，只能由着她骂。

明舒边倒水拧帕，边骂人：“陆徜我告诉你，你在外头做什么我不管，但得给我全须全尾地回来。成日就会训斥我，管着我，你自己呢？就算是魏叔的意思，那他让你打架了？让你带伤打架了？你忍几天是能少块肉？”

他没瞒她，把魏卓的意思都说了。倒不是魏卓让他带伤打架，只是刺儿头不好收服，男人之间有时就要用些武力，再加上他急着查简家案子，又真的缺人用，也就没想太多。

一挑三，还都是好手，他只受这点儿伤已经算轻的了。

“明舒，我知道错了，下不为例。”陆徜的认错态度很好，不争不驳，和明舒往日一模一样。

明舒已经过来在他身边坐下，拿着湿帕轻轻擦他唇角的伤。

二人面对着面，气息相融，眉目皆在彼此眸中。

明舒冷笑两声，并不吃陆徜这套。

替他拭完唇角伤口的脏污，她凑到他耳畔低声道：“陆徜，我有没有同你说过，我不喜欢长得丑的、破了相的男人。”

“……”陆徜呼吸陡然一滞，露出慌乱的神色。

这个威胁，有点重。

第四十四章 深情人不知

明舒如愿以偿看到陆徜失神。

男女间的相处有时就像拉锯战，强弱进退之间讲究个平衡，从前陆徜总是拿着兄长的架子，难免更强势一些，她便收敛着，如今也是时候改变一下了。

她看着陆徜的眼，手上加重力道。

“咝。”陆徜正在琢磨明舒话中的意思，不料眼尾一疼，他不由自主地闭上左眼。

明舒已然站起：“发什么呆？”

大夫来之前，她能做的也只有简单处理下他唇角和眼角的伤，其余的还是得交给大夫。

“来安去了这么久，还没把大夫请来，我去瞧瞧。”她将湿帕掷进陆徜怀中，正要离开，手腕却被他拉住。

陆徜心跳得有些快。

“你适才那话，是何意？”他问她。

明舒反问：“我说的哪句话？”

“别装傻，你知道的。”陆徜道。

这是他从未体验过的滋味，因为一句似是而非又模棱两可的话，他竟像孩子般急躁不堪，万分想从她口中求一个确切答案，想要个肯定。

明舒看着烛光中不再稳重的男人，他抬眸时的目光，清澈得像个孩子，让她浮起几分捉弄他的坏心眼，她刚想开口，门外却传来一阵脚步声。

“陆徜，明舒，你们回来了？”曾氏的声音响起。

屋里两人都是一顿。

陆徜做了个噤声的手势，用眼神示意——别让阿娘知道。

明舒不悦地回瞪他，压低声音道："求我！"

"求你。"陆徜声音沙哑低沉。

一个"求"字，从他口中吐出再进明舒耳中，却似钻心的虫，有那么点儿撩人的意味。

明舒指指内室，陆徜飞快起身避进里面，她自去开门。

也不知明舒同曾氏说了什么，陆徜更衣的工夫，曾氏已经被明舒劝回，来安也将大夫悄悄请来，明舒正招呼着。

一番诊治包扎后，大夫摇着头出来："伤口本就没有完全愈合，现下伤上加伤，长好的新肉全部裂开……不是老夫多嘴，早上才叮嘱过少尹大人务必留神，这怎么又伤了？如今再恢复起来，可就慢了，若是一个不好，伤口还要恶化，祸及全身……"

陆徜看到明舒越听越阴沉的脸，他立刻打断大夫的话："未遵医嘱贸然行动，是我的错，以后一定小心。"

见他态度良好，大夫也不好多说什么，叹了口气，重新留了药方就告辞离开，来安送人出府，屋里又只剩明舒与陆徜两人。

明舒脸色沉得很，站在盆架前洗帕子，搓得水哗哗响，陆徜觉得明舒大概是把那块帕子当成自己来搓，只差没有撕烂。

"大夫总是要往重里说的，明舒，我的伤没那么严重，将养几天就好……"他走到她身后道。

"你闭嘴，我不想听你说话。"明舒恼怒得很。

"明舒……"陆徜无奈。

她的脾气上来，以前还顾及他兄长的威严不会发作得太厉害，现在……陆徜完完全全处在了弱势。

明舒和陆徜单方面冷战了。

这一冷战可就苦了跟着陆徜的来安。

她生气归生气，可该记挂的事一件没有落下，自己不去找陆徜说，就抓着来安一件件交代，有什么话也让来安转述，把来安夹在中间给愁得不行。

陆徜也没想到明舒会气得这么狠，隔了一夜还在生气。

“陆徜，就算你心急，也不能拿自个儿身体开玩笑。”魏卓已经听说了昨天的事，他是真没想到陆徜这么个聪明人，会选择用武力收服那几个刺儿头。

“我没时间慢慢收服人心，这是最快的方式。”陆徜道。

“明舒与你母亲，该怨我了。”魏卓苦笑道。

“我阿娘还不知道，明舒呢……她明理的，知道这事与您无关，只会怨我，不会怪魏叔。”陆徜淡淡道。又想起早上明舒见到自己时的模样，忍不住问魏卓：“魏叔，您可知……要如何哄女孩子高兴？”

这问题才出口，陆徜就觉得自己问错人了，因为他看到魏卓为难的神情。

“说实在的，你魏叔是个大老粗，这事怕是帮不上你。”魏卓也叹了口气，想起曾娘。

明明人就住在他府上，除了每日关心衣食住行外，他也不知该如何讨她欢心。

“唉——”

“唉——”。

两个人不约而同地叹了口气，颇有几分难兄难弟的意味。

明舒一大早就去了满堂辉，将铺内的事处理妥当后，过午出门找应寻。

两人约好今日去见卢家的奶娘。

卢三娘当年的奶娘姓田，她进卢府时二十七岁，如今已经四十有四，在城南住着，两个儿子两个女儿均已嫁娶。明舒和应寻找过来时，她正带着自己的小孙子在屋外的槐树下玩耍。

这田氏生得白皙丰腴，很是亲切慈和，看到孙子跑得满头大汗，便将孩子叫回，细心地替他擦去背颈额头的汗。

“这孩子生得真好，一看就聪明。”有人坐到田氏身边夸道。

田氏转头瞧见个年纪轻轻的小娘子，露出个慈爱的笑来：“娘子过奖了，小孩子当不得夸。”

“他多大了？”明舒问道。

“五岁了，闹得很，在家一刻不肯安生，就想出来玩，真是狗儿都嫌。”田氏道，眼睛一刻不离孩子。

不远处忽然走来个男人，停在槐树下，不知说了什么，那孩子兴冲冲跑上前，停在男人身边，顺着男人所指的方向望去。

树上停着只蝉。

孩子看不到，使劲踮脚，那男人便蹲下身，把孩子一把抱起。

田氏却吓了一跳，忙站起来朝那男人走去。

“您的东西掉了。”明舒却拉住她，指指地上掉的一朵绒花。

田氏却头也不回，只想甩开明舒的手，一边道：“你撒手！”一边朝孩子跑去，生恐晚一步，自己的孙子就要叫人抱走。

男人把树上的蝉捏下来递给孩子，这才抱着孩子往回走向田氏与明舒。

“别担心，他不是拐子。”明舒见田氏急得额头见汗，安慰道。

那厢应寻已经把孩子抱到田氏面前放下，摸摸孩子的头，孩子举起蝉递给田氏看，田氏勉强笑笑，看着明舒与应寻道：“你们认识的？对不住，我以为……”

“以为我们是抢孩子的人贩子？”明舒道。

田氏不言语，低头牵起孙子的手，让孙子向应寻道谢。

“田嬷嬷遇到过抢孩子的人贩子吧？”明舒又道。

田氏猛地抬头，惊疑万分地看着她与应寻：“你们怎知我姓田，你们是……”

“自家的孩子，就算是闹腾得狗儿都嫌，也是最宝贝的。田嬷嬷，您说呢？”明舒轻声细语道。

“我没什么可说的。小禄，咱们回家，该午歇了。”田嬷嬷一把抱起孩子往家里走去。

五岁的男孩儿已经有了些重量，田氏抱得有些吃力。

“田嬷嬷，您已是儿孙满堂的人，应该明白当母亲的心，也遇到过人贩子盗婴，如果那天丢失的是您自己的孩子，您会如何？”明舒跟着她走到她家门前，看着她脚步渐停。

“失而复得本是幸事，但如果……回到父母身边的并非亲生骨肉，而那个本该在父母庇护之下成长的孩子，却因此颠沛流离……如果这是您的孩子……”

明舒话没说完就被田氏打断：“别说了！”

田氏放下孙子，摸摸他的头，推他进家门：“进去找你阿娘吧。”

看着孙子蹒跚进屋，田氏才转过身，眼眶微红地看着明舒：“你们到底是谁？要做什么？”

“我们受人所托，查她的身世来历，发现她与十七年前卢家的失女案有关，所以前来请教田嬷嬷几件事。”明舒温声道。

“受人所托？受谁之托？”

“一位尚在襁褓时就被人遗弃的小娘子。”

田氏双眸顿睁，呼吸也跟着变得急促，却仍道：“那件案子已经了结，卢三娘子已经找到，现在正好好的卢家，我不知道你说的这小娘子与卢家有什么关系，我没什么能告诉你的。”

“田嬷嬷，实不相瞒，我已经先后找过当初盗窃婴儿的人贩子彭庆的妻子与妹妹，她们已经交代，当年乃是彭庆的妻子李代桃僵，将人贩之女充作了卢家女，被卢家抱回。只是我尚有一事不明，卢家夫人认不出孩子，日夜照顾孩子的田嬷嬷您，难道也认不出？”明舒问道。

“人贩之女？”田嬷嬷诧异至极，反问道，可震惊过后仍未改口，“我没认错，那就是卢三娘子！”

“田嬷嬷，您可想清楚再作答。此事若是不能弄清来龙去脉，那小娘子将此事一纸诉诸公堂，将您与那人贩的妻、妹带到公堂上当面对质，到时人证物证俱全，容不得诋赖，再治您一个与人贩子里通外合偷盗主家之女又欺瞒主家的重罪，您可受得住？”明舒见状声色渐厉，由缓入疾，一字一句逼问于她。

田氏脸色数变，终于在她问出最后一个问题后败下阵来。

她狠狠跺脚："你别问了，别问了！这该杀千刀的拐子，丧尽天良啊……竟然是人贩之女……"

骂着骂着，她眼眶愈红："你刚才说是位娘子托你查明身世，那位娘子她是不是……"

"彭庆的妻子和妹妹都已经承认。"明舒语气又转缓，软硬兼施，"田嬷嬷，如果此事真有隐情，您一瞒十七载，如今也只求以实相告，至少让那孩子知道自己归根何处。"

单凭蔡氏的一面之词还不足以让卢家人相信蔡氏的孩子就是丢失的卢三娘，田氏的确认才是最终令卢家抱错孩子的原因。

田氏掩面而泣，哭了许久方道："十七年了，这事日日夜夜埋在我心中，叫我夜不能寐。我对不起夫人，对不起三娘子……是我，是我鬼迷了心窍，才让人贩子诡计得逞，害了夫人，也害了三娘子。"

她慢慢走到墙根下，边啜泣边说起当年之事。

原来当初卢三娘子在她手中丢失，卢家找了几个月后全无下落，就将一腔怒火发作在田氏身上，要追责田氏。田氏不过是个平头百姓，能拿什么赔卢家？她便终日惶惶，生恐卢家人追讨上门，所幸没多久官府便抓到了这几个人贩子，在他们家里找到几个未及卖出的孩子。

抱着最后一线希望，冯夫人带着田氏前去认女。

这孩子是卢家第三个女儿，丢失之时才刚足月，冯氏因没出月子并主持中馈之事，并没亲自照顾这个孩子，多由田氏照看，加之时间又已过了半年之久，婴儿长得快，她无法认出自己的孩子，只能借田氏之力辨认。

田氏并没找到真正的卢三娘，但因为害怕卢家责罚，于是……

"你可记得指出卢三娘的是哪个人吗？"明舒听完前因后果，并不意外。

"记得，是那拐子彭庆的媳妇，姓蔡。"田氏抹着眼泪道。

"所以，现在在卢家的这个三娘子……并非冯夫人的亲生女儿？"明舒又问。

田氏怔了许久，才重重点头，答道："对。"

天色尚早，明舒和应寻先回满堂辉。

事情查到这份儿上，已经能确认现在在卢家的那个三娘子卢瑞珊，也就是先前要弄心机接近陆徜的那个姑娘，并不是卢家的孩子。

离最后的水落石出，只剩最后一步。

"现在知道真正的卢三娘去向的只有蔡氏一个人，但她绝对不会说出来的。"明舒与应寻并肩走着，边走边道。

以明舒和蔡氏有限的接触来看，她觉得那蔡氏软硬不吃，又是个油滑惯的，为了保住自己的女儿，她肯定不会老实交代。

"直接问她肯定没有答案。余连的借据不还在你手里？让彭氏想办法套一套蔡氏的话，也许能套出来。"应寻道。

明舒点点头："暂时也只能这样，这件事……"

"我去吧。"应寻一口应下。

和余连那样的人打交道，还是交给他吧。

明舒笑着冲他抱拳："有劳师傅了。"

应寻已经被她喊得没脾气了，从最初的相看两厌到后来的不打不相识，他与她在追根究底这一点上倒有些共通之处，他渐渐也就习惯了她的脾性。

"进来喝杯茶吧。"二人走到铺子外，明舒招呼道。

应寻点点头，跟她进了满堂辉，岂料铺中的伙计一见明舒就道："陆娘子，少尹大人来了，正在后堂等您。"

明舒很是惊讶——这个时辰，陆徜怎会来此？

心里疑惑，她冷着脸进了后堂，果然看到陆徜坐在圈椅上。

她"哼"了声，走到自己桌案后，不理陆徜。

陆徜捏捏眉心，沉默地坐在圈椅上。

应寻看看明舒，又看看陆徜，脚步停在了门帘下。

“见过少尹大人。”他向陆徜行了礼。

陆徜这才转头：“应捕快有事？”

“没事。”应寻琢磨着这气氛不大对劲，打算告辞，“我就不打扰你们兄妹说话了，先走一步。”

“应捕快慢走不送。”

“等会儿，师傅别走！”

兄妹两人同时开口，一个送客，一个留人。

应寻：“……”

他就不该为了杯茶跟明舒进来。

陆徜自然是来请罪兼哄人的。

从昨晚到现在，四舍五入她已经生了一天一夜的气，这是从未有过的事。

明舒已经倒好茶送到应寻手里：“师傅，坐这儿喝茶。这儿我说了算，你别怕他。”

明明是杯温茶，应寻却觉得格外烫手。

“明舒，我有话要同你说。”陆徜从椅子上站起认真道。

“那你说呀。”明舒并不看他，只一眼扫过自个儿桌案上摆开的点心。五瓣攒心的梅花漆盒，是她最喜欢的富记糕点，每次都得排队才能买到，应该是陆徜特意带给她的。

她也不打开便将整个漆盒塞到应寻手里，道：“孝敬你的。”

“……”应寻一手拿杯，一手捧盒，满脸无奈。

“我想单独和你说。”陆徜又道。

“我们之间没有什么话不能当着人前说的。”明舒拽住想跑的应寻。

“你确定要当着外人听？”陆徜向她确认。

明舒冷着俏脸：“我确定。”

陆徜点点头，道了声：“好。”

那厢应寻已经悄悄把茶杯与漆盒放到桌面上，正将袖子从明舒手中抽出，打算离开，结果被陆徜叫住：“应捕快，那就麻烦你留下做个见证。”

见证?!

什么见证?!

明舒只是没消气，就想为难为难陆徜，好让他长点儿记性知道爱惜身体，可并不想从他嘴里听到什么乱七八糟的话。一听他这郑重的口吻，她先心虚了，眼珠子转了转，有些后悔让应寻留下。

陆徜却已将衣袖卷起，露出空无一物的手肘，双手合抱，向她长揖到底，道："陆徜在此诚心认错，昨日我不该不爱惜自己的身体贸然行事，以致伤上加伤，害你担心难过，乃我之过错。陆徜已经明白，就请明舒娘子原谅则个，陆徜定下不为例。"

如此郑重的道歉把应寻和明舒都惊呆了。

明舒怔了片刻，飞快地回过神，一边在心里暗骂：这傻子，竟真当着外人的面……一边伸手去扶他。

"你快起来！"她道。

陆徜顺势直起身，不知从哪里摸出了一束花来，递到明舒面前："大小姐，可愿意原谅陆徜？"

明舒傻眼。

"咳！"应寻庆幸刚才自己没喝茶，否则现下能被呛死。

这是开封府衙里面那个冷面状元郎？怕是被邪物上身了吧？

"还生气？"陆徜把花送入明舒手中，手又在明舒面前晃了晃，突然间变出一对泥偶置于掌心，"大小姐，原谅陆徜可好？"

他捏着嗓子掐出奶声，语气倒还镇定，但耳根子已经红透。

明舒是再也忍不住，"扑哧"一下笑出声来，还没等她回答，陆徜已将泥偶放到桌上，不知又从哪里掏出了一颗桃子、一捧饴糖、一把蜜饯……

每一样，都是明舒喜欢的小玩意儿与小零嘴。

明舒笑得花枝乱颤，扯起陆徜的衣袖恨不得钻进去看他到底把东西藏在了哪里。

陆徜便道："没了，真没了。"

"少尹大人，陆娘子，若无要事，在下先告辞了。"应寻实在看不下去，这拙劣的街头戏法，也只有明舒这样的小姑娘才会被哄到。不过话说回来，他只听说过彩衣娱亲，还真没见过“彩衣”娱“妹”的，这位少尹大人当真叫人……刮目相看。

这回，明舒没再留人：“师傅慢走。”

“……”应寻摇着头踱出了满堂辉。

“还生气吗？”后堂只剩陆徜与明舒二人，他问她道。

“真没了？”明舒还好奇地盯着陆徜的身上。

陆徜目光高深莫测，手从明舒鬓边掠过，像从她发间摘下什么似的，在明舒眼前摊开手掌，掌心中静静地躺着一支温润的碧玉簪。

“最后一件。”他道。

明舒拈起玉簪看了看，又望向陆徜，他耳根上的红已经扩散到脸颊上，这让他显出几分少年模样，腼腆而羞涩，不像平时那般老成持重。

玉簪款式简单，但水头很好，又是陆徜送她的第一件发饰，叫她爱不释手，她边把玩边嗔他：“你这人也是，当着外人的面，怎好做这样的事？没得叫人取笑。”

“不是你非让人留下的？”陆徜从她手中抽走发簪，对着她的发髻比了比，找准位置轻轻一插。

“我哪知道你要做什么？你一个堂堂状元郎，又是开封府少尹，当着人前做这样的事，若是传出去，你这脸面要是不要？”明舒扶扶发髻，嗔怪他道。

“我的脸面不重要，再说了，当着人前哄我……”他想说什么，却又在明舒的眼神下改口，“哄我妹妹，有什么好怕人取笑的？大丈夫为人当能伸能屈，对敌当强为‘伸’，对内服软为‘屈’，这并无什么。”

“能屈能伸这词是这么用的？”明舒被逗乐，那气早就烟消云散，拉着他坐到椅子上，仔细察看他脸上的伤，又问，“你几时学的这戏法？”

“这戏法叫‘藏挟’，以前为了混口饭吃，跟着街头卖艺的老师傅学的，就会这两三招，今日献丑了。”陆徜边闭上眼让她检查边回答。

“你从前，一定过得很艰难。”明舒忽然叹道。

陆徜睁眸，看出明舒眼底的心疼，心中一暖：“都过去了。明舒，任何艰难痛苦，都会过去的。”

明舒“嗯”了声，直起身来，拉他道：“走了，该回家了。”

夕阳渐落，霞光铺满天边。

“兄妹”二人的冷战结束，肩并肩在街巷中慢慢走着。明舒说起卢家的事，眉心露出些许苦恼来。

“阿兄，如果这桩事最终查清，现在的卢瑞珊不是卢家的女儿，而柳婉儿才是真正的卢三娘子，那我……能做些什么？”明舒问道，“向卢家揭穿真相，帮柳婉儿回到卢家做回真正的卢三娘子吗？”

按着她从前那直爽的脾气，必是要将真相说出来，向卢家揭开卢瑞珊的身世，可这段时间以来，她却又觉得，水落石出未必一定代表着正义的胜利，有时也只是世事的无奈与人心的险恶，那么这真相到底该说还是不该说？

她有些迷惑，不知道自己能做什么。

“明舒，人的感情是这世间最复杂矛盾的东西，清官难断家务事，而你我只是凡人，无法替他们断案，更不必把自己卷入他人的情感纠纷之中。你想想你接这桩案子的初心是什么，再去考虑你要怎么做。”陆徜明白她心中的纠结，温声道。

从殷家开始，到张松，再到杜文卉和吕嬷嬷，又到如今的柳婉儿和卢瑞珊……经历得多了，关于善恶黑白的界定就不可避免地会被冲击，心中的秤就会摇摆不定，她也不再如最初那般自信，执着于真相。

“初心……”明舒低下头咬咬唇，想自己当初为何答应柳婉儿接下这桩案子，“我没想那么多，当时只是觉得她一个孤女可怜，便想尽份心力，替她完成一个心愿，找到她的父母。”

如此而已，没有其他。

“那你已经做到了。”陆徜道。

明舒顿了顿——是啊，她已经做到了，只要最后查明真正卢三娘的去向，她就可以完成当初对柳婉儿的承诺。

那她在这里发什么愁？

“阿兄！谢谢你。”明舒茅塞顿开，立时笑逐颜开。

陆徜却又蹙了眉：“明舒，四下无人，咱能换个称呼吗？”

“我不。”明舒往前蹦了两步，转过身面向陆徜，背着走路，“我喜欢叫你阿兄。”

“……”陆徜捏捏眉心，忽道，“好好走路，当心！”

明舒后脚绊到什么，向后踉跄半步，手臂扬起，手却被陆徜握住。

他轻轻一拉，就将明舒拉至自己身边。

总有一天，他要把自己挖的这个坑给填平。

应寻翌日就向明舒传信，彭氏已经答应帮他们从蔡氏嘴里套取真正的卢三娘的下落，让她静候佳音。

明舒因为昨夜陆徜一席话，心中雾霾俱散，心情大好，暂时丢开卢家的事，专心忙铺子的事。

转眼又过三天，这日一早，明舒便将铺里新打好的金饰样品送去甄府给甄家夫人过目。这甄家是国公府世子夫人许氏介绍的客人，也是京城有名的权贵之家的夫人。

偏偏不巧的是，今日甄家邀了几府夫人娘子过府小聚，其中就有卢三娘子与她母亲冯氏。

“我道是谁，原来是陆娘子。怎么状元家的小娘子，也要出来抛头露面，做这下等人才做的事？”

明舒手里端着盖着红绒布的托盘，被卢三娘与其他几个小娘子拦在了路上。

因此前在国公府闹得不愉快，卢三娘再没对陆徜动过心思，只暗暗记恨上明舒，如今遇上，见她以商贾身份出现在甄家，就起了报复的心，带着人上前奚落。

马行街北昨日深夜发生了一起火灾，虽然防范火班及时赶到，又有附近百姓争相救火，大火很快扑灭，但仍旧烧毁了三间屋宇。

应寻收到消息赶到时，防范火班已清点好这场火灾中的伤亡情况。

一死一伤。

“伤者叫柳婉儿，火是从她家烧起来的，死者因为烧伤严重，暂时不清楚身份。”防范火班的人向应寻禀报情况。

柳婉儿?!

应寻眉头紧蹙。

很快，死者身份也有了消息。

死的是蔡氏，现在的卢家三娘子的生母。

第四十五章 执着求真相

夏阳灼灼，晒得人眼花，明舒捧着一托盘的饰品在甄家园子里走了半天，后背已经汗湿，现下被卢三娘拦住去路，只能在烈日下停步。

看着对方不怀好意的目光，明舒行了个礼，淡淡道："卢三娘子，烦请让个道，甄老夫人还等着我送这批首饰样品去给她老人家过目。"

这里是甄家，身边又有甄家带路的丫鬟，明舒不觉得以"贤淑"闻名的卢三娘会在别人家中明目张胆地找她碴，几句言语嘲讽，她还受得住。

"哦？"卢瑞珊瞥了眼她手中的托盘，朝身边比自己小一点儿的少女笑笑。

那姑娘穿了身红裳，神情倨傲，她挥挥手，带路的甄家小丫鬟躬身退下，她方不屑地开口："破落门面里的东西，我祖母哪里看得上？她老人家可没工夫见你。"说罢，她又掩唇笑起。

"这位是甄家嫡出的长女，甄老夫人最疼爱的亲孙女。"卢三娘便介绍道。

明舒蹙了蹙眉，隐隐猜到这趟甄家约是有人恶意要弄她，于是道："既然如此，那是我冒昧上门了，告辞。"

"急什么？我祖母没兴趣，但是我有。"这位甄大娘冲左右使了个眼色，立刻就有两个大丫鬟拦住明舒的去路。

未等明舒反应，甄大娘就已伸手掀去托盘上盖的红布，随手扔在地上。明舒将身体一侧，可惜还是没能躲过甄大娘的手，叫她抢走了一支蝴蝶簪。

这批新出的发簪乃以虫草为主题，件件活灵活现，花了明舒好大力气，工艺极精巧细致，是以也经不起折腾。就见甄大娘将那蝴蝶簪拈在手中用力摇晃一番，又装作失手掉落，再一脚踏上。

“对不住，一个不留神弄坏了。多少银子？我赔你。”甄大娘抬起脚，踢开被踩扁的蝴蝶簪，挑衅道。

明舒攥紧托盘，笑道：“甄娘子，今日送到贵府的簪子是新出的样簪，全汴京独一无二，要价八百两银。”

“八百两？一支破簪子也要八百两？”甄大姑娘冷下脸，“果然是个黑心的商人，瞧准时机就要讹人，卢姐姐也是这般被你欺负的吧？我可不是她，这里是甄家，由不得你撒野。”

“一支簪子当然不值八百两，这八百两是这一整套新簪的价格。这套簪子，三虫三花，总共六支，您可看仔细了……”她说话间将托盘呈到众人面前，手往下一沉，让人可以由上至下将整个托盘上的金簪尽收眼底。

一套六支簪是没错，但每支簪子又都不是独立的，六只簪恰巧能合成一幅夏趣图，格外生动别致。

“各位看到了，此套新簪六支可合一，差一支便不成套。若是旁的簪子，您损坏了一支，那照簪子价赔偿便可，但这蝴蝶簪可不成。我也不是讹您，此簪贵工不贵金，八百两，只是这套簪子的成本而已。”明舒笑道，毫无生气的模样，“甄家是京中有名的权贵世家，甄娘子又是嫡长女，想必不会在银钱上为难我一个小小的金铺老板，您看是付现银还是银票？”

“……”甄大娘脸色已白，险些被她气坏。

八百两啊，让她一个未出阁的女儿上哪儿弄去？

“甄娘子可是不方便？那也没事，或者留个字据予我日后再付，或者请贵府长辈出个面……”明舒继续添火。

甄大娘脸色更差了。八百两银子，这要是让她爹娘知道，得打死她。

“奸商，你这奸商！”她又急又气，扯着卢瑞珊的衣袖道，“卢姐姐，你看这人！宋哥哥和许夫人为何会看中这样的人！”

明舒挑眉——宋哥哥？宋清沼？

想来又是个爱慕宋清沼的小娘子，被卢瑞珊给挑拨了。

她在心中叹了口气。自入京城后，找她晦气的小娘子们，不是为了陆徜，就是为了宋清沼，她明明什么都没做过，到底是招谁惹谁了？

卢瑞珊也未料想到明舒是块铁板，奚落耍弄不成，反有赔了夫人又折兵的态势，只能先安慰甄大娘："你别着急，凡事皆可商量。"

"八百两，没得商量。今日我持贵府邀帖上门，送金饰入府，很多人都看着的，便是国公府的世子夫人也知道这事，也见过这套簪子，知道这簪子的价值。卢三娘子若是心疼甄娘子，不妨替她出些银两赔付？"明舒收起笑脸，强硬道，看卢三娘也变了脸色，不免想起近日正在调查的那桩案子。

生在官宦之家却养出这样的脾性，也不知他日真相大白，她该如何自处。

"你！"甄大娘怒道，又召唤下人，"给我把她轰出去！"

"您可以试试，横竖今日要不到说法，我是不会离开的。这事就算是闹到官府去，也是贵府不占理，我没什么可害怕的。"明舒可没有什么大家闺秀的脸面要顾及，做买卖的人，最能抛开的就是脸面，今日这甄娘子敢欺负她，把内宅那套耍到她头上，她自也要让对方知道，何为世道险恶。

"你……"

这甄娘子和卢瑞珊平日打交道的都是高门贵女，哪遇到过这样敢撕开脸闹的人？一时间竟不知如何是好，正胡乱想着办法，远处忽然急匆匆跑来个小厮。

"什么？开封府衙役找我？可说是何事？"

听完甄家小厮的禀报，明舒蹙眉。是应寻遣了衙役过来找她，说是有急事请她去一趟衙门。明舒暗忖，应该是非常紧急的事，否则应寻不可能让人跑到甄家找她。

"说是北斜街柳家着火了。"

明舒大惊——柳婉儿的家着火？

"陆娘子这是犯了什么事，竟惹得开封府衙役上甄府拿人？"那边卢瑞珊听到对话，脸上一扫先前的急切神情，按着甄娘子的手嘲道，却在明舒望来时不由自主地打了个寒战。

那眼神，可不是先前小打小闹的目光了。

明舒没有犹豫，也不再与她二人争执，只抛下一句话：“我有要事在身，先行一步，今日之事我会修书一封告知贵府大人，告辞。”

语毕，她匆匆跟着小厮走了。

路上衙役把大概情况向明舒说了一遍。

火是昨晚从柳婉儿家里起的，而后蔓延到左邻右舍，附近居民和防范火班的人折腾到天亮才将火扑灭。火灾中有一人受伤，一人死亡，伤者是柳婉儿，死者乃是蔡氏。

可蔡氏怎么会出现在柳婉儿家中？

明舒非常疑惑。

她赶到开封府衙时，与这起火灾相关的人已全被带到府衙。应寻正在分派人手给带回府衙的人做笔录，忽听有人在外头叫了声“师傅”，他转头瞧见明舒，三言两语交代完剩下的事情，向明舒招招手，把她往外带去。

“柳婉儿呢？她的伤势如何？”明舒问道。

“伤势不重，人刚刚醒了。”应寻面色沉凝地回道，“她受的是皮外伤，并非灼伤。”

“皮外伤？”明舒更加奇怪了，“我能见见她吗？”

应寻点头：“她也正想见你。”

说话间两人已经走到一间屋子外，透过窗户，明舒瞧见柳婉儿额头上缠着细布，正怔怔地坐在床上，衙门内打扫的老媪正在照看着。二人推门进屋，柳婉儿听到响动抬眼望来，瞧见明舒，神情一展，喜道：“陆娘子……”

明舒快步上前，按住她的手：“别起身，坐着说话。这位是应捕快，他负责调查这起案子，昨晚发生了什么事？你只管直说。”

老媪给三人各倒来一碗水放在桌上，明舒见柳婉儿仍是满眼惊恐，便端起水送到柳婉儿手中：“慢慢说，不着急，这儿是开封府衙，你别害怕。”

柳婉儿喝了口水润喉，才缓缓开口：“昨日我同往常一样，早早就关闭屋门，不料到了戌时左右，突然有人造访。我一个女儿家独住，本不该给她开门，但见敲门的是个女人，她又说自己是……是受陆娘子所托，来告诉我我的身世。我便不疑有他，开门请她进屋。”

说着说着，她似乎想到什么可怕的事，紧紧捧住碗。

明舒与应寻对望一眼，道：“我从未让人过去找她。”

应寻点点头，问柳婉儿：“接着呢？”

“我迎她进屋后，她便问了我许多问题，皆与我养父养母及我幼时之事有关。我们谈了约半个时辰，她才同我说什么……‘是你，果然是你’，我当时不解，又记挂着自己的身世，便向她问起。她却走到我身后，也不知用何重物往我后脑敲了一下，我一下子就人事不知了。”她又瑟缩了一下。

明舒握紧了她的手。

柳婉儿继续回忆。

她被打晕之后，没多久醒来，发现自己被堵着嘴绑着双手，躺在自家厅堂内，进屋的女人正背对着她，一边在四周铺干草一边自言自语着：“对不住了，你不该去查的……为了我女儿，你必须死……你死了，就不会再有人妨碍她……”

柳婉儿见势不妙，便趁她不注意的时候，艰难地拉开旁边的柜子，摸到自己藏起的一把小刀，悄悄地割断了绳索，打算逃出家门。不料逃跑时被那女人发现，二人在家中扭打起来。

“她打翻了桌上的烛台，点燃干草引发大火，又想将我拉回屋里。我害怕极了，也不知怎么就推了她一下，她绊倒在地，撞到桌角晕了过去，我就趁此机会逃出家门。可没跑几步就觉得体力不支，眼前又是一黑，就什么都不知道了，再醒来，人就到了这里。那人……那人可抓到了？”柳婉儿说完一切，惊恐地问道。

看样子，她并不知道蔡氏已死。

“她有说自己是谁吗？”应寻反问她。

“有，她说自己姓蔡。”柳婉儿道。

“姓蔡……这人在你家被烧死了。”应寻道。

柳婉儿顿时又急又怕，面色惨白，看看应寻，又颤抖地握住明舒的手："死了？死在我家？不……不是我杀的人，应捕快，陆娘子，我没杀人，是她要杀我！我只是想活命而已。"

"我知道，你别害怕。别怕。"明舒安抚她道，"有应捕快在，不会冤枉你的，你放心。"

就这般安抚了好一阵子，柳婉儿才逐渐平静。明舒与应寻告辞离开，让她好生休养。

"师傅，你觉得呢？"

一出来，明舒就抓着应寻问道。

"柳婉儿的后脑有伤，手脚也有被绑过的痕迹，身上也有不少扭打后的瘀伤，和她的描述一致。蔡氏那边要等仵作勘验尸体，不过她被烧得面目全非，估计外伤很难验出，再加上现场已被焚毁，证据很难收集。"应寻回答她。

"可蔡氏是怎么找上柳婉儿的？"明舒拧眉边问边想，忽然意识到了什么，道，"是不是彭氏……"

明舒推测，彭氏向蔡氏套话露出马脚，让蔡氏生疑，再加上先前自己与应寻曾找她问过话，她疑心偷龙转凤之事暴露，于是心生歹意，打算朝柳婉儿下手，没想到意外之下，没能烧死柳婉儿，却把自己害死。

"我已经派人去找彭氏了。"应寻冷声道，又不免自责，"可恶，我当时应该找人保护柳婉儿的。"

他的推测与明舒不谋而合。

"师傅，莫怪自己。"明舒安慰道。

若要论责，她亦有错。

只是未料到人心竟恶毒至此。

明舒没等多久，彭氏就被衙差带回来了。

与他们的推测并无二致，彭氏为了儿子果然已经向蔡氏套话，但她并没从蔡氏嘴里套取到那个婴儿的下落。

只有蔡氏才知道那个孩子的下落，所以她会出现在柳婉儿家中，并不奇怪。

件作的尸检也很快完成，蔡氏死于火烧，尸首上并没其他可疑之处。

现场勘察也没发现任何疑点，附近也有目击者证实蔡氏在柳婉儿所说的时间上门。

一桩桩，一件件，都和柳婉儿所说及应寻与明舒的推测对上。

这起纵火案很快就能结案。

明舒作为证人之一，需要当堂做证。此事又涉及工部尚书卢家的一桩旧案，负责断案的判官便有些为难，于是向陆徜请示。

“既然与卢家有关，又涉及旧案，自然要将卢家人请到衙门。”陆徜坐在书案后沉声道，“你不必担心，只管按律行事，届时我会旁听。”

判官领命而去，只留明舒站在一旁。

这还是她第一次进府衙，第一次到他办公的二堂内，她怔怔地站着。

“明舒？怎么了？”陆徜绕过桌案走到她身边问道。

明舒摇了摇头，道：“阿兄，如此一来，卢家这桩旧事，势必要当堂说破吧？”

“出了命案，进了公堂，可就由不得自己了。怎么？你不想揭穿此事？”陆徜又问。

“不是……”明舒又摇了摇头。

她只是还有些没想通的地方。

发生纵火案，蔡氏死亡，虽然种种证据都显示蔡氏是自作自受，可这件事也在无意之间……证实了柳婉儿的身份。

其实卢家的失女案并不算复杂，当年的帮凶与奶娘田氏已经先后证实，现在的卢瑞珊确系蔡氏偷龙转凤的亲生女儿，并不是卢家当年被抢走的那个婴儿，这桩案子最困难之处在于，如何找到被蔡氏丢弃的真正的卢家三娘子。

明舒和应寻离真相只差一步，只要撬开蔡氏的嘴，就能得知真正的卢三娘的下落，也能给柳婉儿一个交代。然而在这最后关节，却出了蔡氏纵火、自取灭亡之事。

唯一知道真正的卢三娘去向的人死了，却也间接证明了柳婉儿的身份。

案子也算水落石出。

但明舒始终对没能从蔡氏那里听到当年弃婴的真相耿耿于怀。

“今日就开堂了，你还在为柳婉儿的案子心烦？”陆徜更衣完毕，从寝间出来，看见明舒正坐在花厅内等他，眉头不展。

作为关键证人，明舒今日也要去府衙。

“嗯。”明舒闷闷地应道，眼睛扫了扫陆徜，无意识地起身走到他身前，一边在脑中想着案子，一边伸手整理他的衣襟，一边于口中责备，“衣裳都穿不好。”

“箭伤未愈，动作不方便。”陆徜站定，由着明舒替自己整理衣襟。

明舒帮他整理好衣襟，摆正腰间革带，才回过神来，道：“你故意的是不是？就知道使唤我。”

“不敢。”陆徜笑笑，垂头正色道，“明舒，今日你是证人，公堂之上你只消将你看到的、知道的据实以告就可以了，断案不是你的责任，你不必揽到自己身上。”

“知道了。”明舒斜睨他一眼，“可以出门了吗？”

“请。”陆徜伸手。

这是明舒第一次上公堂，她有些紧张。

今日不只她，卢家奶娘田氏、人贩之妹彭氏及其子余连也相继被带到府衙。作为证人，他们都在外面候命，等着传唤。屋里有两个衙差守着，他们相互间不能随意交谈。就这么沉默地等了一会儿，外头终于有衙差前来传唤明舒。

公堂上该到的人都已到齐，正中坐着断案的判官，堂下左右两侧各站了两名衙役，陆徜就坐在判官左手边，看到明舒进来，朝她点点头。明舒瞧见了他，心中稍定。柳婉儿作为第一个被传唤的人，正跪在地上回话，她旁边站着应寻。

离案发日已经过去三天，柳婉儿头上还包着细布，着一袭浅杏色的衣裙，身形比先前又消瘦了几分，清秀的面容也清减了，现下正用通红的眼睛望着坐在陆徜对面的一对夫妇。

那对夫妇，男人年过四旬，也穿着官服，蓄着修剪得漂亮的须髯，神情冷静；女人也是四旬上下的年纪，衣饰华贵，通身气派，眼睛却紧紧盯着堂下跪着的柳婉儿，不可思议般捂着嘴，满面惊愕。

这二人便是卢三娘的亲生父母，如今的工部尚书卢则刚与他的发妻冯氏。

对比冯氏的愕然，卢则刚显得凉薄得多，对堂下跪的人并没多看几眼。当时因为卢三娘相中陆徜，明舒打听过一些关于卢家的事，卢则刚有一妻二妾，膝下共有三子四女，冯氏生了长子与两个嫡女，剩下的四个子女均为妾室所出。卢则刚极其看中儿子，对家中女儿却很淡漠，虽也锦衣玉食地供养着，但也只是为了结一门合适的姻亲以巩固他在朝中地位。

是以明舒了解了卢家情况后，虽然仍不赞同卢瑞珊的做法，却也多少理解了她的心情。同为女子，明舒自然明白这世道于女子的不公，也能领会那份想要挣破宿命的迫切。

今日一见，她心里更加有数，卢家这对夫妻，只有冯氏对女儿是真心疼爱。

今日公堂，由判官主审，应寻负责陈述案情，逐一传唤证人。柳婉儿的证言已经说完，便轮到明舒做证。明舒从柳婉儿来找自己查身世说起，提到长命锁与丝帕时，便有衙差以托盘托着长命锁与丝帕送到明舒面前请她确认。

这两件证物，明舒三天前就交给应寻了。

“大人，这长命锁与丝帕确是当日柳娘子来找我帮忙时，留给我的两件证物。”明舒扫了几眼便确认道。

衙差又将托盘送到卢家夫妇面前，请二人确认，卢则刚拈须不语，冯氏却拿起长命锁和丝帕，一边看，一边落泪：“是我儿随身之物没错，这锁还是我亲手给她戴上的，这丝帕也是我置于襁褓中，以便奶娘照看我儿所用……”

她摸着这两件旧物，边哭边望向柳婉儿，柳婉儿亦是滚下泪来，两人皆不语。

案子还要继续审理，应寻接着问明舒，明舒便将这段时日所查种种一件件说出，每说到一处，便请一位证人，不多时田奶娘、彭氏、余连逐一被传唤到公堂上，当堂做证对质，将陈年旧案翻出，最后直到纵火案，明舒证言说完，退到旁边。

接下去就是纵火案，仍由应寻负责陈情。

蔡氏的尸格呈上公堂，仵作亦被请入公堂，说明蔡氏死因与对柳婉儿伤势的勘验，后续目击证人、现场证物等逐一呈入堂内。整桩案子的来龙去脉已清晰可见，而卢家十七年前的失女案也因此彻底浮出水面。

判官当堂宣判，蔡氏入室行凶未果，死于意外，而柳婉儿推倒蔡氏属正当防卫，并无罪过。

惊堂木落下，案子了结。

冯氏从椅子上起身，朝着柳婉儿冲过来，哽咽着与她对望，二人皆不知要说什么，良久之后，冯氏才痛哭出声，蹲下身道："孩子，苦了你了……"

柳婉儿已泣不成声，闻言扑进冯氏怀中。

卢则刚踱步而来，只看了柳婉儿一眼，道："既是卢家骨肉，便带回家去吧。"

他话音刚落，众人便听堂外传来一声："阿娘——"

明舒循声望去，却见假的卢三娘正被衙差拦在公堂之外，身边是死死拉住她的丫鬟。这个案子在汴京已传得沸沸扬扬，她听到风声，又见父母均被请到开封府衙，心生不安，便悄悄跟到了衙门外，躲在人群后面。

"阿娘，我才是……才是您的女儿……"她站在外头看着冯氏与柳婉儿，哭成了泪人。

冯氏如同被惊醒般望向她，十七载母女情，她下意识地朝卢三娘伸手，也想抱她，可手举到半空却又落下，泪目中俱是矛盾与挣扎。卢则刚看着哭泣不止的三个女人，眉头大蹙，面现不耐，一声冷喝："丢人现眼的东西，还不把她拉回去！"而后转身朝陆徜与判官拱拱手，甩袖离去。

"阿娘——阿娘——"

卢家人过来拉卢瑞珊，卢瑞珊奋力挣扎，竟挣开束缚，又趁势冲开拦门的衙役，哭喊着跑入堂中。

从尚书家的千金，变成人贩子的女儿，这骤然的变化于她而言不啻从云端跌入泥间，她无法接受，亦不肯相信，但见冯氏抱着柳婉儿不松手，望来的目光矛盾复杂，她的心又如餐霜饮雪，冷得彻骨。

“是你，是你报复我对不对？”她见无人帮自己，转眼瞧见明舒，飞快地上前抓住明舒，哭着道，“我错了，是我错了，我不该与你作对，不该找人欺负你，我同你认错，你要什么我都给你，你告诉他们，这不是真的好吗？我求你……求求你……”

卢瑞珊骤然上前，手上力道极大，抓得明舒手腕生疼。明舒挣不开，只能拧眉劝她：“三娘子，你冷静些……”

事到如今，也已经不是明舒能够控制的了。

“松手！”有人厉喝一声，挥掌劈开了卢瑞珊的手，将明舒往身后一护。

卢瑞珊看着满面厉色的陆徜，绝了求明舒的心，又要去找冯氏，可还未走到冯氏身边，就叫卢家的下人抓住拖走。

“阿娘——”撕心裂肺的声音渐渐变得遥远。

冯氏终是忍不住，泪眼婆娑地站起，看着卢瑞珊被带走。

“没事吧？”陆徜回身问明舒。

明舒摇摇头：“没事，不过有些闷，我想出去。”

她心里发闷，又被卢瑞珊的哭声吵得额头阵阵抽痛，已经迫不及待地想要离开这里了。

案子了结，余下的事和他们没有关系，陆徜向判官与应寻等人打了个招呼，便带着明舒离开了衙门。

清新的空气涌来，明舒缓缓吐尽胸中浊闷之气，与陆徜并肩走在街上。

两人就这么不言不语地走了一会儿，陆徜才问她：“好些没有？”

“好多了，谢谢阿兄。”她受到影响的情绪渐渐平复，双手伸向天空舒展了一下筋骨，“咱们回家？”

在衙门已经待了一整天，天色渐晚，正是归家的时辰。

陆徜摇摇头："你的案子了结了，我请你下馆子庆祝，如何？"

明舒大喜："真的？我要去万嘉楼。"

万嘉楼是汴京城最有名的食肆，进去不花个十多两都出不来。

陆徜咳了声，道："明舒，我的俸禄有多少你是知道的，大半都给了阿娘做家用，你看咱们今日……"

明舒"扑哧"一下笑出声来，陆徜的收入情况，她比任何人都清楚。他自己平时不怎么花销，大部分的俸禄不是交给曾氏，就是花在家中，根本没存体己钱。

"逗你玩的。"明舒道，"去州桥夜市吧，上回还有好些小食没尝过呢。"

州桥夜市并不远，两人步行就能到。越靠近州桥夜市就越热闹，路上的行人也渐渐多起来，明舒东张西望地寻找目标，看中了一家排着长龙的饼店，要试髓饼。陆徜便让她在街旁树下等着，自己去排队。

明舒一边等一边看陆徜。

充满烟火气的寻常巷陌，平凡朴实的普通百姓，陆徜混迹在人群之中，既有着鹤立鸡群的清俊，也有着能融入俗世凡尘的简素，虽然矛盾，明舒心中却觉得这是他身上最与众不同的地方。

很迷人。

快排到陆徜时，他回头看了一眼，与明舒目光相遇，回了个笑。

明舒不自觉地抿嘴笑了。

旁边有人匆匆走过，无意间撞到她的肩膀，她回神望去，那人连连道歉很快走远。明舒没有计较，片刻后下意识地摸向腰间——随身的荷包不见了！

那是她的钱袋子！

"你站住，别跑！"

陆徜听到明舒的喊声转身时，明舒已经追着那个撞她的人跑出老远。他飞快地接过老板递来的髓饼，跟着明舒跑去。

夜市人多，贼人又是个惯偷，得手后在人群中穿梭，像尾滑不溜秋的鱼儿，明舒压根儿追不上，四周也没人愿意帮忙，她眼瞅着那贼人冲进暗巷消失不见，不敢再追，便俯身撑着膝盖不断地喘气。

陆徜从后面赶上来，听明舒恨恨地骂贼人偷钱，便将髓饼塞进明舒手里，拔腿追进暗巷。

“阿兄，莫追了！”明舒阻拦都来不及。

若是从前，她倒不担心，一个毛贼不是陆徜的对手，但现在陆徜箭伤未愈，她可不想让他伤上加伤。

“阿兄！”她急坏了。

等了片刻，就在她忍不住要跟进巷子时，陆徜的身影突然出现在巷口。

“里面岔道太多，追不上，只捡到这个。”陆徜将荷包递给明舒。

明舒没好气地接下荷包，恼道：“谁让你追人了？钱丢了就丢了，要是你再受伤呢？你是不是忘记答应过我什么了？”

“我有分寸，你别担心。”陆徜道。

明舒白他一眼，捏捏荷包，又将荷包翻了过来，里面已经空无一物。

想来是钱已被贼人取走，剩个空荷包扔在地上。

“算了，破财消灾吧。”明舒把荷包又别回腰间，安慰自己道。

路遇贼人，明舒也失去逛夜市的兴致，随便买了点儿吃食就和陆徜往回走。

是夜，月隐不出，天星齐没，又是风雨将来之象。屋外风刮得很猛，树影乱摇，明舒躺在床上辗转反侧，脑中思绪纷乱，眼看着时间一点点过去，就是无法入眠。

白天公堂上的一幕幕从眼前掠过，柳婉儿的脸、冯氏的脸、卢瑞珊的脸……在脑海中交错闪过，她烦透了，把脑袋一抱，翻了个身，不知怎么又想起州桥夜市的事来。

今日当真没有一件事是顺心的，那荷包里可装了近十两碎银呢，可恨的贼人！

她想着自己被小偷儿掏空的荷包，又心疼起来，想着想着，人忽地从床上坐起。

在床上定定坐了片刻，她掀被下床，走到桌旁摸起自己的空荷包，呆呆地捏了捏，似乎想通什么一般旋身跑出房间。

夜已深，陆宅中众人早就熄灯各自休息，只有陆徜屋中的烛火还没灭，他惯常处理事务到深夜。

现下他也已脱了外袍，只着中衣，正准备就寝，却听到门外传来急切的敲门声。

门嘎吱一声打开，明舒闯入他屋中，双手抓住陆徜的双臂，满面皆是惊异的神色。

“阿兄，我想到了。”

陆徜低头看她——她应该是刚从床上爬起来就不管不顾地冲到他这里，长发散在脑后，眼下已被屋外大风吹乱，她连鞋子也没趿，赤足踩在地上，身上是夏日的寝衣：宽松的青绸裤，单薄的半臂短衫。

屋外的风刮入屋内，带来几分凉意。陆徜蹙起眉头，急忙关上门，也没问她什么事，转身就走。

明舒跟在他身后：“阿兄，我知道我为何总觉得不对劲了，卢家那事有些蹊跷，那柳婉儿……她不对劲……”

话没说完，她就被一件衣裳兜头盖住。

明舒愣了愣，下一刻陆徜已经把自己的外袍披在了她身上，而后飞快地将她抱起放在窗边的小榻上，蹲在她面前，一边拿自己的软底鞋套到她的脚上，一边镇定自若地问道：“什么事值得你如此大惊小怪？说吧，柳婉儿怎么了？”

明舒披着他的外衣，穿着他的鞋子，回过神时，脸颊已红透。

缓了好久，她才再度开口：“那长命锁与那方丝帕，为何会出现在柳婉儿手中？”

就连今日偷她钱袋的小偷儿，都知道把值钱的东西取走，拐子盗婴求财，那赤金长命锁就是钱，为何柳婉儿在拐子家中待了近半年，身上却还戴着那件最值钱的长命锁？

这极不合理！

第四十六章 简家灭门案

他们从一开始就忽略了这个问题。

柳婉儿凭长命锁与丝帕寻亲，他们就顺着这两件物品所引出的线索查下去，最终发现十七年前的换女真相。只不过按照明舒和应寻原本的计划，并不打算这么快就揭开换女案的真相，还需要找出被盗婴儿的去向，才能最终确定柳婉儿的身世。

这个计划本来没有问题，但任谁也没想到，这个节骨眼上竟然发生了蔡氏纵火却意外身亡的事。蔡氏之死，让所有人理所当然地将柳婉儿与卢家失窃的婴儿联想到一起，同时也断了寻找婴儿真正去向的路。

而如今回头细思，明舒才发现他们从没查过作为苦主的柳婉儿。

他们一直被失女案，抑或是柳婉儿牵着鼻子走，如她所愿查出了在卢家十七年的卢瑞珊是拐子之女，但这个柳婉儿……她就是真正的卢三娘吗?

没人可以证明这一点，一切全凭各人主观臆测，不是吗?

“阿兄，如果柳婉儿也不是真的……”明舒因为自己的推测陡然生出一股寒意，从背脊直冲天灵盖。

那等于是她送走一个假的卢三娘，又再将一个假的卢三娘送进了卢府，这对冯氏来说，又会是多大的打击?

明舒继续推测，如果柳婉儿是假的，那么从一开始的长命锁和丝帕，到后面的种种，就通通是刘婉儿给她设下的圈套，利用她的同情心，最终通过她的手把柳婉儿送进卢家。

柳婉儿进卢家，又有什么目的?难道只是单纯贪恋富贵，想变成尚书府千金?

明舒越想，便越觉得冷。

“阿兄，我……有点儿害怕……”她双手环胸，将他披上的外袍裹紧，人也往小榻上缩了缩。

来京城这么久，她头一回因为未知的种种而心生怯意。

陆徜很认真地听完她的分析。

这原本不过是桩再普通不过的孤女寻亲案，当初明舒接下之时，他甚至没有想过会与工部尚书卢则刚家扯上关系，后来也没太关注过这件事，只偶尔从与明舒的闲谈里得知些细枝末节，也没放在心上。

如今看来，是他失策了。

“明舒，看着我。”陆徜蹲在她身前，目光与她的眼相平，“别害怕，有我在。”

温热的手掌抚上她的脸颊，又轻轻挑起散落的发丝勾到她耳后，明舒在他平静温和的目光下渐渐冷静。

“单凭长命锁和丝帕，证明不了什么。如果觉得不对，就查下去，查到对为止。”陆徜此时方道，“如果柳婉儿真有问题，这长命锁既然在她手中，那肯定有某种途径让她能够拿得到。涉案的左不过那些人，去查一查长命锁的来历，也许能发现蛛丝马迹。”

明舒觉得他说得有道理，刚要点头，忽然鼻子一痒，不由自主地捂住唇鼻“阿嚏”一声，打出个喷嚏。

“跟个孩子一样。”陆徜拢紧她身上的外袍，起身给她煮茶。

明舒这才发现陆徜也是就寝的装束——单薄的中衣越发显得腰背挺拔，线条清晰。

她呼吸微微一滞，飞快地低头看自己的脚。脚上套的是陆徜在家常穿的软底布鞋，曾氏所纳，他很爱护，鞋面很干净，现下挂在她脚上荡啊荡，像只小船。

陆徜倒了杯热茶，转头看见明舒低头晃脚的模样，她整个人拢在他宽大的外袍中，脚上套着他的鞋，长发如瀑布般垂落，半掩着她妍柔的脸庞，叫人看不清五官，却越发撩拨人心。

他渐渐便觉口舌微干，喉间生燥，偏偏明舒此时又抬起头来，一双澄澈的眼睛望来，里头不解世情的无辜与迷惑，对于一个成年的正常男人来说，是有致命的吸引力的。

陆徜暗自深吸一口气，方走到她身边将茶递到她手中："喝过热茶就回屋去吧。天已很晚，你该睡了。"

明舒无所觉，只觉得自己确实打扰到陆徜，喝了两口热茶便起身道："那我先回屋了，阿兄也早些休息吧。"

语毕，她起身走到门前，欲将外袍脱下还给陆徜。

"披回去吧。"陆徜阻止她的举动，看着她出门，朝着自己房间飞奔而去，片刻后消失在他眼前。

他这才将门重重关上，单手扶着门框微俯了身，缓解自己的情绪。

就这么站了一会儿，他又走到盆架前，双手探入满盆凉水中，掬起水就往脸上泼。

清水打湿了他的鬓发，水珠沿着脸颊滑过脖颈又滚入衣襟中，带来一点点的凉意。

他闭上眼，长长地呼出一口气。

这样的日子，万分难熬。

翌日，明舒一起床便带着人出门，也没等派去给应寻传话的人回来，就往北斜街去了。

现在蔡氏已死，只剩下彭氏。如果这长命锁和丝帕当时确实跟着婴儿一起被盗走，那么彭氏有很大可能也见过这两件东西。

明舒打算找彭氏问明长命锁和丝帕一事。

到北斜街时时辰已经不早，街巷人来人往已很热闹，家家户户也都灶烟滚滚，敞开大门忙起一天的活计，只有彭氏的房子还紧闭着门，不见烟火，就连窗子也关得紧紧的。

明舒朝邱明点点头，邱明便替她上前拍门。

"彭婆子？"门拍了三下，邱明开口唤人。

里面无人应答。

邱明又加重力道拍了几下门："彭婆子！找你算卦的！快些开门！"

依旧无人开门也无人应答。

邱明回头："可能不在家？"

明舒看着黑漆漆的房子，断然出声："砸门。"

邱明犹豫："擅闯私宅，不妥。"

"有事我担着。"明舒没有任何犹豫道，"砸！"

邱明就没再多问，只侧身而站，以肩膀对准木门向前猛力一冲，并不牢固的木门应声而开。明舒提裙迈入这间逼仄的小房子中，四下里瞧。

一眼见底的屋子，乱成一片。

这乱并非打斗的痕迹，而是翻箱倒柜后不及收拾的场面。

桌上的碗筷没有收拾，斗柜的抽屉被抽出后再没推进去，里面的东西倒了满地，布帘后的寝间被褥凌乱，屋里的箱笼全部打开，衣裳少了一半，余下的东西也被翻得凌乱不堪……

明舒每间屋子都看过一遍后，攥紧拳头坐到厅堂中，满面凝霜，紧抿双唇不发一语。

得到通知的应寻匆匆赶来时，见彭氏和余连的房子门外守着明舒的人，他狐疑地迈进屋中，边看边道："怎么回事？明舒，你们这是……"

"师傅，彭氏母子跑了。"明舒冷冷地开口。

什么？

应寻闻言吃了一惊，与她一样冲到每间屋里查看一番，得出与明舒同样的结论。

这屋里到处都是匆忙收拾细软的凌乱之象，宅中所有值钱的东西都被拿光，衣裳也少了一半，彭氏和余连应该是昨天从公堂回来后，匆忙收拾东西连夜离开的。

这已经是明舒最乐观的猜测——如果他们是因为某种原因而逃离的，那还好，但若是又中了谁的圈套，性命能否保全就不好说了。

"他们为何要逃？"应寻不解。

案子已经了结，官府也没追究彭氏的意思，他们连夜逃离太说不通了。

"这就要问他们了。"明舒面容依旧冷冷的，那冷冽中透着一丝愤怒。

蔡氏死了，卢家丢失的婴儿的下落再无人知晓；彭氏逃走；赤金长命锁的来历成谜……

所有的线索，通通断了。

单凭一个关于长命锁的推测，不足以向世人证明什么。

短暂的沮丧和愤怒过后，明舒恢复理智，将自己的猜测说与应寻。

听完她的分析，应寻也紧蹙眉头，陷入沉思。

明舒的斗志在得知彭氏和余连失踪的那个瞬间已被点燃，脸上失去往常的笑容，与应寻坐在彭氏逼仄的小屋内，沉默过后，便商量起对策来。

“彭氏的下落交给我，不管他们是出了城还是留在汴京，总有痕迹可循。”应寻道。

明舒点头道：“师傅，最近和彭氏母子来往接触的人也要查一查，余连混迹赌坊酒肆，他常出没的地方，也许能打听到些什么。”

“我会安排人手排查。”

“还有，柳婉儿的来历背景可疑，我们找个时间，去她居处附近找邻人问一问。”明舒又道。

应寻一一应下后，很快就告辞离去，先找同僚安排搜查彭氏下落之事。

明舒坐着不动。

线索全断，那就撒网捕鱼，就算大海捞针，她也要捞到新的线索！

日暮时分，一匹枣红骏马飞驰而过，往魏府驰去。

曾氏午间做了些吃食，为了感谢这段时间魏卓的照顾，便带着陆徜与明舒亲自送了一份过来，以表谢意。魏卓有些受宠若惊，忙迎三人入厅，又是让座，又是命人上茶。

“我阿娘包的馄饨最是鲜美，魏叔尝尝。”明舒笑着帮曾氏将食盒内的吃食一样样取出，端到魏卓桌上。

魏卓低头望去，瞧见碗中热乎乎的馄饨有翠绿、雪白二色，绿色的为素馅，雪白的则是肉馅，汤中泛着一点点油花，是鸡汤吊的，其上撒着葱花、虾皮等碎物，闻着就鲜香。除了馄饨外，还有一碟翡翠白菜卷、一碗炖烂的冰糖肘子，以及一盘羊肉胡饼。

这几道都是家常菜，谈不上多精致，可看着就叫人犯馋。魏卓一个人过了多年，府中虽然也有厨房，但厨子是从前军中的伙夫，煮的都是大锅饭菜，他吃惯了不觉有什么，今日见到曾氏送来的吃食，忽觉从前吃的那些，简直不堪入口。

曾氏做的菜，就像她这个人，处处透着熨帖人心的温暖柔和。

“多谢曾娘。”魏卓道谢。

曾氏便道：“在府上叨扰多日，承蒙殿帅照顾，无以为谢，只有做些吃食聊表心意。”

“曾娘客气了。”魏卓忙道，“这些不过举手之劳，曾娘无须放在心上。”

曾氏微微一笑，看了眼陆徜，陆徜便道：“魏叔，菜要趁热吃，我们就不打扰您用饭了。”

明舒摆好碗筷，也过来扶曾氏，正要笑着告辞，却听厅外传来一阵急切的脚步声。

“禀殿帅，江宁府厢都指挥使曹海曹将军求见！”

众人目光齐向厅外望去，魏卓与陆徜对视一眼，神情均是冷肃。

曹海到汴京的时间，比他们估算得早了许多天。

随着属下的通传，厅外宽阔的空庭上走来一人。

那人年过四旬，方脸阔耳，着银亮胄甲，手里抱着军盔，腰间别着佩刀，虎虎生风地走来。魏卓忙迎出厅外去，陆徜也跟了上去，只留明舒扶着曾氏站在厅中。

“末将曹海，参见殿帅！”曹海一看到魏卓，便单膝落地行礼。

魏卓两步上前，要扶他起来：“兄弟，多年未见，何必如此多礼，快起来！”他一边说着，一边望向外面，又疑惑道，“就你一个人？”

曹海却不肯起身，仍抱拳跪地，垂头道：“殿帅，末将有负上命，未能将犯官高仕才押送入京，特来向殿帅请罪。”

此语一出，陆徜色变：“高仕才跑了？”

曹海看了陆徜一眼，又望魏卓，魏卓亦是大感诧异，道：“说吧，自己人。”

曹海方续道：“赴京途中，他畏罪自缢，死在客栈。他的尸首与其余涉案人一并正在押送入京的途上，现下应该已近汴京。末将恐怕殿帅久等，故先快马来报。”

陆徜第一个反应，是回头望向明舒，明舒正扶着曾氏站在厅中，恰也望来，两人目光无声相遇。

简家灭门劫杀案的最大凶嫌，死了?!

高仕才的死讯来得猝不及防。

纵是陆徜，也有瞬间愣怔。他这段时日全部心力都扑在这桩案子上，为了能早日让案情水落石出，他几乎动用了自己眼下能够用的所有力量，本以为高仕才会是一个转折，不想等来的却是高仕才畏罪自戕的消息。

“陆徜？”魏卓唤了他一声，才将满心惊疑的陆徜唤回。

曹海已经起身，听到这个名字，不由得多看了陆徜两眼：“这位就是我们江宁的大才子，新科状元郎陆徜？”

陆徜此时方向他抱拳行礼：“陆徜见过曹将军，将军谬赞。”

官职上二人虽相差不多，但曹海乃统御一方厢军的最高长官，实权在握，可算是江宁府数一数二的大人物，陆徜不过初出茅庐的文官，比不过曹海。

曹海不像魏卓那般虽带兵打仗却也通文墨，其行为举止间都带着常年行武之人的粗放之气，脸上的笑带着敦厚，比魏卓要更显亲切些。

“真是自古英雄出少年，好样的。”曹海伸手拍拍他的肩膀。

陆徜并无心思寒暄，只客气地一笑，又问：“将军，不知高仕才死前可留有遗言？”

“简家的案子由三殿下主理，现下已全权交由陆徜负责。若有什么可疑之处，你尽可告诉陆徜。”魏卓从旁补充了一句。

曹海看着虽粗犷，却粗中有细，直到魏卓发话，他才道：“高仕才死前留有一封认罪信。”

他说着从怀中摸出一封信来，双手呈到二人面前。陆徜接过信，却没立时打开，魏卓道：“这里不是说话的地方，去我书房吧。”

陆徜点点头，将信收入袖中，转身走到明舒与曾氏身边，低声温道：“明舒，你同阿娘先回去，我和魏叔有要事，今晚恐怕不能陪你们用饭了，不必等我。”

明舒道了声“好”，没有多问，扶着曾氏离开。

夜深，马儿在魏府门外停下，陆徜下马入府。他已连夜去见过三皇子赵景然，禀报高仕才畏罪自尽一事。

心事重重地走在回院子的路上，陆徜的脚步沉重而缓慢。

那封认罪信他看了，高仕才死前把简家劫杀案的所有罪过全都揽到身上，认罪信上交代得非常详尽，除了简家一案外，他还细诉了自己几大罪状，其中也包括官匪勾结、收受贿赂等。

单就信上内容来看，没有问题。

来龙去脉写得清清楚楚，诸多罪行巨细无遗。

简家富甲一方，早就受人觊觎嫉恨，高仕才有心下手，却苦于简金海虽然看着粗陋，实则细心谨慎，着实有些手段，正正经经行商，从未叫人拿住过小辫子，让高仕才无处下手。直到简金海娶了姨娘周氏。

这周氏本是江宁富户之女，在家道中落之前早就与高仕才相识，后来进了简家为妾，偶然间重遇高仕才，一来二去，两人便暗通曲款。简金海膝下无子，只有一个独女简明舒，高仕才便与周氏商量谋夺简家家产，背着简金海诞下奸生子充作简家独子，本欲借子谋财，不想简金海却独宠爱女，竟欲将半数家产作为陪嫁，周氏不愿财产旁落，就与高仕才设下毒计，打算假借匪患之名劫杀简家父女。

高仕才在江宁本就黑白两道通吃，搭上山匪并非难事，两方商量过后，由高仕才买通守城与衙门的人，让山匪顺利进城，再由山匪动手，连夜杀入简府，抢光简家所有金银并将简家全府人灭口。而高仕才为避嫌疑，提前将周氏约到了二人常幽会的云华山水仙庵中，却不料简明舒因为怀疑周氏与人有染而悄悄跟踪到庵内，偷听到他二人对话。

高仕才发现之后欲杀人灭口，对她以及当时跟着她的人斩尽杀绝，不料却独独跑了简明舒。简明舒逃跑之后，高仕才终日惶惶不安，广派人手四处搜寻她的下落，又怕事情败露，不敢将周氏接回家中，只好另辟偏园安置周氏与那奸生子，那奸生子早已被高仕才另作安排，并未在劫杀中丧命。然而周氏却渐渐不满见不得光的日子，又因分赃与高仕才起了嫌隙，恐他灭口，于是抛下儿子逃走，在江宁府藏了两个月，被陆徜的人找到并押送回京。

高仕才得到消息，怕事情败露，这才安排了私兵赴京追杀，一不做，二不休，连周氏带陆徜、简明舒在内都一并铲除，没想到派去的人手被禁卫军生擒将他供出……

他自忖此次赴京在劫难逃，为免祸及家人，选择自戕。

除此之外，认罪信上还提及在云华山中所杀之人，为了防止被人发现，尸首均被秘密搬回简家，算在劫杀案上，江宁县衙都是他的人，要动手脚掩人耳目易如反掌，再将水仙庵一举铲平，就再没人知道当日云华山上发生的事。

但从信中内容来看，案件的前因后果、来龙去脉并没破绽，各种细节亦能对上，从笔迹看，信乃高仕才亲书，并无疑点。

若高仕才是真凶，他一死，简家之案也算告破，明舒也能从危险中脱离。

然而，这封信虽然交代了案情种种，却对简家被劫走的那笔财物，只字未提。

简家人已经死尽，除了明舒本人与凶手外，恐怕没有第三人知道简家到底丢了多少财产。

这笔财物，下落成谜。

还有一点，高仕才是如何得知明舒人在京城的？

虽然认罪信写得几无破绽，但陆徜心中仍旧存疑，且疑虑越来越大。可高仕才死了，当日与他合作的匪首伏诛，周氏又失去踪迹……

所有线索都断了。

无意之间，他和明舒陷入了同样的境地。

“阿兄！”

有人在他耳边大唤一声，陆徜陡然间从沉思中回过神来，这才发现自己已经走到门外，而明舒正手捧托盘站在他身边。

“你怎么在这儿？”陆徜边问边从她手里接过托盘。

托盘上放着傍晚时曾氏煮的馄饨。

“你是不是没吃饭？”明舒反问他。

门被他推开，她跟他进了屋子。

经明舒这么一提，陆徜才想起自己确实没有用饭，现下胃里似有隐隐闷痛。

看他的神情，明舒就知道自己猜对了，她正等着他回来呢。

陆徜洗过手，坐在桌边吃起馄饨，明舒侧趴在椅背上看着他，待他吃得差不多了，才开口：“阿兄遇到棘手事了？”

“为何这么说？”当着明舒的面，陆徜将心事收起。

“我从未见过你像刚才那般失神，眉头紧蹙不松。”明舒说着伸手，指尖点上他的眉心，轻轻一揉。

陆徜定定地看了她片刻，眉头随着她指腹的搓揉渐渐松开。

“什么都瞒不过你。确实遇上棘手事了，先前不是同你提过，江宁厢都指挥使曹海会押送刺杀我们的凶嫌入京？傍晚来的那人就是曹海，那名凶嫌在他押送入京的途中畏罪自尽了。”

“阿兄怀疑那名凶嫌并非真凶？”明舒直接问道。

若那人是真凶，又已畏罪自尽的话，陆徜不会露出这种表情。

陆徜道：“有此忧心。”

“如果觉得不对，就查下去，查到对为止。”明舒忽道，“阿兄莫忧，有我在。”

这话，是昨天陆徜安慰她的时候对她说的，如今，她原话奉还。

陆徜一怔，她指腹却用了些力，按着他的眉心往后一推。

“别想了，再想就睡不着觉了。”她笑吟吟地收回手，起身要收拾桌子。

陆徜忽觉胸中如有波涛阵阵起伏，每一道浪都像要将他包裹般，带着她不经意的温柔缠绵，无孔不入地袭来，将他心中暗藏的、压抑的种种隐秘情绪催到极致。

人这一生总有某些瞬间会无法自控，譬如这一刻情动，理智被心中情感碾压，他终究是个凡夫俗子，无法永远冷静自持。

“明舒。”低沉的声音响起，明舒的手被陆徜攥住，人亦被他扯回椅子上，眼前一暗，竟是陆徜俯身而来，脸停在离她不过两拳的地方。

四目相视，无人开口，仅余呼吸声，如丝线拂过彼此脸颊。

陆徜的手指紧紧抠住椅子扶手，眸中挣扎之色渐重，似乎有某些东西要裂胸而出，脑中混乱得只剩一个想法——要不就这样挑明吧，不要管什么过去现在，不要龟缩在兄长的壳子中，不要讲什么君子约定……

明舒静静地望着他，她心跳得很快，却没有任何想法。

就这般无声地对望，仿佛只是须臾瞬间，又仿佛过了很多年，陆徜终于松开了手。

他什么都没做。

“对不起。”他道歉，背着朝她走开。

明舒松了口气，这时才发现自己手心攥了把汗。

“早些休息。”她起身收拾了桌面，告辞离去。

翌日，碧空万里。

明舒没有如往常一般见到陆徜。

“你阿兄一大早就急匆匆出去了，也不知出了何事。”曾氏道。

明舒瞧了瞧外头，自从昨日见过曹海后，陆徜就跟变了个人似的，她有些担心。

“放心吧，阿兄做事有分寸，阿娘莫忧。”虽然也担心，明舒仍是安慰曾氏。

曾氏只叹了口气——孩子大了，做事都爱瞒着她，她这当娘的，也无能为力。

陆徜只是接到一个口信，一个关于周秀清下落的口信。高仕才已经死了，证人只剩下周秀清一个，他无论如何都必须找到她。

只是万没想到，给他捎信、约他见面的人，竟是陆文瀚。

“你在查豫王？”陆文瀚临江而立，问道。

“陆大人有何见教？”陆徜行过礼，反问他。

江面波光粼粼，水光倒映在陆文瀚脸上，让他看起来年轻了些许，与陆徜站在一起，恍惚间竟不像父子。

自从刺杀案发生后，虽然陆徜等人并未向他提及个中缘由，但陆文瀚仕宦多年，又身居高位，如何会打听不出他们近日在查哪桩案子？

“明舒……不是我的女儿，对吗？”他远望江面，平静道。

明舒的身世，同样瞒不住他。

陆徜沉默片刻，亦转身望向江面：“阿娘说，妹妹……也许是弟弟吧，在你离家赴京后没几天就没了。”

此语一出，陆文瀚闭眸，胸口有些刺疼。

不怪玉卿不能原谅他，年轻气盛又不知为夫为父之责，抛妻弃子原就是他之过，说什么破镜重圆，逝去的岁月和人，又怎能回得来？

“朝中储君未立，正值纷争之际，你在此刻帮着三殿下调查豫王，可知会有什么后果？”陆文瀚再睁眼时，眸中情绪渐退，复归平静。

“我知道。”陆徜回答他。

左不过是卷入夺储之争，以他十载寒窗与仕途前程为赌注，为明舒换一个真相。

“想清楚了就好。若是出了事，陆家保不了你。”陆文瀚冷冷道。

陆徜像他，有他少年时一般的豪情与才华；陆徜也不像他，不像他一样顾虑许多，也没有他的野心。

陆徜只有一个人，他愿意为他想要付出的人，倾尽所有。

陆文瀚不行，他身后有整个陆家，有他想要实现的抱负。

他们不一样。

“我从来就不是陆家人，不必陆家相护。”陆徜答道。

“好，你明白就好。”陆文瀚负手转身，终不再将他视如亲子，把他当成一个与自己相同的、游弋在官场的年轻同僚。

“城北……”他缓缓报出一个地址，“是豫王的私宅，里面可能有你要找的人。”

“多谢陆大人成全。”陆徜长揖，告辞。

陆徜快马加鞭带着人找到那处私宅时，天色已经微暗。

这是座很小的两进宅院，从外观上来看，完全不像是一个王爷会有的私产。陆徜查过，这宅子记在一个普通百姓名下，和豫王八竿子打不着。

但既然陆文瀚能够开口直指此地，那里面必定有蹊跷。

陆徜下马落地，立时就有负责盯梢的人过来回话：“大人，我们的人已经埋伏在这宅子四周，里面的人插翅难飞。”

“走吧。”陆徜将马交给手下，亲自上前敲门。

门没敲几声，就有个老叟将门打开，陆徜同他说了两句，老叟只是摇头，比着手势：主子不在家中。

竟是个聋哑人。

跟在陆徜身边的人不耐烦，一把推开老叟，骂骂咧咧地闯进宅中，陆徜并没阻止，跟入宅中，径直过了二门。

宅子一眼见底，二门后左右厢房拥着正中主屋，眼下正房内亮着烛火，陆徜毫不犹豫地走到屋前，一手推开门。

正对门口的桌案后坐着个人，桌角点着盏羊皮灯，眼下天光未全暗，烛火显得不够亮，淡淡地笼着那个人。

“少尹大人，您总算来了，我已在此恭候多日。”

唐离的脸，慢慢抬起。

陆徜在门口处停下，望着仍旧一袭男装示人的唐离。

从进门到现在，整个宅子中除了开门的聋哑老仆人，他就只看到唐离一人。

这里并不像藏有周秀清的模样，倒更像是唐离为了引他前来而设下的陷阱，就连陆文瀚都被她给设计了进去。

既来之，则安之，至少唐离出现在这里，就已证明周秀清的失踪与豫王有关，就算这趟他没找到人，也不算一无所获。

如此想着，陆徜淡淡道：“苏娘子若有事要找陆某，直接往开封府衙去便是，何故要在此候我？”

唐离微笑着对着急驱赶陆徜的老仆人点点头，老仆人得了示意躬身退下，她这才开口：“少尹大人，您与我好歹也算同窗一场，我还是比较希望您能唤我唐离。”

“可你是苏棠璃，并非唐离。”陆徜迈入房中，目光徐徐扫过屋中陈设，最后才落在她身上。

房内陈设很简洁，墙上挂着水墨山水画，墙角摆着罗汉松，左右两侧都是多宝格月洞门，正中乃是书案、高背椅，下首是一对圈椅并茶几，这屋子既作书房又是会客的花厅。

唐离着藏青圆领袍，肌肤被这颜色衬得雪白，除了秀气的面容外，举手投足乃至一颦一笑并无过多女儿气。

“不一样，苏棠璃是个犯官之女，唐离却是男儿。大人，您可知在这世上，女子能做的事太少了，识文断字、读书明理、为官做宰……都是男人做的，而大多数女人，都只能困于内宅相夫教子。其实我挺羡慕令妹的，能堂堂正正以女儿身游走于世，做她想做的事……”

“唐公子，这些话，你不必对我说。”陆徜打断了她的感慨，也无意与她在称呼上纠缠。

唐离叹口气，刚想说话，陆徜的手下急步进门，走到陆徜身边，附耳低言：“大人，找过了，宅中并无他人。”

陆徜毫不意外，道：“知道了，你们都退出宅子等我吧。”

那人便领命离去，带着初时随陆徜进门的人一齐退出宅去，小小的宅子安静下来。

“少尹大人不搜搜我这里？”唐离问他。

“不必了。”陆徜摇头。

“我很欣赏少尹大人，大人今日既然大驾光临，不妨坐下与我叙叙旧？”唐离做了个“请”的手势，招呼他落座。

陆徜并不领情，不冷不热道：“你我虽在松灵书院有过数月同窗之缘，但我们之间并无私交，无旧可叙。还是言归正传，陆某今日既已踏入此地，想必唐公子也知道我所求为何，还望唐公子不吝赐教。在下感激不尽。”

他说着抱拳略一行礼，面色从容。

“也罢，少尹大人真是个油盐难进之人。”唐离缓缓起身，双手撑桌，问道，“大人是为江宁简家的姨娘周秀清来的？”

“正是。”陆徜颔首，又问，“不知周秀清可在唐公子手中？”

唐离突然露齿浅笑，清秀之上又添甜美：“她是在我手里。”

竟是直接承认了。

陆徜也是一笑：“那不知唐公子要如何才肯将周秀清交给陆某？”

“少尹大人很需要她？据我所知，高仕才应该已经被曹海押送赴京，近日便要抵达才对。有没有周秀清，对你们来说并不重要吧？”唐离从书案后缓步踱到陆徜身边，未待陆徜开口，忽又作掩唇惊讶状，“我险些忘了，高仕才在赴京途中畏罪自尽了。不过他应该已经认罪，既然认了罪，也算抓住了凶手，大人如今大费周折找周秀清又是为了什么？”

她从陆徜左手边绕到他右手边，故作猜忖：“我猜……是大人觉得，高仕才并非主谋？你们的证人死的死，没的没，只剩下了周秀清一个人？所以你们才想找到周秀清，从她口中得到真相？”

陆徜面上仍旧带笑：“你猜得没错，那你问出主谋了吗？”

“我当然问出来了！”她迅速答道，笑容越发得意，“但我不能告诉你们。”

“为什么不能？”陆徜反问她。

“这不重要，重要的是你们现在只剩下周秀清这一个证人，就算让你们知道谁是主谋，没有证人，你们也指证不了那个人。”唐离的声音微微透着些亢奋，伸手拍拍陆徜的肩，“陆徜，我可以把周秀清交给你，只要你答应帮我们做一件事。”

“豫王让你来的？”陆徜又问。

“算是吧。”唐离耸肩。

陆徜失笑出声：“简家这桩案子只是三殿下奉圣人之命彻查的，而我又只是在开封府替三殿下查案而已，如今你用周秀清来威胁我替豫王办事？这个威胁，未免太没重量。”

“不不，陆徜，我看人一向很准。你查简家的案子，不是因为三殿下，是为了你的明舒妹妹，对吗？”唐离又是掩唇笑起，“真是叫人感动，你处处替她着想，为她甚至不惜豁出仕途和性命，她却什么都不知道。你应该很喜欢她吧？”

听她提及明舒，陆徜的眉眼冷了三分。

果然，豫王已经将简家之事打听得清清楚楚，甚至知道得比他们以为的还要多。

唐离却不肯放过：“你这么喜欢她，必是不忍见她受伤。如果周秀清死了，你们将永远不知道主谋是何人，也永远无法指证他。他会像鬼魅般站在你们身后，趁你们放松警惕时拔刀出鞘，在你们不知道的时候……”她做了个抹脖子的动作，“杀人灭口，把简明舒这个最后的威胁给除了。你能护得她一时，可有办法护她一世？可能每时每刻都陪在她身边，寸步不离？”

陆徜的笑渐渐消失，心中怒意升起。

“我能告诉你的是，你的明舒妹妹现在很危险……那把刀，已经悬在她的头上。你想不想救她，想不想替简家报仇？”唐离一字一句道，声音仿佛化成无形巨掌，狠狠攥住人心。

“你们想要我做什么？”

如果这是他们的目的，陆徜不得不承认，这一局，唐离赢了。

“哈哈哈……”唐离忽然发出畅快的笑声来，似乎因为陆徜的妥协而格外高兴，“少尹大人若能想通，那是最好的，不过不着急，你还可以再多考虑考虑。我们需要你做什么，时机一到你自然就知道了。”

不急，人心就该好好磨一磨，等得越久，他紧绷的精神就越容易崩溃。

瞧着陆徜转身离开的背影，唐离自言自语地呢喃着：“中元节将至，死去的亡魂，都该回来了……”

又两日过去，应寻那边给明舒送来消息。

他已经着人去城门处打听过，彭氏确实是在柳婉儿的案子开审那日入夜时分与余连离开汴京城的，彭氏老家在咸阳，应寻猜测他们极有可能逃回老家，只是从汴京往咸阳处一来一回再加上调查都需要时间，并非一朝一夕的事。

另外，明舒亦亲自去柳家附近打听过柳婉儿。柳家夫妇是远地迁京人士，在京城并无亲戚，据柳家邻人的回忆，柳家夫妇确实有这么一个女儿，她既是柳家夫妇的独女，也是柳家夫妇的老来子，故而夫妻二人对这个女儿十分珍爱，平日教养皆照富贵人家的姑娘，轻易不让她出宅门，再加上这个女儿身体自小孱弱，就一直藏在深闺，因此街坊几乎无人见过她的模样，更谈不上对她的了解，向来是只知其人，不见其面。

“没人见过柳婉儿？可她父母的丧事，总是要操办的，她不用见人吗？”明舒大惑不解。

“娘子这就有所不知，说起来也怪可怜的，她父母因为急病先后殁了，二人病症极为相似，当时附近街坊都怀疑得的是会传染人的疫症，她父母办丧事并无人敢上门祭奠，后来报与官府，由官府出面料理的，而柳婉儿也让官府的人带去了清安堂，就是汴京城外那个专门收留疫病患者的地方。说实在的，她能安然回来，连我们这些街坊都很惊讶。”

“可知她是什么时候回来的吗？”明舒又问道。

“大概是……”那人想了又想，才犹豫道，“两个月前？”

两个月前，那就是今年四月末的事。

明舒向人道过谢，离开马行街。

不打听还好，一打听她便越发觉得柳婉儿的过去着实古怪。按照邻居的说法，岂不是没什么人认得柳婉儿？不过进了清安堂的人，官府应该都登记在册，少不得要顺着这条线再去查上一查。

如此琢磨着，明舒心不在焉地回府。

高仕才已死，按理他们应该搬回状元府才是，但不知何故，陆徜仍旧没同意搬回自家宅子，他们一家三口仍在魏府住着。

才过了影壁走到演武场上，明舒忽闻一阵马儿嘶鸣声响起，有人急吼吼喊着：“让开，都让开！”

明舒定睛一看，正前方有匹马朝自己疾驰而来，眼见要撞上自己。

那马高大凶悍，要是叫它撞上，不死也去半条命，明舒忙往旁边避去，马背上坐着的人已经拽住缰绳勒马，马儿嘶鸣着扬蹄止步。明舒吓得额头生汗，幸而只是虚惊一场，正拍着胸脯松口气，旁边忽有人纵身跃出。

“阿兄！”明舒惊叫一声，看着陆徜挥拳而出，不由分说地袭向马背上坐的人。

那人被打下马背，在地上滚了一圈，脸已青肿，陆徜犹不肯放过，待要上前继续，却被后面赶来的人厉声制止。

“陆徜，拳下留人！”魏卓道。

曹海也随之冲上来，将那人扶起，他在京城并无宅邸，入京后就住在魏卓宅中。

“一场误会，陆徜，你冷静些。”魏卓瞧见陆徜眸色见红，忙走到双方中间，拦住两人，解释道，“这位是曹指挥的副官，今日我送了老曹一匹西域烈马，他的副官适才在此驯马，不想此马脾性过烈，险些冲撞了明舒。”

曹海见副官被打，却未向陆徜发作，反而朝自己的副官怒道：“都说了烈马难驯，你非要在这里逞能！还不向人道歉？”

副官抹抹唇角，朝陆徜与明舒抱拳赔不是。

“我没事，马不是勒住了嘛，也没撞上我。”明舒忙摆摆手，又扯陆徜的衣袖，暗示他也说两句。

陆徜脸色有些白，额间亦是渗出汗来，只勉强朝副官回了个礼，竟一语不发拉起明舒就走。

明舒蹙起眉来。

陆徜有些不对劲。

第四十七章 烟火对影赏

陆徜的变化是从两天前开始的。

这两天，他总是显得情绪紧张，整个人仿佛拉满弓的弦，稍有风吹草动就会爆发。譬如刚才的惊险，若是从前，虽然他也会担心动怒，但绝不会像今天这样不分青红皂白直接动手。

尽管他在掩饰，但明舒依旧瞧得出来，让陆徜如此紧张的原因，在她身上。

一定是发生了什么很严重的事。

“阿兄！”明舒跟进陆徜房间，看着他急匆匆地走到桌旁，倒了杯凉水仰头饮下。

似乎这样，就能平复他的情绪。

陆徜也已经察觉自己的草木皆兵、疑神疑鬼了。如果唐离与他说那番话就是为了让他失去冷静、陷入这样的境地，那她成功了。敌人不知藏身何处，而他又难以冷静，这不仅会称了唐离的意，也会让他们陷入格外被动的局面。

适才进府时碰巧看到的那一幕，确实让他理智尽失，难以做出正确的判断。他完全无法想象，若是明舒出事，自己会如何。

而从什么时候开始，明舒在他心里竟已成为重逾一切的存在？

他知道自己喜欢她，却从来不知道这份感情竟然如此强烈，可以让他完全改变。

“我没事。”面对明舒的担心，他粗声回道。

没事？

他骗鬼呢？

明舒走到窗下锦榻旁，朝他招手："阿兄，来这儿。"

陆徜定定神，望着明舒温柔和悦的模样，似乎没被他影响。

"对不起，可能是我最近公务繁忙没休息好……"他走到榻前，语气柔和下来。

明舒搬张小杌子坐到榻旁，然后拍拍锦榻："躺下。"

陆徜不解，明舒又笑道："你晨起没有照过镜子？眼睛下面的黑青都垂到这里了……"她的手在下巴处夸张地一比画，又道，"你有多久没好好睡过觉了？"

从城北回来，他心中的弦便绷得紧紧的，失眠犹重，不过明舒的俏皮还是让他忍俊不禁。

"要做什么？"陆徜依言躺下，心情稍放松。

"等会儿。"明舒看了两眼，又起来拿了个软枕垫到他颈下，这才又坐回小杌子。

"该不会是要审我吧？"陆徜抬眼看坐在自己头顶上方的明舒问道。

明舒搓搓双手，将温热的手掌贴到他额头上，由上而下俯视陆徜道："睡会儿觉吧，别想太多。"

温热的手掌缓缓摩挲他的额头，指腹捏住他的眉心用力按压——一阵酸涩从她施力的位置泛起，疲倦汹涌而来，陆徜忽觉难以言喻的困乏与松弛。

"阿兄，记得进京途中我们遭遇过的惊险吗？凶徒追杀、暴风雪、山中悍匪……九死一生的险境，我们竟也走过来了，如今想来就像做了场惊险又刺激的梦。"

她在那一夜彻底接受他与母亲，互相扶持走到如今，纵然现在知道他不是她亲兄长，也依旧愿意完全相信他。

"可不是就像场梦。"对于陆徜来说，从江宁县开始，就像场梦。

这个梦，改写了她和他的命运。

"若无阿兄，便无明舒。"明舒温声道。

"你高看我了，我也只是个普通人。"他闭着眼回答。

"我没高看你。"明舒道。就是因为知道他也只是个普通人，才越发觉出这份情谊的难得。弱冠左右的年纪，无权无势无背景，不过比旁人聪明了两三分，多了些阅历，他决定带她进京之时，也是豁出了性命，一路照拂，从没半分苛待于她，处处关照，体贴入微，其间种种总让人忘记他也堪堪及冠之年。

“嗯？”陆徜的声音里透出点儿瓮瓮鼻音，像要睡着般。

明舒不再说话，只轻轻摩挲他的额头，送他入梦。

从陆徜屋里出来，明舒交代来安守在屋外，便往前院去找魏卓。

魏卓正和曹海在厅内议事，听到下人传话，忙请人进来。

明舒是来替陆徜道歉的：“曹将军，近日我阿兄公务繁忙以致心绪不宁，冲动之下伤了副官，实在抱歉，明舒代阿兄向将军请罪，还请将军海涵。现不知副官伤势如何？可请大夫瞧过了？”

曹海摆手道：“是我那副官鲁莽托大，险些伤了陆娘子，陆状元爱妹心切，不怪他，陆娘子也不必放在心上。”

“放心吧，明舒，我已经让大夫给陈副官看过了，是些皮外伤，并无大碍，你们不用放在心上。”魏卓亦开口劝道。

明舒方点头：“多谢魏叔，多谢曹将军大人大量。”

道过歉，她见二人正在商议正事，便不再打扰，告辞退出。

“真是可怜，若是她记起旧事，知道简家遭难，还不知该如何伤心。”待她离去后，曹海方开口道。

曹海乃是江宁府的人，与简金海打过照面，又经手了高仕才之事，再加上陆徜在江宁时并无兄弟姐妹，明舒的身份无法瞒过他。

“伤心是不可避免的，只盼她能早日走出。”魏卓叹道。

“唉……”曹海也跟着叹了口气，“不知她都听到了什么，若能恢复记忆，对此案兴许有些帮助。”

对此，魏卓也只能摇头。

除了明舒自己，没人知道她在那一夜听到了什么。

陆徜睡了一觉，睁眼时天已黑透，也没人来唤他用饭。

这一觉虽然睡得不长，但也让他神清气爽，仿佛多日阴霾散去，久违的清明又归来。他燃灯在书案后闲坐静思，既不提笔，亦不取纸，入定般看着桌面，直到有人敲门。

“阿兄醒了？”明舒见他屋中亮灯，便知他已醒来，于是端着给他留的晚饭过来。

“明舒，过来。”陆徜坐着未动，朝她勾勾指头。

明舒放下手中之物，不解地望向他——他看起来精神好了许多，脸上是往日清冷平静的神色。

“我有事要请你帮忙。”他道。

明舒闻言眸中一亮，很快绕过书案走到他身畔，弯腰至与陆徜等高。

房中明明没有第三人，但陆徜这神秘兮兮的模样，还是让明舒不禁将耳朵凑近他。

陆徜笑笑，气息随着他说话拂过她的耳朵。

明舒耳朵发痒，脸发烫。

听了半天，明舒方直起身来，用力拍着胸脯道：“阿兄你放心，演戏，我在行。”

翌日，押送高仕才的人马终于抵京，高仕才的尸首与一干涉案人员第一时间被送往开封府衙。陆徜再没休息的时间，带着仵作验尸，逐一审问所有涉案人员，所有事情亲力亲为，希望能有所突破。

明舒那厢也并未闲着，彭氏母子虽没找到，但是清安堂的档案已经送来了。

根据官府的记录，柳婉儿确在去岁三月因疑患疫症被送进了清安堂，独居一屋，所有饮食汤药均由清安堂的药童放在屋外。另外还有一份柳婉儿在清安堂的有关记录，记载了她的病情变化、用药情况与日常饮食，由负责诊治的大夫每七日一记。记录中她的病情一度恶化，然而到了去岁七月却又忽然转好，到今年的四月彻底痊愈，四月末从清安堂回到汴京城。

明舒仔仔细细地将记录反复看了三遍，除了病情突然间好转外，记载的内容并没什么可疑之处，不过……

她将册子摊开凑到鼻前，轻轻一嗅，又翻到后面再一嗅，而后递到应寻鼻前。

“师傅，你闻。”

“怎么了？”应寻边问边闻。

“墨的香味前后不一，你没发现吗？”明舒道。

时人所用之墨内常会添加冰片、麝香等香料，所书之字自带淡香，而这本册子上前后墨字的香味，稍有差别。

应寻是个男人，对这些并不敏感，但明舒不同，女人天生的爱美好香让她对香味比应寻敏感许多。

“你再仔细闻闻，从去年三月到七月的墨字，只有很淡的麝香味，而从七月……也就是从柳婉儿病情好转的那一页开始，墨香就变了，应该是用了添加过冰片的墨，所以闻起来比之前多了一丝清新之意。”明舒解释道。

“是有差别，不过这说明不了什么，也许刚好做记录的人换墨了呢？”应寻道。

明舒摇头：“除了墨香变了外，这香味的浓淡也不一样。墨中添香虽能让字迹带香，但这香味会随时间变淡，前四个月的香味已经很淡了，但从七月开始到今年四月这段时间记载的文字，墨的香味却依然很浓郁，并且前后跨度长达九个月，可这九个月的香气浓淡度没有任何变化，比去年四月前的墨香要浓郁许多。依我看，这不像是从去年七月开始写的，倒像是新写的。”

“你的意思是，有人篡改过这本记录册？”经她一提醒，应寻也研究起这本册子来，他将册子合起，从侧面查看装订线，又把装订线剪开，细细检查。

果然，有些微小的碎纸屑残留在装订处。

应该是有人撕去了从去年七月病情好转前的几页纸，虽然撕得很彻底，展开翻阅时并不能发现什么痕迹，但拆开后便能看出蛛丝马迹来。

“能否找当时负责柳婉儿病情的大夫来问问话？”

“那大夫年事已高，柳婉儿离开清安堂后没多久，他便病故了。”应寻回道。他早就想过找大夫来问话，但可惜人已经不在了。

明舒轻叩桌面想了想，道："师傅，如果这本记录册被人动过手脚，那就说明去年七月一定发生了什么事，而这件事又能直接揭露柳婉儿的身份，会是什么事呢？"

清安堂是个隔离疫症患者的地方，能有什么大事，除了……

"病重去世？"应寻反应得很快。

明舒被他一语惊醒。

如果真正的柳婉儿已死在清安堂，她的父母又已亡故，左邻右舍也认不出她来，再没有比披着柳婉儿的皮更能掩饰身份的方法了。

但是，这个"柳婉儿"千方百计要进入工部尚书卢家，又是为了什么？

如果只单纯为了一个尚书府小姐的身份，那她也只是个贪图富贵的人，这样的人出身必定普通，又如何能打通这么多的关节？

这根本不是一个普通人能完成的事。

"如果真正的柳婉儿死了……记录应该是从今年四月左右被篡改的，人是去年七月死的，那清安堂的尸体处理记录总无法篡改吧？"

"我去查。"应寻道。

既然要查，便需要时间。

六月过去，汴京迈入七月。

那位新入工部尚书府的卢三娘子，已经在短短十余日内，成为尚书府新宠，就连那位素来不对女儿多加关注的卢尚书，也对她另眼相待。

七夕将至，再往后就是中元节。

七夕女儿节，可是汴京少女们最喜爱的节日之一。到这一日，约上三五个闺中密友，置酒果，结彩楼，共拜织女以乞巧并求姻缘，能玩一整日。

而所有的节日，又都为商贾的所爱。

明舒也喜欢七夕，除了少女心思作祟外，更主要的还是因为她是一个金铺掌柜。满堂辉在七夕来临前夕，就已经推出应景的小物件，其中便有最讨喜的磨喝乐，泥坯漆金，再以金珠点缀，尤为各府夫人喜爱，早早就被定完。

到了临近七夕这几日，明舒便天天带着伙计给各府夫人送磨喝乐。此外，她还定了批精致的七夕巧果，与那磨喝乐一起送给各位夫人——算是客情，寓意美好。

“这会做买卖的人想得就是不一样！”闻安夸她，“瞧你把那些夫人哄得心花怒放，换我是不能的。”

满堂辉的生意早已步入正轨，名声也因为明舒层出不穷的点子和她那张巧嘴而渐渐传扬开来，好些权贵府里的夫人和小娘子们都喜欢找明舒定金饰。

“那叫作见人说人话，见鬼说……”

淑君一句打趣没说完，就叫明舒一杯酒灌了嘴。

闺密三人已有许久没见过面，这次托了女儿节的福，明舒和淑君都被邀到郡王府与闻安一起过节。

“她这哪算见人说人话，卢家刚接回家的那个女儿，才叫会说话。”闻安斜睨二人道。

淑君的谈兴被她勾起，立刻附和：“你说卢三娘子？我也听说了，最近她风头很盛，比起从前那位可强了不止十倍，连卢尚书都夸她，我阿娘还让我多向她学着点儿。你说她一个长在市井的女儿，如何能有那般见地？”

“什么见地？不过是爱出风头罢了。”闻安撇嘴不屑道。

“你们见过她了？”提及柳婉儿，明舒把手上酒盅一放，好奇地问道。

“那人是你给卢家找回来的吧？难道你不知道？”淑君挨近她反问。

明舒摇摇头。那桩事了结后，卢家倒是打发人给她送了笔银子过来，但柳婉儿却再没来找过她，明舒印象里的柳婉儿是个柔弱温婉的小娘子，和“出风头”这个词根本挨不上边，也看不出她有什么特别过人之处。

“那卢三娘跟成精了一样，也不知使的什么手段，才几天工夫就把府里上上下下的人心都收服了，还得了容信侯的青睐，两家有结亲的可能。卢家那点儿心思你们也清楚，不就希望女儿得嫁高门好巩固娘家地位？那个假卢三没做到的事，倒是让这新卢三做到了，你说卢尚书能不高兴？”

淑君又道，“还有还有……”

她越说越兴奋，拉着两个闺密继续道：“今年岁初司天监观星象有异动，故而朝廷打算在七月十五盂兰盆节那日大办法会，卢三娘便向卢尚书提议，要在法会附近搭建粥棚向穷人派粥，又有意号召京中女眷捐衣捐物……你想啊，卢尚书那沽名钓誉之人，怎肯放过这等机会？要是办好了，也算是青史留名的善行不是？自是愿意支持的。现下听说这事都传进后宫了。”

“那这事如今……”明舒越发觉得不可思议，不由得抓紧淑君问道。

只听闻安一声冷笑，代替淑君道：“她倒是敢想，我们凭什么要配合，给她造势长脸？你且看着吧，京中有多少人家愿意陪她玩这套虚把戏。让他们唱独角戏去。”

淑君又解释：“卢家的帖子都送到我与闻安家中了，卢三娘甚至还亲自去找了国公府世子夫人，打算游说她加入，不过大家兴致不大……没几家应允。”

想要号召汴京贵女们加入，凭卢三娘的身份地位，可差得远呢。

不过就算不成功，这个卢三娘也着实在汴京城出了一把风头。卢家那换女案风波都没消退，短短十几天时间里，她又在贵女圈中掀起一轮话题，以至这个名字如今成了各府茶余饭后的谈资，卢三娘以让人措手不及的速度在京城迅速扬名，占据了一席之地。

这些，绝非一个生于市井且足不出户的孤女能办到的。

“明舒？”闻安推了明舒一把，“发什么呆呢？”

明舒回过神，才发现自己想得入神。

在闻安府里用过午饭，闺密三人又约去汴河附近游玩。

“快来，画舫在那儿。”闻安兴致勃勃地指着前面道。

明舒抬眼望去，只见一艘宽敞的双层画舫停在河畔，画舫飞檐翘角，雕梁漆柱，四周挂的彩绸迎风飘扬，戴着竹笠的船工撑篙站在船头船尾，船舷两侧都站着护卫，二楼船亭内隐约可见坐着一位衣冠华贵的公子。

“这是……”明舒脚步顿了顿。

“今儿我们是陪客，那人要约的是淑君。”闻安悄悄地在明舒耳畔道，又竖起三个指头。

“三……”明舒一下子又抿紧唇。

“他二人正在议婚，如今婚事差不多议定，成婚前不能相见。今日借这女儿节解解相思之苦，见过这一面恐怕很久见不着，怪可怜的。”闻安逗趣道。

淑君早就脸颊红透，作势要打，被闻安说了句：“他在上头看着你，你还闹！”淑君立时就规矩了，明舒笑得前仰后合，道：“说得好似他们从前常见一样。”

殷淑君的个性也许并不适合皇家，但三皇子的为人倒值得信赖，这二人一沉稳一活泼，倒也能相互弥补，至于日后……明舒也不能以世俗眼光来推测，毕竟这世间甚少完美的婚姻，世事总难两全，少女时光会远去，天真不会永远存在，人会成长，那时便又是另一番光景与天地了。

“明舒！当心脚下！”

她正想着，忽然听到有人叫自己，定睛一看，才发现船头站着宋清沼，他正朝自己伸手。

陆徜中箭那夜过后至今，她倒是第一回见到宋清沼，不免有些诧异。宋清沼今日一改常态穿了套月白交领衫，外头罩着天水碧的氅衣，不像国公府清肃的公子，倒像个风流倜傥的少年郎君。

“他陪殿下来的。”闻安适时解释一声，踏上画舫。

明舒紧随其后，宋清沼拉住明舒的手，将人稳稳拉到船上后才松开。

“许久未见，你可好？”宋清沼久未见她，觉得她似乎清减不少。

“托福，尚好。”明舒笑答，又看着身后跟的一众侍从鱼贯上船。

这趟出来，她们三人都带着不少人，幸而这画舫够大，能容下这些人。虽是三皇子约了殷淑君，但二人也并非单独见面，四周还站着好些丫鬟婆子护卫随侍，想来也是家中默许的。他二人在画舫二楼说话，明舒便与闻安留在下层，宋清沼陪在一旁。

舫内已经摆满娘子们喜爱的果子点心与香饮子，明舒拣了样香饮子抱在手中慢慢喝着，要去船舷上欣赏两岸风景，闻安嫌晒不肯外出，她便自己去了。

画舫悠悠而过，两岸风光如画卷展开，世间诸般人情物态、悲欢穷泰便都藏在这岸上人家中，叫明舒看得入迷。这是她近日难得的安生时光。

“不怕晒吗？”宋清沼的声音响起，温和如这河上穿流的风。

“怕呀，不过偶尔晒一下也无不可。”明舒回道，她两颊已被晒得微红。

宋清沼便上前半步，替她挡去大部分阳光：“明舒，陆徜他……”

“我阿兄的箭伤已无大碍，那日多谢你出手援助，若是无你，阿兄他就危险了。说起来，我还没机会向你好好道谢。”明舒微仰起脸，认真道。

“明舒，我帮的是陆徜，无须你代他向我道谢。那天晚上的话……陆徜说你都听到了。”

既非兄妹，便不是一家人，那她又何必代陆徜向他道谢？这其中远近亲疏，清晰到让他心痛。

明舒微愕之后点下头，默不作声。

“那么你应该知道我的心意了。其实你赴我母亲的花宴那日，我就想同你说了，只不过因乍闻你失忆，又听你提起自己的梦，故而……”他目光灼灼如阳，脉脉看她，又似今日这粼粼碧波，荡人心神。

明舒面色绯红，忽想起那日自己提的那个似是而非的梦，更是大窘。她万没料到宋清沼会挑在这个时刻与自己剖心，且说得如此直白，她一时间竟不知该做何反应。

她不说话，宋清沼便继续道：“我本与陆徜有约在先，但你既然听到那夜我与他的交谈，我二人之心想必你都知悉，那个约定成立的前提已不存在。”

所谓公平，是建立在明舒依旧将陆徜视如兄长的前提下，可她误打误撞间识破这重身份，那二人便是朝夕相对的普通男女，若他再不做些什么，恐怕就这样将她拱手于人了。

他不甘心。

等了这么多年，才出现这么一个打动他的女子，他不想轻易错过。

宋清沼不愿再遵守什么君子约定，感情本就是一场角逐，陆徜已经先他太多，又谈何公平，不过各凭本事。

“明舒何德何能，能得宋公子挂心？承蒙公子错爱，是我的福分，但……”

“明舒，可否叫我名字？哪怕一次也好。”宋清沼打断了她。

明舒犹豫片刻，开口：“好吧，清沼。”

关于青衫少年的梦，她已经很久没有做过了，不管梦里的男人是宋清沼还是陆徜，都已不再入梦。然而初逢宋清沼时的悸动，即便只有瞬间，却也不是假的。虽然是因为那场似是而非的梦，可那悸动却是实实在在投射在宋清沼身上，她曾不止一次在夜里描绘宋清沼的眉眼，在懵懂中细细分辨情爱的轮廓，想象未来的夫君会是什么模样。

只是她也明白，这一切，不过是午夜时分混沌不明的遐思，而越是靠近，她就越清醒。

清醒地知道是否喜欢，没有丝毫暧昧。

这对宋清沼有些残酷，但她不能给他毫无意义的希望。

“对不起，我……”

“明舒。”尽管不太礼貌，宋清沼还是再次打断了她的话，“你喜欢陆徜？”

明舒怔了怔，眼中浮现片刻迷惑，最后道：“记忆尚未恢复，不愿妄谈感情。”

谁能保证她在过去的岁月中没有钟情的人？谁又能告诉她以前有没有两情相悦的人？如果有，那她在这一时刻做出的承诺，便会辜负两个人。

不论是陆徜，还是宋清沼，抑或其他人，她都不能在这时候给出答案。

“那我等，等到你想起来，再给我答案。”宋清沼道。他知道她想说什么，所以抢先一步。

明舒急了：“宋清沼，我不是这个意思！”

“我知道，这是我的意思。我还想告诉你，陆徜能够为你做到的事，我也一样可以！”宋清沼站到她面前，信誓旦旦地开口。

明舒十分头疼，她从没觉得宋清沼是个固执的人。

“既然你觉得自己记忆未恢复，不能回应他人的感情，那为何单就拒绝我的？我与陆徜，同样心悦于你，又有何不同？”宋清沼并非咄咄逼人的脾气，但此时他却想要逼她。

不为结果，只为求个机会。

“因为……”明舒看着他的眼眸，双手攥了攥，“你们并不一样。”

她无法回应陆徜，是因为她记忆尚未恢复；可她拒绝宋清沼，却仅仅只是因为……她并未心悦于他。

如此简单，也如此残酷。

夜幕初降，凉风习习，带来阵阵惬意的同时，也驱散了二人间沉默无言的尴尬。

虽然她已将自己的意思表达得非常明确，但宋清沼仍坚持送明舒回去。

马车在魏府前停下，明舒跳下马车，同宋清沼道别。他似乎已经恢复平静，面色从容，举止有礼，话也少了。

“明舒？”陆徜的声音忽然响起。

明舒与宋清沼同时转头，瞧见陆徜神色不悦地从另一侧过来。看他那模样，应该是刚退衙的样子，只是今日又与往日不同，他并无从前的沉稳冷静，拧成结的眉毛下是微含厉色的眸，如鹰隼般紧紧盯着二人。

不待明舒与宋清沼开口，陆徜就已一把将明舒扯到身畔，不问缘由就声色俱厉地质问道：“我不是告诉过你，这几日不许你外出？你为何还要背着我私自出府，且身边连一个人都不带？”

明舒也沉了脸，狠狠甩开他的手，恼道：“我又不是你开封府衙的犯人，为何要天天被你的人像看犯人般跟着？你不让我出府，又不告诉我是何缘故，凭何要我听你的？我就是要出府！”

“凭何要听我的？凭我是你兄长！”陆徜脸色更差了。

“天下就没你这么当兄长的！管东管西的，你烦死了！”明舒犟道。

“陆！明！舒！”陆徜一字一字咬出她的全名，手如铁钳般箍到她手腕上，不由分说就将人往府中拉，“跟我回去！既然看不住你，那就在你门上加把锁！”

“陆徜！”明舒气极，竟也直呼其名，人却已被他硬拽向府里，“你松手，我不要跟你回去！”

“陆徜！你别这样！”宋清沼见兄妹二人吵架吵成这样，已是忍无可忍，上前替明舒说话，“她今日只是与县主、淑君小聚，过午还有我与三殿下同在画舫之中，并没危险。”

“你懂什么？”陆徜冷笑，语气满含嘲讽，像变了个人般，“我和她的事，不劳你操心。”

“你先放开她再说！”宋清沼手掌按在陆徜肩头，阻止他的动作。

“松手！”陆徜甩肩，却没能把宋清沼的手甩下。

“要我放手可以，你先放开明舒。”宋清沼不肯退让。

陆徜又发出冷笑声，眸中戾色加深，朝明舒道：“与外人联手对付我？”

明舒急得不行，可还没等开口，便听陆徜又向宋清沼道：“我若不放呢？这是我妹妹，我要如何管教是我的家事，与你何干？”

“陆徜，你别逼人太甚。”宋清沼手劲越发大起来。

“我让你松手！”陆徜双眸微眯，将肩膀一沉，从宋清沼掌中脱出，二话不说一拳挥去。

拳风擦过宋清沼的脸颊，陆徜却没住手，只把明舒往身后一推，又欺身挨向宋清沼。

靠近宋清沼的时候，他以极细微的声音在宋清沼耳边说了句话，接着便以迅雷之势将宋清沼揍倒在地。

“离我妹妹远一点儿！”陆徜居高临下警告道。

宋清沼挨了他这一拳，半垂着头以指腹轻轻拭过唇角，缓缓起身，握握双拳，忽然出手，也是一拳砸向陆徜脸颊。

这一拳，陆徜没避开，生受了。

回神时他神情微愕，却见宋清沼的拳接二连三打来，不得不出手格挡。

“早想和你打一场了，假的怎么瞒得过人，不如真打一场吧。”宋清沼在陆徜耳边低语道。

明舒站在旁边，眼睁睁看着这两人扭打在一起。

说好的演戏呢?

假戏真做，一点儿也不好玩啊!

她要疯了。

明舒万没想到自己在汴京城的第一个七夕节，竟是以目睹宋清沼和陆徜打架而收场的。

这事说来让人哭笑不得，明舒答应陆徜陪他演戏以迷惑对手，让对手放松戒心，是以昨日陆徜借机发作她便也配合了，但后来的发展却是她始料未及的。按陆徜的话说，他打宋清沼那两下不过是虚招，压根儿没碰到宋清沼，他也在宋清沼耳边小声解释过了。本来做做样子就过去的事，连陆徜都没料到宋清沼假戏真做，动起真格的来。

男人犯傻打架没什么输赢可言，两个都挂了些彩，闹得不好看而已。

"我不管，本来就是你的不对！好端端地把宋清沼拉下水，又没和人家事先打招呼，还把人家打成那样，就是你的问题，你得空给他道歉去!"

关上门就剩明舒与陆徜两人，明舒可就不装了，双手叉腰怒道。

"我把他打成什么样了?"陆徜手里握着颗蛋正搁额头上滚着，闻言反问她，"到底他伤得重还是我伤得重?"

因为知道宋清沼武艺不如他，所以他手下留情，但宋清沼可都是真打，陆徜避不过的时候也结结实实挨了几下，虽然都是皮肉伤，但要真论轻重，他的伤反而更重些。

"还有，他今天是怎么了?"陆徜滚着滚着，手上动作忽然停下。

宋清沼是个冷静自持的清贵君子，从来不做与人打架斗殴的事，别说已听到陆徜的解释，就算没听到，他也不大可能会暴起动手。

"你们今天都做了什么?他受刺激了?"陆徜觉得宋清沼不对劲，盯着明舒问。

明舒正要给他洗帕子擦脸，闻言动作一滞，有点心虚地别过头去，道："反正就是你的错，你得向人家道歉，就这样。"

语毕，她转身跑出屋子，到屋外透气。

不管了，千错万错，就是陆徜的错。

陆徜和宋清沼在魏府打架之事难以瞒住人，转眼间传开，再加上他近期的种种表现，惹得曾氏担心不已。明舒又不能明说，只能一边忍着，一边还得装出与陆徜兄妹失和的模样，愈加让人忧心，所幸魏卓知道后赶来，既安抚曾氏，又劝说明舒。

"明舒，你阿兄近日压力颇大，你多担待些，他也是为着你的安危着想，你别总和他置气。宋家公子那事，我会着人到他府中致歉，你们也不必太担心。"

"多谢魏叔，我有分寸的。"明舒面上淡淡道，似乎并未将魏卓这番话听入耳中，心里却想陆徜这戏演得太逼真，现在是所有人都觉得他有问题，也算成功了一半吧？就是苦了曾氏和魏卓，一个担心，一个还得善后……

七夕刚过，应寻就给明舒带来了清安堂的消息。

应寻已重新往清安堂打听过所有与柳婉儿有关的消息，只是可惜，除了病逝的大夫外，就连日常给她送汤药饮食的药童，也已回了老家，追查起来很是困难。

"我翻阅过清安堂近一年来记录死亡人员情况的卷宗，并没找到柳婉儿的死亡记录。"应寻来得急，走得喉咙冒烟，从明舒手中接过茶后仰头便饮。

"没有死亡记录，那肯定也没有尸体处理记录。"明舒叹了口气。

登记造册是大夫的事，清安堂又只是个收容时疫病患与疯病人的地方，平素不受重视，疏于管理，要篡改记录并非难事。

那人既然能篡改柳婉儿在清安堂的诊疗档案，就一定不会留下任何文字记录给她。

"嗯，所有的档案都没问题，不过……"应寻解了渴，放下杯子，沉声道，“我找到了清安堂的搬尸工。”

明舒眼中一亮：“找到尸体下落了？”

只要能证明柳婉儿已死，那现在这个身在卢家的三娘子，也就不是柳婉儿了。

“找是找到了，但也等于没找到。”应寻道。

真正的柳婉儿的尸体，可以说是找到了，也可以说是没有找到。清安堂里的病患，尤其是得了会传人的疫症的病患，如若病故是无法入土为安的，为防止疫症传播，都是一把火把尸体烧个干净，所以柳婉儿的尸首，并没留下。

“我问过那个搬尸工，他去年七月确曾从柳婉儿住的房间里搬出过一具尸体，不过他只是听从大夫的意思，负责处理清安堂里死去的病患并加以焚烧，并不核对死者身份，所以他不知道那具尸体到底是不是柳婉儿。”

“可如果柳婉儿死了，那间房应该空置或者搬入新人才对，找到新住进去的人，或者是平日负责洒扫的人，一问便知。”明舒又道。

“她住的是疫症区，那地方平时就没人敢去，除了大夫和送汤药饮食的药童，连个打扫的人都没有，房间应该是一直空置着。现在大夫病故，药童又离开，问不出什么东西。”应寻道。

“但至少我们知道，去年七月确实死了个人，而这个人很可能就是柳婉儿。比起从一开始被人牵着鼻子走，我们已经朝前迈了一大步。”

疑点越来越多，虽然不能够直接证明卢府的那个“柳婉儿”有问题，但蛛丝马迹已经渐渐显露，只要继续查下去，漏洞就会越来越多。

“你倒是挺乐观。”应寻瞅着她道。也许，他真该考虑要不要收下这个徒弟。

“我这不叫乐观，叫有耐心。”明舒打开小桌屉，从里面取出张图样。

“也对，查案最忌心浮气躁。”应寻换了个坐姿，又道，“说来这件事与你并无关系，你的主顾是现今卢府住着的那位，对她来说案子已经了结，你为何还要继续查下去？”

这桩案子已被官府接手，他身为捕快，查明真相是他的职责所在，可是明舒呢？她又为何死咬住不放？

“柳婉儿让我查的是她身世的真相，我觉得我并没为她查到真相，我说的……不是她想让我看到的‘真相’。拿人钱财，替人办事，所以我想继续查下去，有什么问题？”明舒边说边将图样推向应寻。

她被委托调查的是真相，并不是柳婉儿想让她知道的结果。

“这是什么？”应寻低头望去，问道。

纸上是枚长命锁的图样与一方丝帕的图样。

“柳婉儿的信物？”应寻一眼认出。

那两件东西本是证物，案子了结后就归还原主了。

“嗯。”明舒点点头，“我想过了，这两件东西不可能凭空出现在如今那位卢三娘子的手里，定然与蔡氏、彭氏有关，虽然暂时找不到彭氏和余连，但拿着图样去他们常出入的场所或者是城中当铺问一问，也许会有些消息。”

“有道理。”应寻拿起图样，收入衣袖内，“那个大夫的家里，我也会去盘查一番。若是他窜改记录，则必是受人之托，或被利诱或被威逼，总要有个原因。”

人死了，可家人还在。

“那就有劳师傅了。最近我出入不大方便，恐怕帮不上什么忙。”明舒又给他斟了杯茶，敬他。

过午，明舒提着两盒点心去了国公府。

虽然嘴里说着让陆徜道歉，但她到底还是没对他抱太大希望。

许氏正在见客，不便见她，恰逢宋清沼今日在家，便将她请入花厅。

“陆徜早上已经来过了，你怎么又跑了来？”宋清沼见她提着东西，就知她是来做什么的。

他神情已经恢复如常，清冷冷地扫过她放在桌上的东西——她这举动，太生疏也太客气。

“毕竟事情因我而起，我阿兄先动手将你打伤，我……”

“明舒，我说过我和他的事与你无关，你不必替他做这些。还有，他早上已经来道过歉了，昨晚的事错也不在他，你们两人不用自揽罪过上身。我同家里说过是我冲动行事，与你们无关，你也不用担心我家中会怨责陆徜。”宋清沼打断她的话。

明舒蹙了蹙眉：“我不是这个意思。”她想解释，可又觉得不知从何说起，沉默片刻便起身。

“无论如何，都谢谢你。我就不打扰你休息了，告辞。”

宋清沼也跟着站起，忽地伸手拉住她：“明舒，对不起。”他不是故意用那样的语气与她说话，只是看着那些点心，看着她生疏的举动，他心里就堵得慌。

明舒点点头，按按他的手，让他渐渐松开。

“我不道歉，你也别这样。”她道。

“我送你出去吧。”宋清沼又恢复平静，并没留她。

二人一齐出了花厅，往门口走去，谁也没说话，只静静地走着。拐过长廊时，二人忽见对面远远地有人走来。

“柳婉儿？”明舒步伐微顿。

对面走来的人，正是冯氏与柳婉儿，看样子也是告辞离去，宋清沼的嫂嫂正出来送。

“卢家的三娘子，来找我母亲的。”宋清沼闻言回道。

原来许氏今天早上见的人是她们。

“可是来游说许姨参加盂兰盆节法会上的善行？”

“嗯，已经来第三次了。说是要在法会旁边搭个普度棚，想游说我母亲出面牵头请京城权贵们派粥捐衣赠药，帮助贫苦人家，还打算筹款修建善堂，收容弃婴与孤寡老人。”宋清沼道。

“那许姨的意思是……”

“母亲有些心动，但还在犹豫中。”宋清沼回答她，又道，“其实若真是惠及百姓的善举，我亦是支持的，怕只怕其中别有所图，有人借此谋名却不担实事。”

明舒“嗯”了声，这是大部分人的顾虑。

“陆娘子？”对面有人认出她来，笑着打招呼。

明舒与宋清沼的交谈被打断，她上前与众人见礼。柳婉儿正挽着冯氏，母女二人很是亲热，见了明舒都是一笑。众人在廊下说笑了几句，冯氏便与宋清沼的嫂子在前边走着，明舒与柳婉儿并肩随后，宋清沼落在最后。

“卢三娘子还挂着这枚长命锁？真是念旧。”明舒一边走，一边温声道。

她的目光落在柳婉儿胸前所坠之物上。

柳婉儿早已不是昔日孤女，打扮得虽然不算华丽，但衣裳与首饰却样样精贵，她又温柔从容，自有股叫人信服的气度，与从前判若两人。只有她胸口挂着的东西，让明舒想起那日踏入满堂辉求她帮忙的怯弱小娘子。

长命锁已经重新炸过，黄澄澄的模样，改制成了璎珞，坠着宝石，很是漂亮。

她闻言按住长命锁，感慨道：“此物乃是母亲亲手戴到我身上的，又陪了我多年，我自当时刻戴在身上。”又谢明舒道，“说来我还没亲自谢过陆娘子，若是没有你，我恐怕还一个人住在马行街，仍是那个父母不详的孤女。”

“三娘子客气了，我并没帮到什么，是开封府衙断的案子。”明舒笑了笑，又闲谈般道，“只是我有些好奇，当初那伙拐子将你抱走半年，怎还能将这赤金长命锁留在你身上？”

柳婉儿亦是微笑，仿佛早就知道明舒会这么问，从容道：“说来确有些奇怪，我也好奇得很，要去问问拐子他们。”

明舒没再回答，只笑着与她目光交撞。

柳婉儿的从容，像是挑衅。

彭庆流放，蔡氏死，彭氏失踪……

她有恃无恐。

是夜，城北的豫王私宅内，仍只有一间房燃着灯。

烛芯爆了两声，书案后坐着的人将羊皮灯罩取下，拿起铜剪剪烛芯。烛芯剪下半寸，烛光先暗后明，光亮尤胜先前，那人方满意地放下铜剪，正要罩上羊皮罩子，却听砰的一声，门被人狠狠推开，风突然涌入，吹得烛火只剩绿豆大小，险些熄灭。

她用手护了护，飞快地盖上羊皮罩子，这才抬头，竟然看到一个方寸尽失的陆徜。

“你们到底想要我做什么？”陆徜扶门而立，眉心成川，眼里似有些红丝，目光狠戾，像凶猛的野兽。

唐离就喜欢这样的目光——恨不得撕了她，却又无能为力、不得不妥协的目光。

“看来少尹大人这次是真想通了。”相较陆徜的狂躁，唐离却只轻描淡写地开口，“也不是什么难事，只需要你帮我一个小小的忙。”

“说。”

朝阳初升，天光乍明，花草上的露水未干，魏府大多数人都已经醒了。一队巡逻的士兵踏着有力的步伐从空旷的庭院间走过，尽责地巡视，保卫府中安全。陆徜低着头，双手交错笼在衣袖中，踏进魏府匆匆穿过空庭，对那队巡逻的士兵点了点头后又继续往里走。

又是一个彻夜未归后的清晨，他还穿着昨日那身衣裳，发髻有些微散落，脸色不太好，透着疲倦。远处有几声呼喝传来，他抬头望见魏卓和曹海正在演武场上练拳，两人都打得虎虎生风。

这是魏卓每日的早课，他是个自律的人，只要无事就从没落下过，已经四旬的男人，保养得依旧很好。曹海在他手下走不过二十招，就已经气喘吁吁地扶着石狮子讨饶，许是江宁的日子太舒坦，他与魏卓分明一般年纪，胄甲一脱就现出微腆的肚子，憨厚敦实里又带了几分油滑。

陆徜停在演武场旁的长廊下看了片刻，身后又有两人匆匆走过，口中正在讨论今日差事。

“花匠可请好了？”

“已经请好了，只等殿帅定的那批花木到了马上就能栽种。花木应该今天早上就能到，是要种在哪里？”

“南边的兴邦园。你们搬运栽种的时候切莫太喧哗，免得惊扰了园内住的人。”

南边的兴邦园就是魏府单独辟出来给曾氏三人居住的小院落。

魏卓府邸虽威严却也空寂无趣，不像别的高门大户，家中多草木山石造景，这里几乎不见绿植。曾氏在魏府也借住了有段时日，平日里二人偶有遇见也会闲谈一二，魏卓知道曾氏好草木，这批花木，应该是他专门为她采买的。

魏卓这人，说得不多，做得却周全。

知道曾氏爱下厨，便令人将兴邦园的小厨房清理干净，置办了全套厨具；知道园子太空落，就送了一批盆景进去；知道曾氏擅长刺绣，也不知从哪里淘弄了几本刺绣图样与针法技艺的古籍予她；她不爱见人，这园子里除了陆家自己的下人外，一个魏府的人都见不着……

陆徜在廊下又站了片刻，听到魏卓叫自己。

“昨夜没回来？”魏卓正一边拿巾帕拭着身上的汗，一边朝他走来，眉目温和地问道，“同你母亲和明舒说过没有？你在外有要事回不来也是正常，但可要记得给家里报信，免得她们担心。”

这话听来像长者的家常教导，并没拿着架子，陆徜垂头道：“多谢魏叔关心，已经同她们说过了。”

“你是个行事有分寸的孩子，倒是我多虑了。一夜未眠，赶紧回去歇歇吧。”魏卓拍拍他的肩，道，“有些事不可操之过急，你若熬坏了身体，日后又有谁来照顾你母亲与明舒？”

陆徜点点头，又谢过他的关怀，道：“魏叔，我有些话要同你说。”

魏卓看了眼四周，回他：“去我书房说话吧。”

二人便一前一后进了魏卓的书房。门掩上，屋内十分安静，魏卓走到窗下的桌案前道：“先喝口茶再说。”

可就在他转身倒茶的时候，身后传来陆徜清冷的声音：“魏叔，晚辈陆徜，有个不情之请，想求魏叔帮忙。”

魏卓一转身见陆徜已单膝跪地拜在自己身前，他大惊，弯腰扶他：“到底出了什么大事？你先起来再说。”

陆徜道：“魏叔，来日如若陆徜遭遇不测，求魏叔无论如何，一定保住我阿娘……”

魏卓万没想到，陆徜所求与曾氏有关，他神色沉静，也不问陆徜到底发生何事，只道："有我在，自不会让曾娘有事，但是陆徜，你母亲最在乎的人是谁，你应该比任何人都清楚。"

陆徜起身，道："我知道，这不过是未雨绸缪。有魏叔这句话，我才敢放手一搏。"

这条退路，不是他的，是他母亲的。

他没有退路。

也不知该说是柳婉儿的运气太好，还是什么旁的原因，由她提出的在盂兰盆节当日建普度棚救济穷苦人家的提议，原本因附和的人太少而不上不下地尴尬着，没想到七夕后的第三日，就来了个大反转。

三皇子赵景然向圣人进言，愿意代替圣人登禅台行禅，向十方诸佛并先贤先圣们拜祷，替天下万民求父母康健，以尽孝道。

盂兰盆节的禅台仪式是历年风俗，只不过从前向来由得道高僧代圣人登台行禅，若由天家皇嗣亲行，则更显心诚。

但这禅台行禅并非易事。

禅台足有七层之高，登台者需天明而上，坐足一日，在此期间不能吃喝，待众僧吟诵完毕，法会结束，方可下台。

可谓辛苦。

故而圣人感念赵景然之孝心，亲拟一道表章将其大肆褒奖一番，转眼就在汴京城传开，引得百姓纷纷效仿。受此影响，柳婉儿的提议突然间备受瞩目。毕竟为父母行善积德也算尽孝，既能效仿三殿下，又能凭借此举博得好名声，何乐不为?

无须柳婉儿再多做工作，很快就有夫人小姐自动上门表示愿意加入，当然也有自己建棚施粥的人家，只是不比柳婉儿筹划多日那样周全，又显得拾人牙慧，声势自然不如她，因此不过两天，柳婉儿想的已不再是如何游说，而是如何婉拒了，倒不是别人嫌她，反而是她挑别人了。

尚书府因为这档事在京中大大露了脸，冯氏得了太后嘉奖，卢则刚面上有光，越发宠信这新来的卢三娘。

明舒从闻安嘴里听到这些事时，一时间竟不知该做何感想。

离盂兰盆节还有三日时间，京城里的大小商铺已经开始售卖应节的东西，金银箔纸、祭品点心、河灯天灯……琳琅满目。

陆徜这两天忙得不着家，明舒也不知他在查什么，她也在家关了两日，心中已经渐烦，今日得了应寻的信再也忍不住，也不让他来找自己，只约在北斜街见，出门时身后照例跟着一大堆护卫。应寻在北斜街的老槐树下等她，一见她就报了个地址。

“又是大兴赌坊？”明舒诧异道。

大兴赌坊不就是当时她救下余连的地方？

“边走边说。”应寻带着她往大兴赌坊走去，边走边说起近日的进展，“我拿着你画的图样，让人走访了北斜街和马行街所有的当铺及彭氏等三人常出入的场所，总算有些发现。有人曾经在大兴赌坊内瞧见过余连拿出过这枚长命锁，打算抵给钱老板还赌债。”

“什么时候的事？”明舒猛然刹住步伐，震惊万分地盯着应寻。

应寻刚知道的时候，也与明舒同样的反应。

“大约四个月前，也就是今年的二月底。”应寻道。

如果四个月前长命锁还在余连手中，那柳婉儿所谓在襁褓中时就戴着这长命锁根本就不可能。

“还有，从余连的狐朋狗友那里打听到，余连此人滥赌成性，欠了一屁股债，但今年三月时却突然还清所有赌债，变得阔绰起来，很是逍遥了一段时间，直到后来又因滥赌而欠下巨债。”

“余连和他母亲彭氏只靠蔡氏接济勉强度日，蔡氏应该是没有能力替他还上这笔赌债的，替他还债的……恐怕另有其人。”明舒思忖道。

而这个人，就是她们要找的。

大兴赌坊很快就到，有了上次的机缘，明舒和应寻进赌坊找钱老板并没遇到什么阻拦。钱老板见了明舒倒还颇为热情，将人请进后堂看茶说话。

寒暄了几句，明舒就道明此行缘由，将图样交到钱老板手中。

钱老板眯眼看了半天，才道："是有这么回事，我记得余连那时已经欠我百余两银子。陆娘子也知道赌坊的规矩，欠钱是一定要还的，否则……当时我给了他最后期限，他筹不到银子，后来就拿着这枚长命锁来找我，说是利息，又求我多宽限两天。我见这东西不像普通人家的，就问他从哪儿来的，他说是他娘压箱底的宝贝，他偷出来的。这条丝帕，好像当时就包裹着这长命锁。"他说着又指着丝帕图样道。

"那后来呢？钱老板可收下了这枚长命锁？"

"收了呀，我为什么不收？不过这丝帕我没收，他拿回去了。"钱老板把图样还给明舒，又道，"不过那天夜里就有人找我买这长命锁，出了十倍的银钱，我就卖给那人了。"

"那人长什么模样？是男是女？"

"是个男人，斯斯文文的，很是清秀，像个读书人。"

男人？那就不是柳婉儿本人了。

她有同谋？

明舒与应寻对视一眼，又问道："听说后来余连就连本带利还清了欠您的赌债，可有此事？"

"嗐，那小子不知道走了几辈子的狗屎运，屡遇贵人替他还债。陆娘子你替他还了一次，三月份的时候，好像还有人替他还过一笔。"

"钱老板可知替他还债的是何人？"

"那我就不清楚了，没见过那人，只是听他吹牛皮时提过一嘴，说自己遇到了大贵人。"钱老板道。

明舒与应寻又问了几句，可钱老板已是一问三不知，再打听不出什么来，明舒便与应寻告辞离去。

路上，应寻与明舒找了个露天的香饮铺解乏，挑了个树荫下的位置坐定。

"清安堂的大夫那边，我也已经走访过了，但是没从他家里人嘴里打听出什么来，不过和余连的情况有些相似，那大夫一家人在他死后忽然搬迁新宅，那新宅比他家旧宅大上数倍，家中境况也比先前好了许多。"应寻边喝香饮子边道。

清安堂的大夫一个月俸禄不过二两银子，勉强应付全家人日常支出，哪还有结余能买得大宅邸？

“有钱能使鬼推磨罢了。”打听完余连的消息，明舒对此没有表现出太多惊讶。

意料之中的事，恐怕用钱买通大夫的人，与买长命锁的，是同一个人。

“这长命锁是余连从彭氏那里偷出来的，足以证明此物一直在彭氏手中，这也才说得通，拐子图财，哪有将黄金物件继续留在婴儿身上的道理？而长命锁既然保存在彭氏那里，那柳婉儿的身世，就是为了顺理成章进入卢家而凭空捏造的。三月初那神秘人得到长命锁，应该也是在那时得知卢三娘身世有异，柳婉儿四月痊愈从清安堂搬回柳家，六月初寻到满堂辉请我帮忙，余连和彭氏受其威诱替其做假证，事成之后逃离……”明舒缓缓开口，这桩桩件件都说得通了，只是她越推测越觉得恐怖，“一切绝非临时起意，而是从三月就开始筹谋。师傅，这是有人在背后故意做局，利用我将柳婉儿送进卢家。”

可是为什么呢？

只是为了一个卢家三娘子的名分？

应寻点头：“这个人必定对卢家十分熟悉，否则不可能挖出十七年前卢家旧案加以利用。”

“会不会是卢家自己人设的局？”明舒猜忖。

否则说不通为何那人如此了解卢家。

“也有可能是仇家。”

“卢尚书为人虽有些急功近利，但浸淫官场多年，也是个圆滑世故之辈，没听说他得罪过谁呀。”明舒边说边抱脑袋，自己气自己道，“啊，烦透了，想不通。”

“想不通就先别想了，歇会儿。”应寻朝后一靠，人倚在藤椅椅背上，目光望向槐树旁的小摊贩。

摊贩正在卖河灯，五颜六色的河灯折成莲花状，很是漂亮。

“今年的盂兰盆法会，想来会非常热闹。”他随口道，想转移话题让明舒放松一会儿大脑，“你会去吗？”

“去哪儿？大相国寺？”明舒反问。

“嗯。今年朝廷很重视，户部拨重款筹办法会，工部与大相国寺共同督办法会，又有三殿下亲临，想必到时盛况空前。”应寻说着又感慨了一句，“这次盂兰盆节，倒真叫卢家出尽了风头。”

“卢家？又是那个柳婉儿啊！”明舒提到这名字便有些头疼。

“谁说她了？我说的是卢则刚。”

工部负责督办法会，那卢则刚不就是工部尚书？

第四十八章 有事瞒着我

明日就是盂兰盆节，曾氏交代明舒去买东西，她一早就出门，回来时正好在门口碰上刚要出门的曹海。

这几日魏卓和陆徜都忙得不着家。因着三皇子要亲自代圣人登禅台祈福，圣人派禁卫军把守护卫，保证赵景然的安全，魏卓近日便忙碌于大相国寺的护卫部署。陆徜则每日奔忙在外，依旧马不停蹄地在查他那桩案子。

府里只剩曹海这位客人。

曹海赴京的任务已经完成，并无要务在身，盂兰盆节过后就要回江宁。明舒进进出出的时候常会遇到他，一来二去熟稔起来，见了面也能聊几句。

“陆娘子，刚回来？”

“曹将军好。”明舒笑了笑，向曹海行个礼，道，“我帮阿娘出去买些过节用的供品。”

说着她提了提手中的藤篮。

曹海不以为意地扫过藤篮后又望向明舒，道：“明日就是盂兰盆节，听说京中的法会很热闹，不知和咱江宁的比起来有什么不同，本将倒要好好见识一番。”

说着他哈哈大笑起来，似乎颇为好奇而高兴。

“我也不知道，不过听说今年的盂兰法会朝廷尤其看中，筹办得格外盛大。”明舒也笑着回答。

“说来咱们江宁的盂兰盆节也很热闹，年年都放河灯，陆娘子可记得……”他兴致勃勃地说起江宁府几个县的盂兰盆节来，忽然又一拍脑袋，懊恼道，“对不住，忘记陆娘子你失忆了。”

“不碍事。”明舒摇摇头。

“陆娘子，你真的记不起从前了吗？一点儿都想不起来？”曹海见她面色无异，才又小心地问道。

“不记得了。”明舒想不起过去，江宁往事连点儿渣都没在脑海中留下。

“真是可怜，唉……”曹海眸中现出怜悯，好好的小娘子竟得了这种病症，“有机会让状元郎带你回江宁，好好走走看看，兴许能想什么来。到时候记得来找本将，本将请你们喝酒！”

“多谢曹将军。”明舒笑着道谢。

过午，陆徜竟然回来了。

明日他要陪三皇子同往大相国寺参加盂兰盆法会，天不亮就得进宫，他现下只是找个由头回来。按着习俗，参加法会之前需得焚香沐浴净身，他的借口就是沐浴。

温汤备妥，炉香幽幽，他自往房中去了，明舒帮他在外边熏熨一会儿要换的衣裳。

洗了约半炷香工夫，陆徜换好干净的家常衣衫出来，看到明舒站在衣桁前，这几日的倦怠戒备，似乎都在看到她背影的这一刻散去。

“明舒。”他走到她身后，轻唤一声。

明舒“嗯”了声却没转身，仍整理衣裳，不料却有人从后面握住她的手，轻轻取走她手里熨衣的铜熨斗。

“别忙了。”陆徜将熨斗搁到一旁，将她转向自己，“让我瞧瞧你。”

明舒疑惑地睁大眼：“天天都瞧，有什么好瞧的？”

“不一样。”陆徜道，“今天不一样。”

明舒眼帘微垂，目光落到他衣襟上，她被他看得不自在。

确实不一样，他的目光不一样。从前他尚会克制，又有兄长这层身份在，他拿捏着分寸，从不会用今日这样的眼神看她。

“阿兄……”

“换个称呼吧。”陆徜低叹一声，拉着她走到自己书案前。

“陆徜。”也不知为何，明舒今日没有与他耍嘴皮子的心情，“你歇会儿吧，我给你烘发。”

“明舒，明日就是盂兰盆节了，还有三天，你我的约定就足一个月了。”他的语气前所未有地温柔，宛若换了个人般，又从桌上的木匣里取出一枚铜钥匙，拨开明舒的掌心轻轻放上。

“收好了。”他合拢明舒的手，让她攥紧钥匙，指着书案下一方上锁的暗屉道，“这里面有你想知道的所有东西，你的身世，这一路逃亡赴京的真相，你家所牵涉的那桩案子，全在里面。”

明舒蹙眉：“不是还有三天，为何现在给我？”

“迟早都要给你的，不差这三天时间。”陆徜并不直接回答，只道，“你收好便是，晚点儿再看吧。”

“陆徜，你是不是有事瞒着我？”她问道。先前他让她配合做戏以迷惑对手时，她就猜到事情起了变故，但他并未道明缘由，只是让她等着。

陆徜抬头抚过她的发髻，道：“明舒，我时间不多了，此番回来，我只向三殿下讨了两个时辰的假，别说那些不高兴的。”

他一会儿就要回三皇子府里，明日天不亮就要跟着三皇子入宫请出大安朝历代皇帝牌位，再送往大相国寺……他并没有太多时间留给她。

“陆徜！”明舒有些恼火。

“帮我烘发更衣吧，有劳了。”陆徜第一次开口向她提要求。

明舒收起钥匙，将早已准备好的烘发所用的镂空铜球取来，边擦拭他的长发边替他烘发，陆徜坐在窗边，散下满头乌发任她烘烤。

长发烘到八成干，再规规整整梳成发髻，她才替他换上熨烫齐整的衣袍，如此这般，两个时辰的时间，转眼用尽。

“好了。”明舒拉平他革带四周的褶皱，起身道。

陆徜没说话，唇微微抿着，看着站在身前的她，时间所剩无几，他迟迟不舍地离去，就这么定定地看着她。

二人站在窗前，午后的阳光穿过窗纱漫入屋中，柔和了彼此的眉眼。

也不知是不是错觉，明舒觉得，陆徜少了棱角，添了温柔，她动动唇，刚想唤他，陆徜却突然间俯身靠近。

微凉的唇猝不及防覆在她唇上。

明舒骤然睁大双眼，人呆呆地定在窗前，进退不得，脑中尽空，心跳似乎在这个瞬间停止，连呼吸也跟着消失。

一次，就这一次。

陆徜告诉自己，这辈子就放纵这一次，抛开所有束缚，礼法也罢，顾虑也罢，通通抛开。

浅尝辄止的吻，如同细纱拂过，还未等明舒品出滋味，他就已起身。

他耳根脸颊红透，如同做错事般无措，道："明舒，对不起，我……"见明舒神情懵懂，他闭眼定了定神，再睁眼时旖旎尽消。

"我去给阿娘磕个头。"他说完，转身果断离去。

明舒怔怔地站在屋里——刚才……发生了什么？

她下意识地抚唇。若不是这四周还留着他焚香沐浴后的檀香味，若不是那把铜钥匙还留在她身上……她会觉得，自己大约是又做了一个荒诞的梦。

让人脸红心跳的梦。

陆徜给曾氏磕过头，没留什么话就离开了魏府。

明舒还没从先前的震惊中缓过神来，脑中乱糟糟的，一边想陆徜异于往常的举动，一边攥着那柄铜钥匙，犹豫着要不要马上打开他的暗屉……

还没等她想出个所以然来，忽然有人急匆匆来寻她。

"当真？"听完传讯，明舒霍地起身，面露喜色，"我马上去。"

来给她报信的是开封府衙的小衙役。

彭氏和余连找到了。

明舒赶到开封府衙时，天色已暗。

与其说彭氏和余连是被找到的，还不如说他们是被救下来的。这二人并没真的出城，而是出城后又悄悄回来，找了个隐秘的藏身处躲了起来。

"这母子二人应该是被对方发现行踪而遭到追杀，他们俩倒也命大，遇袭后逃出来，正好遇到两个巡城的同僚，这才得救。不过彭氏身中数刀，伤势颇重，大夫正在全力救治。余连的伤势较轻，现已包扎妥当，我正准备审问。”应寻道。

明舒点点头，跟着他进了府衙的休憩室。

余连手上、头上都包着细布，神情惶恐地坐在椅子上，看到应寻和明舒进来，急忙起身道：“应捕快，救我！”

“坐下说话！”应寻对他没有好脸色，冷冷道。

余连讪讪地坐下，又急问道：“我阿娘呢，她怎样了？”

“还没死，大夫正在救。”应寻坐到他对面，沉着脸问道，“说说吧，发生了什么事？”

“就……我与我母亲得罪了一些人，原打算换个地方躲一阵子，没想到那些人竟然找上门来。都是些道上的私仇，并没什么……”他眼珠乱瞟，满脸心虚，可话没说完，就被应寻打断。

“命都快没了，还不肯说实话？既然是私仇，那和我们也没什么关系，来人，把他扔到大街上……”应寻猛地拍桌而起，朝外头喊道。

“别，别，应捕快，我说我说，您别把我扔出去，要是到了外面，我的小命可就不保了。”余连一边讨饶，一边觑了觑明舒，道，“就是柳婉儿那事……我……”

“你们做了假证，对吗？”明舒平静地问道。

余连一咬牙，用力点了点头，说起前事：“是！柳婉儿手上那长命锁和丝帕……其实是我母亲的东西。”

和赌坊的钱老板说得差不多，二月份的时候余连欠了大兴赌坊一笔赌债，便从彭氏那里偷了东西出来打算先抵利息，没想到他前脚才把长命锁抵给钱老板，后脚就有人来找他要买丝帕，并向他打听长命锁和丝帕的来历。便连那人的外貌，都和钱老板描述的相去无几。

“东西是我母亲的，我哪里知道来历？但那人开价很高，我又急着用钱，就去求我阿娘救命。后来我阿娘便单独见了那人，两人关起门来谈了一番话，那人就给了我家一大笔银子，刚好够我还上赌债。”

“他们谈了什么？”

“不知道，阿娘不让我听。他给了钱以后，叮嘱我们不要让人知道那长命锁一直在我们身上，若有人提起，就按他说的回答，并许诺事成之后再给我们一大笔银子。”余连道，“不过现在想来，他来打听的应该是卢家三娘子的身世吧。没过几个月，你们不就拿着这长命锁找上门来问话了？我就按先前同那人的约定，假装不知，引你们上钩，再让你们找我母亲问话。”

后面发生的事，明舒与应寻都已知晓，他们落入对方圈套，从彭氏口中套出蔡氏换女的消息，又顺着这条线查下去。

“事情的发展既然如你们所想的那般，那你们为何在案子结束后马上逃走？”明舒不解地问道。

“是我阿娘……我阿娘见蔡舅母被烧死了……”

“所以，蔡氏的死，并非意外？”应寻问道。

“我……我不清楚，只是我们都没想到蔡舅母会死。其实我们根本就没按你们说的，去找蔡舅母打听真的卢三娘的下落，所以后来蔡舅母出现在柳婉儿家中并且被烧死时，我和我阿娘也很惊讶，但……我们也不敢多说……”因怕惹火上身，余连和彭氏便选择三缄其口，做了假证。

就因他二人先助人设局证实换女，后来所说谎言又恰好成为柳婉儿身份的佐证，最终让外人顺理成章地把柳婉儿当成了真的卢三娘。

“所以现在在卢府的柳婉儿，其实并非卢三娘？”

“应……应该是吧，我也不清楚……”余连交代完一切，又求二人，“我知道我们做假证有罪，要不应捕快您把我关到牢里去吧，我不想死，不想死啊！”

应寻甩开他的手，让人将他押回牢中，又向明舒道：“看来柳婉儿果然不是卢家的骨肉，且可能还与蔡氏的死有莫大关系。”

“可是彭氏母子并没与柳婉儿接触过，我们最多只能证实她的身份是假的，无法得知其他。那个神秘人的身份，余连也说不清楚，现在只能等彭氏醒转后再问，看能否有线索。”应寻边说边看了眼天色，道，“夜深了，你还是先回去吧。我估摸着等她醒来问话，需得明日一早了，到时候我再通知你。”

“辛苦师傅了，那我先回。”明舒见时辰确已不早，没有耽搁便回了魏府。

翌日，明舒很早就醒来，坐在床上呆呆地望着窗外尚暗的天色，想着陆徜此时应该已经陪三殿下入宫了吧。

今日就是盂兰盆节，许多百姓一大早就起身准备了供品纸马等物，前往大相国寺参加法会。

明舒并没兴趣去凑这个热闹，洗漱完出来，正打算给曾氏打下手准备祭品，应寻却一大早找来。

“彭氏今晨醒转，不过身体仍旧虚弱，只回答了几个问题就又昏睡过去。”应寻坐在明舒下首道，“她与那神秘人暗中密谈的，果然是关于卢三娘的身世与蔡氏换女这桩事。她一早就知道这件事，那长命锁和帕子是孩子被彭庆抢回来当夜就被她抢走的，不过因为当时风声太紧，赃物来不及脱手，就一直被她藏着，直到后来出狱取回，一直压在箱底当成棺材本藏到现在。”

应寻顿了顿，喝了口茶，继续道：“她的确没有按我们要求的去试探蔡氏的口风，所以蔡氏为什么找上柳婉儿，又死在她家里，彭氏也不知道，她只是觉得蔡氏死得蹊跷，恐自己也遭杀身之祸，所以才在案子结束之后，立刻带着儿子逃离。”

“那她可知道神秘人的身份？”

“不知道，但是她说，那个神秘人并非男儿身，而是个女扮男装的女子，但不是柳婉儿。”

按照彭氏原话：那人女扮男装，行为举止与一般男人无异，又着高领内衫，外表上看不出什么异常，但是她常年在市井与妇人打交道，自有些分辨男女的毒辣眼光，可以断定那人是个女子。

“女扮男装的女子，行为举止和一般男人无异，斯斯文文像个读书人？”明舒嚼着从彭氏、余连和钱老板三人那里得到的消息，越想越觉得这描述像极了一个人。

“唐……离？”

她情不自禁地道出这个名字，后颈凉气陡生。

明舒脑中乱得很，无数杂乱的信息充斥在头脑中，看着毫无关联，可冥冥中却仿佛连着细细的线，织成一张巨大的网，盖在她的头上。

除了三言两语的描述外，并没任何实质性的证据指向唐离，明舒不明白自己为什么突然间想起唐离，只是这直觉是如此难以忽视，以致她再想不到其他可能性，并且这感受越来越强烈，强烈到她心脏怦怦直跳，无法平静。

她无法向应寻说明这突如其来的直觉从何而起，只能让他尽快拿着自己画的唐离简像去找彭氏母子确认。送走应寻，她坐在书案后，取出纸笔，将脑中纷杂的信息与人名逐一写下，以便能厘清关系。

若真是唐离所为，她费尽心机设下此局是为了什么？

唐离如今已经投靠豫王，替豫王办事，她这么做是为了豫王？似乎也只有这样才能说得通，她不过是一个被逐出师门的孤女，若无靠山，如何能在短短时间内设下如此庞大的局？光一个柳婉儿，她就很难控制了。

柳婉儿进入卢家后所展示出来的手段与见地，绝非一个涉世未深的医户娇女所能具备的，更像是有人精心培养，她不论是言行举止还是心思手段，都能因时因势灵活变通，进入卢家后更是如鱼得水，游刃有余，包括让容信侯对她青睐有加，也许都只是为了取信于卢则刚。

因为容信侯的背后，站的就是豫王。

这样的人，唐离如何控制？

唯一的可能就是，柳婉儿是豫王的人，而唐离不过从豫王手中借人用。

明舒捏着眉心，在这三人之间打上箭头，又琢磨起唐离安排柳婉儿进入卢家的目的。

既然是为了豫王，那卢家又可为豫王提供什么帮助？卢则刚说到底也只是六部尚书之一，怎值得如此大费周折？

柳婉儿成为卢三娘后做了什么？

她几乎瞬间想起了盂兰盆节法会，几个可怕的念头在脑海中一闪而过。

盂兰盆法会由工部督办，卢则刚是工部尚书，柳婉儿大张旗鼓地组织普度会，盂兰盆节前四日三皇子突然决定登禅台……

他们该不会是准备在盂兰盆法会上对三皇子下手吧?

明舒猛地从椅子上跳起来，也顾不得自己的推测正确与否，提裙飞快地向外跑去，边跑边叫人。

“你就守在门口，如果应捕快来找我，你就告诉他，若确实如我所想，就让他速速带人到大相国寺来找我！”明舒叮嘱完门房后，又让邱明等人替自己备马车。

可今日她本无出府打算，马车已另做他用，要准备起来又需花费些时间。恰巧曹海出来，看见火急火燎的明舒。

“巧了，我也正准备去大相国寺，我送你过去吧。”曹海道。

明舒连声道谢，没有推辞，上了曹海的马车，曹海则改为骑马。

一行人浩浩荡荡往大相国寺去了。

七月中旬，天依旧很炎热，加上时已过午，更是晒得慌，明舒在马车里闷闷地坐了一会儿，觉得心绪难宁，伸手撩开窗帘。风忽然灌入车窗内，吹得她鬓发微乱。

她理了理鬓发，心神稍定，忽然想起前几天应寻说过的话。

“这个人必定对卢家十分熟悉，否则不可能挖出十七年前卢家旧案加以利用。”

这些天进入视线的人当中，无论与卢家案有直接还是间接的关系，谁是最后可能对卢家有所了解的人?

清安堂大夫?彭氏母子?赌坊钱老板?都不可能……那就只剩一个尚未露面的神秘人……

她定定地看着窗棂片刻，探身出窗：“曹将军！”

曹海被她吓了一跳，忙让驾车人放慢速度，自己也驭马行至马车旁，问道：“陆娘子何事?”

“对不起，我不去相国寺了，能不能劳烦将军送我去陆家?”

六部尚书陆文瀚的府邸。

有陆徜那层关系，明舒进陆府很顺畅，并没遇到阻拦。

陆府很大也很气派，仆婢成群，皆衣着华美，然而明舒却无心多看，也无心理会旁人望来的异样目光。

陆文瀚刚从宫里回来，也正要更衣往大相国寺去，不料竟得门子通传说是明舒求见。

他对明舒的到来很是惊讶。

虽然明知她不是亲骨肉，但这孩子就是莫名投了他的眼缘，又有错认成女儿的乌龙在前，他心里便觉得她是上天补偿给他的女儿，看见明舒不免比从前更加温和。

明舒可没心情与他寒暄，三言两语道明来意。

“你为何要打听苏昌华的案子？”陆文瀚奇道，“那可是十年前的旧案了。”

苏昌华，前吏部侍郎，因涉顺安王的贪墨案而被罢官抄家，乃是苏棠璃生父。

十年前的陆文瀚虽还不是尚书令，但也已在官场浸淫多年，当年顺安王的贪墨案牵连甚广，拉下一大批京官，而陆文瀚就是因此得以顶替空缺，后来才一路青云直上的，他对这桩案子，印象尤为深刻。

“当年顺安王统辖河北路长达十数年之久，那里位于黄河下游，水患尤其严重，百姓饱受水患之苦，当时户部拨款百万银两令顺安王协助工部共同治理水患，改河道修渠筑坝，工事长达五年之久。可不曾想才刚建成两年，这耗费百万银两的堤坝却被大水冲垮，大水发得比未修之时还要严重，数十城池被淹，震动朝野。圣人震怒，下旨彻查此案，先后派下近百人，方查明顺安王贪墨户部拨款，以次充好修筑堤坝之事。”

陆文瀚回忆起十年前的旧事，说得沉缓有力。

“这么一大笔银两，圣人亲批，户部拨款，工部监督，中间层层监管，顺安王依然能贪墨近七成银子，其中牵连不可谓不广。涉案京官纷纷落马，苏昌华只不过是其中微不足道的一员。当时这案子是圣人亲问，三司共审，苏昌华之罪证据确凿，没有任何疑点，他本人也已供认不讳。只不过他牵涉并不深，本可蒙混过关，却因一封告密信而露了马脚，落了个抄家流放的下场。”

“那封告密信，是……”

“是如今的工部尚书卢则刚所书。当时卢则刚还只是一个小小的吏部主事，恰在苏昌华手下替他办事，是他的亲信。告发了苏昌华后，卢则刚凭此事获嘉奖，才慢慢爬到今日之位。”

“……”明舒闻言，失神良久。

依她对唐离此人的了解，唐离要对付的，恐怕不是三皇子，而是卢家。

明舒没想到自己与陆文瀚谈完话出来时，曹海竟还在花厅里等着。

“我瞧你挺着急，怕你有要紧事，索性就在这儿等着。”曹海已经在陆府喝了半天茶，见到明舒如获大赦般站起。

明舒亦很惊讶，心生愧疚，道：“实在抱歉，耽误曹将军了。”

“不碍事，要不是你，我也没机会进这尚书令的府邸。你还要去哪里？我再送你一程吧。”曹海咧嘴笑起，问道。

“大相国寺。”

这次，她是真的要去大相国寺。

虽然不知道唐离究竟打算怎么做，但明舒心里有非常强烈的不安，她预感这次的盂兰盆节法会，不会太平。

重新坐上曹海的马车，听着曹海在外头喝了声：“驾。”马车动了起来，由缓至快，明舒的心情也越发沉重。

其实说起来，三皇子登禅台与柳婉儿办普度会，这二者间，虽然像是毫无关联，但仔细琢磨，便能品出其中的巧妙关系。

唐离和豫王的目的已昭然若揭。先是成功将柳婉儿送进卢家，借工部尚书之名在法会上动手脚，向三皇子下手。若三皇子出事，卢则刚作为督办法会的负责人，必受重罚。此局已是一箭双雕之计，不仅可以助力豫王，亦可实现唐离对卢则刚的复仇，他们的目的已经达成。

要实现他们的目的，并不需要普度会。

那么，他们又何必多此一举，费尽周折让柳婉儿借三皇子登禅台之势大办普度会？

总不可能为了在事成之后让柳婉儿继续留在卢家扮演卢三娘博取好名声……卢家都要倒台了，这太说不通。

这场盛大的普度会，到底为了什么？

就在明舒忘我的沉思中，马车渐渐停下，外头曹海道了声：“陆娘子，到了。”明舒方醒过神下马车。

因着这场盛大的法会，大相国寺附近的三条主街巷都被封锁，不论是达官贵人还是平民百姓，都只能步行入内，尽管天色渐渐暗下来，但街上往来的百姓依旧非常多，街道两边挂的灯笼也已亮起，整条街璀璨如昼。

“陆娘子，可有需要帮忙之处？”曹海见她神色急切，便主动开口。

明舒怕有大事发生，倒是想借曹海之力，人多点儿好办事，可她没凭没据，无法对曹海解释，也不知道法会上会发生什么事，只能道：“能劳烦曹将军陪我走一遭吗？”

“成，没问题。”曹海倒是爽快，带了属下陪着她一道往寺门走去。

“曹将军，今日您的副官没跟着您？”路上，明舒问了句。

“那小子不耐烦看这种娘们儿的热闹，我就让他自己找乐子去了。”曹海随口回道，又觉得这“娘们儿”好像骂到了明舒头上，故又抱歉道，“不是说你。”

明舒也只是随口问问，并没在意他说什么。

连着魏卓安排保护明舒的人在内，一行十数人浩浩荡荡走到了大相国寺山门外。寺内已经是灯火辉煌，除了高悬的灯笼外，还有熊熊燃烧的篝火，浓烈的檀香味夹杂着焚烧箔纸的气息，弥漫在偌大寺院中。

明舒站在山门外，就能嗅到那股谈不上是香还是刺鼻的气味。

寺庙之中已是经幡遍挂，各处宝殿烛火辉煌，哪怕天色已晚，仍旧香客攒动，寺院里也随处可见负责守卫的禁卫军身影，寺院的大雄宝殿外更是已拉起明黄帷幔，每隔五步便设一个禁卫军，重重防御之内就是高筑的禅台，法坛设在禅台之下，百名僧人围坐禅台诵经。

帷幔内景外人难以窥视，只有禅台高耸，远望可见。仿七层浮屠的高台，四周包裹着经幡，台上似乎有人坐着，只是隔得太远，天又黑了，看不清那人是何模样。

但有资格登上禅台的，仅三皇子一人。

明舒隔得远远地看了几眼，法坛四周戒备森严，有魏卓亲自带人把守，进入其中的僧人也经层层检查，而禅台又建得这么高，比四周建筑都要高出许多，附近不可能安插弓弩手行刺，安全上应该不用担心，明舒定定心，问明普度会所在后，匆匆赶去。

因为要派米派粥，寺院安排了西侧禅院与厢房给柳婉儿与各府夫人娘子，既可设棚施粥，又可供女眷们休憩。明舒沿路跑去，一路上都能看到从西禅院出来的或正要赶去的百姓。

从西禅院出来的百姓除了能领到一碗平安粥外，还能拿到一袋平安米，除此之外，还有不少百姓手里都拿着孔明灯。

“阿娘，什么时候才能放灯？”路上，有个小男孩抱着孔明灯问母亲。

他母亲摸摸他的头：“要到前头的放生池，再过一会儿就能放了。”

小男孩高兴极了：“我在上面写了保佑父亲母亲大人安康！”

“乖。”他母亲温柔一笑，牵起他的手。

“这位娘子，请问这孔明灯是在哪里领的？”明舒上前问道。

“今晚有放孔明灯的祈福仪式，卢家的粥棚那里可领，不过只有九十九盏，现下恐怕已经派完了。到前头的放生池集合后，大家再一起放灯，娘子若是喜欢，可以前去观看。”那母亲回答完明舒，拉着儿子离开。

明舒看着两人的背影迟疑了片刻，问曹海：“曹将军，您可知今日刮什么风？”

“这我倒是没留意……”曹海边说边站在原地感受，带兵行军之人，对风势自有些研究，加之山中风略大，片刻后他就又道，“大约是西北向的风。”

西北向……风往西禅院附近刮。

是她多心了吗？

明舒摇摇头，又朝西禅院跑去，没几步就到了西禅院外。

派发米粥等物的棚子都搭在禅院外，因这日赶来大相国寺的百姓非常多，原本备下的米粥等根本不够，派发的粥与馒头都得再现煮现蒸才勉强够派发，所以棚下都是刚垒不久的土灶，上头架着大锅，不是在咕嘟咕嘟煮粥，就是在蒸印着“平安”与“福寿”字样的包子。

灶膛里的火熊熊燃烧着，食物的馨香弥散开来，搅得明舒胃中阵阵轰鸣，她今日午饭和晚饭皆未食半粒米，然而现下也顾不上饿。

“明舒？”人群中有人忽然叫住了她。

“宋清沼？”明舒转头就看见宋清沼，“你怎么在这里？”

宋清沼先抱拳向曹海打了招呼，才回答明舒：“过来看看我母亲的，她答应卢三娘子参加这次的普度会，在这里忙了一整天了。你呢？你也来参加法会？”

“不是，我来找柳婉儿和唐离的。”明舒道。

听到这两个名字，宋清沼不由得蹙起眉头：“柳婉儿……不就是卢三娘子？她已经去放生池准备放灯祈福仪式了，唐离……这两人有关系？”

解释起来又要长篇大论，明舒没有时间，摇摇头问他：“你可知这次都有哪几府参加柳婉儿的普度会？”

宋清沼想了想，道：“我知道。我母亲也挂名负责这次普度会，人员名单曾经送到母亲手中，正巧她让我核对过……不过我也只记得七八成。”

记得七八成，已经是记性绝佳了，何况还只是他谦虚。

宋清沼逐一报出名单上的人员，以及他们的来历身份，明舒越听脸色越差，听到最后，手已颤抖。

如果她没记错，这所有人中，有三成是当年与苏昌华案子相关的人员，或多或少都沾了些边，不是做了人证就是落井下石。除了最直接的告密人卢则刚外，陆文瀚也说得很清楚，顺安王的案子牵涉甚广，当时京官为求自保相互攀咬，以图赦免的机会，另有一些则踏着这些涉案官员的尸体往上爬，苏昌华也许微不足道，无形中却也成了很多人的踏脚石。陆文瀚提及了几个官员的名字，她当时注意力全在卢家上，并没完全记牢，但就零星记住的这些人，已经足够让她发寒。

唐离绝对不是无缘无故把这些人聚在一起的。

“他们现下何处？卢家人呢？”明舒急道。

派粥的只剩下各府的下人，主子们已经不见。

“都回禅房休憩了。”宋清沼刚从里面出来，那里头女眷太多，他待着难受，就找个由头离开了。

卢家的主母冯氏、几个嫡庶女儿还有儿子，其余各府的夫人娘子等，如今已全去禅房内休憩。

明舒蹙眉思忖，正想着，远处又跑来两个人，是应寻和他的同僚。

“总算找到你了。”应寻跑得上气不接下气，可以看出他亦心急如焚，“已经用你给的画像问过彭氏母子，确认是唐离。”

明舒当机立断道：“不管了，既然已经确认柳婉儿并非卢三娘，那就先将她拿下问话，能少一个威胁是一个。”

语毕，她又见应寻人手单薄，便朝邱明等人开口：“柳婉儿身边有不少护院，你们几个陪应捕快去放生池走一趟。还有，现下那边百姓很多，万不可引发骚动。”

邱明等人仍欲留在她身边，却被她断然拒绝：“现下已不是计较个人安危之时了，今日百姓很多，若是出事恐涉及无辜，快些去吧。”

邱明这才领命，带人与应寻离开，明舒又将应寻手中那张画像递给曹海，道：“画中此人很危险，我猜她必定就在寺内，也许就在附近，烦请将军帮忙，我们分头找人。”

曹海收下画像又分于手下看过，道：“没问题。”

很快曹海就带着手下四散搜人，明舒与宋清沼都认得唐离，并不需要画像，也跟着分头找起来。宋清沼往外边搜去，明舒在禅院内又找了一遍，并没发现与唐离相似的男人。明舒正站在树下喘着气歇脚，忽见长廊上走来个丫鬟。

那丫鬟微垂着头，缓缓行过，走进长廊拐角往厢房后去了。明舒盯了片刻，迈步追上。跟着她的方向追到厢房后面时，却不见了那人的身影，只剩下空荡荡的后巷。

后巷里堆满了用油布盖着的杂物，一摞摞叠得老高，这儿没有挂灯，只有厢房内的烛火透过窗纱洒下朦胧的光芒，外面的喧嚣被衬出几分不真实来。

明舒追进后巷，徘徊了几步，正狐疑那人的去向，忽然背后发出窸窣的声音，她心头一凛，猛地转身，却见那丫鬟自两摞杂物缝隙间走出，冷冷道了声："陆娘子在找我？"

她已然抬头，露出一张没有表情的清秀面庞。

不是唐离又是何人？

难怪找了半天没有发现人，原是她又换回了女装。

"果然是你！"明舒退后两步，警惕道，"设局利用我送林婉儿进卢府的人是你吧？借三殿下促成这次的普度会也是你的安排吧？你究竟意欲何为？"

"你既然能找到这里，不是应该心中有数，何必还要问我？"唐离的声音在黑暗中显得冰冷而阴郁。

"你替豫王办事，要谋害三殿下？"明舒试探着问道。

她话音刚落，就见唐离笑开，露出几颗森白的牙齿，道："枉我将你视作劲敌，还道你有什么真本事，原来也与普通世人一般，怪没劲的。这世间还没人有资格让我替他卖命，豫王又算得了什么。"

她的笑容与言语间都透着自负的得意，高高在上的模样着实叫人不愉快。

明舒道："哦？这么说你不是为了帮豫王争位？"

"在我眼中，哪怕天潢贵胄也不过是与张松、谢熙之流一样的庸人，有所求者必可控，我借来用用而已。"唐离嗤笑道，说完忽又宛如对闺中密友般嗔道，"这都怪你，当初在松灵书院若非你们兄妹横插一脚，如今我就不是跟着豫王了，也没今日这许多事了。"

"所以……"明舒倒抽口气，"松灵书院果然是你诱导张松杀杨子书，而你本欲借此案大展拳脚，找出真凶得三殿下青睐？"

然后凭着本事成为三皇子的幕僚，堂堂正正地离开书院，而并非一个被逐出书院的罪臣之后。

如果这个故事换个方向发展，会与现在全然不同。

唐离笑笑："可惜了……一场筹谋却成全了你们。"她只能另寻办法，靠着美色通过谢熙接近了豫王。

说着她望了望天空，又看向明舒："怎么？你想在这里与我叙旧？"

明舒眯了眯眼："有何不可？我想看看你在等什么。"她不能走，不能放任唐离一个人在这里，否则不知道唐离会做出什么疯狂的举动。

唐离似乎叹了口气：“你还有心思与我夹缠？不去看看你的阿兄？要知道今日三殿下登禅台的提议，可是你阿兄提出来的。若是三殿下在禅台上出事，你阿兄要背负的罪名你可清楚？就连他的母亲……恐怕都难逃一劫。”

明舒心中剧震：“不可能，我阿兄为何要遂你的愿，让三殿下登禅台？”

“我说了，有所求者必可控。谁让周秀清在我手里，而陆徜又只剩下这一个证人。他为了你，可是豁出了身家性命，你真的不去找他？按计划，三殿下在禅台上的最后一步，可是致命的，你现在赶过去，或许还来得及阻止。”

她从豫王处得知三皇子受皇命彻查江宁简家劫杀案，心生疑惑，便劝说豫王派人前往江宁，上演了一出螳螂捕蝉黄雀在后的戏码，不仅查到明舒身份，还在半途中从陆徜手里劫走了周秀清，加以利用，威胁陆徜。

明舒面色顿白，惊惧地看了唐离两眼，飞快地转身。唐离唇畔那抹得意的笑越绽越开，却不料明舒只跑出了两步就又停下了。

“你当我阿兄是傻子吗？”明舒脸上的惊恐全失，换上嘲弄的笑。

纵然心脏跳得像要冲出胸膛，她在此时也必须冷静。不是不担心陆徜，不是不想马上飞到陆徜身边，但是现在不行。她得相信陆徜——从前些天他要求她一起演戏开始，陆徜就应该自有安排，只不过谁都没想到，他们的敌人竟是同一人。

然而就算是九死一生的局面，她此时也必须相信陆徜。

这回轮到唐离笑不出来了。

“你这一箭双雕的计策使得不错呀。设计三殿下登禅台，既满足了豫王的要求，又能令工部尚书卢则刚成为替罪羔羊，以报你苏家私仇。什么东宫之争，不过是你用来掩盖私心的烟雾罢了。豫王以为自己找了把刀，没想到却被刀利用了。”

唐离一介孤女，想要完成这么大的布局，只能借势借力。设计害三皇子，不过是她取信豫王的手段而已，否则豫王又凭何任她调用人力物力来完成这场计划？

“你知道得如此清楚，那还站在这里同我废话？”唐离冷笑道，并不反驳明舒所说。

“可你不是说我与世人一般见识，毫无新意？唐离，你我对话的这段时间内，你知道自己已经看了三次天了吗？你在等什么？等柳婉儿？”明舒勾唇反问她，现出几分咄咄逼人之势，半点儿没给唐离留余地逼问道，“柳婉儿是豫王借你的人，装作柳家那病故的女儿回到城中。为了坐实她是卢三娘这个身份，北斜街那场火，不是出于意外吧？蔡氏也不是因为害怕别人知道柳婉儿就是卢三娘登门的？因为不管是真的还是假的，她都不是卢家真正的卢三娘！你们挑中柳婉儿，只是因为她的身份最好造假。蔡氏是被你们引诱上门，而后故意纵火谋杀的……我可有猜错？”

唐离面上的笑容渐消，冷冷地看着明舒，一语不发。

“现在这位柳婉儿应该不知道你到底想做什么吧？她只是听你吩咐行事，在放生池畔负责组织百姓放孔明灯祈福……今夜刮西北风，这批孔明灯会被吹向这里吧，若是不慎落到禅房四周一两盏，引发大火……”

明舒越说越冷，也越说越心惊，这只是她的猜测而已，但看着唐离已如寒霜的面色，她想她猜得应该八九不离十。

孔明灯大概率被动了手脚，飘到附近就会坠落，即便没有坠落，人为地制造孔明灯失火的假象也非常容易。

“陆娘子的想象力着实丰富，我是很佩服的。禅房内外都有人，如果真的失火，第一时间就会被发现，难道他们会在房中坐以待毙？”唐离倏地又扬起笑来，一边反驳一边靠近明舒。

明舒抬头看了看这幢两层的厢房……窗纱上没有投出人影，里面亦无声响传出。

“如果他们被人下了药无法动弹呢？”明舒道。

唐离不作声，忽然向她扑去，双手成爪伸向她脖间。

黑暗中寒光闪过，衣料与皮肉被划破的声音响起，唐离闷哼一声，抱臂站在原地，死死盯着明舒手中握着的锋利短刀。

唐离已是图穷匕见，被她逼得动手。所幸明舒早有防备，手中是陆徜所赠的短刀，她努力不让自己的手发抖，将短刀对准唐离。

“别靠过来。”明舒一边强作镇定，一边用眼角的余光朝外扫去。

禅房内没有声音，两侧长廊也无人经过，外头又吵，她就算大声呼救，恐怕也没人听得到。

“唐离，你父亲所犯罪行证据确凿无可抵赖，没有人欠他什么！如果你对此有疑问，也该想法子替他沉冤，洗刷你苏家冤屈，而非疯狂报复。在这禅房之中，又有哪一个是害你父亲之人？且不说与你苏家沾边的那几府，余下的逾七成，可是完全无辜之人，你竟然丧心病狂到要他们一起陪葬？”

唐离脸上的寒意只维持了片刻，便发出一串尖锐的笑声。

“无辜？那又如何？难道当年我不无辜？我母亲不无辜？我的兄弟姊妹不无辜？我苏家上下十几口人不无辜？我父亲清官半生，却不够诊金替我祖母医病，我阿弟病重，他贪那百余两救命银子，叫人拿住痛脚，不得不替他人违心卖命，到头来落得个抄家流放的下场，想保的家人一个也没保住！男女皆为奴！为婢！为娼！而踩着我父亲往上爬的人，却享尽荣华富贵！凭什么？我要他们也尝尝家破人亡的滋味，那才痛快！我知道里面有人无辜，那又如何？无辜之人无力就是蝼蚁，死不足惜，你别同我谈什么天道仁义，我不相信！”

她边说边往后退去。

“无所谓了……”唐离松开抱臂的手，任由鲜血浸透衣袖，从腰间摸出火折子吹亮。

火光照出她脸上的疯狂神色，许是猜到自己再也等不到柳婉儿的孔明灯，她眸中仅剩的理智也被疯狂取代。

“你要做什么？”明舒瞧她这不管不顾的模样，也不敢上前，任由她退到后巷的尽头。

唐离又笑笑，伸手扯下靠墙而放的一摞杂物上盖着的油布。

油布之下是垒好的棉絮，棉絮上压着几个瓷瓮，她趁着明舒未反应之际，猛地将瓷瓮砸碎。

火油味冲入明舒鼻中，她刹那间明白过来。

这后巷内存放的，是唐离让柳婉儿以煮粥与放孔明灯为由，提前运进来的棉絮、干草、木柴并灯油之类的燃料，是她留下的后手。

如果孔明灯之计失败，便可人为纵火。

她不允许自己的复仇行动有任何闪失。

“不要！”明舒惊叫道。

火油已经泼在棉絮之上，旁边又都是干草等易燃物，禅房内又多是经幡、纱幔等物，火势若起则一发不可收拾，救都来不及。

正在千钧一发之际，拐角处却突然蹿出一道黑影，猛的扑向唐离。明舒冲到一半，被这变故吓得顿住脚步，眼睛只盯着那火折子，生恐火折子落到棉絮上。

黑影不知是何人，只看得出是男人身形，他紧紧攥住唐离之手，唐离疯狂挣扎扭动着，只闻铮然一声，长刀出鞘，下一刻，一柄刀由腹向背，贯穿两人。

唐离不可置信地转头，望向身后的人。

“阿璃，你累了吧，我陪你一起好好睡个觉吧。”谢熙的声音响起。

火折子被扔到远处，明舒上前一脚踩灭后，才震惊万分地看着眼前贴背而拥的两个人。

血疯狂涌出，浸湿地面。

明舒不知道谢熙是什么时候来的，料想他应该是跟着唐离而来，在旁边已偷听许久。

“谢熙……你这是……为什么？”唐离低头看看握在他手中那柄贯穿了两人的刀，“我不是同你说过……不要再管我……”

“阿璃，我不怨你利用我……若我当初再多些担当……拒绝县主的婚事……可能你也不会如此绝望……对吗？是我不好……我陪你……以后到哪里，我都陪你……”他说着气息渐渐弱下去。

唐离脸色灰败，复又笑起：“你怎么这么蠢……都说了是利用……我就没爱过你！不用你陪……不用……”她挣扎着想离开谢熙，却已无力。

脚步声由远及近，似乎有人寻来，隐约还有几声呼喊，叫的都是明舒的名字。很快，就有人找到了这里。

“明舒……”来的是宋清沼，见到暗巷中的情景不由得一惊，迅速将明舒拉到身边。

明舒这才回过神，只觉双腿抖如筛子，她勉强站定，推开宋清沼，咬牙沉声道：“禅房里的人应该被唐离下了药，唐离想纵火烧房，被谢熙给……具体的情况我稍后同你解释，你留在这里找人照应着，记着别让孔明灯放上天，我……我要去三殿下那里！”

事情还没了结。

就在她转身之际，唐离忽又开了口，声音微弱：“你不必得意，没有收到我放出的消息，陆徜找不到周秀清……我要是死了，周秀清也活不了……简家的案子，注定无果……你……你会和我一样……我等着看你变成……我……”

最后一个字落下，她绝了气息。

明舒怔住，被宋清沼摇醒。

宋清沼目光复杂地看着她：“别听她的，你快去三殿下那里，这边交给我！”

明舒这才回过神，情势紧急，她只能暂时抛开所有，往大雄宝殿处跑去。

汗珠自额头滚落，后背湿透，可手脚却冰凉，明舒觉得自己这辈子从来没跑得这么快过。

跑到半路，她遇上曹海，简单解释了几句，曹海便速命人去通知应寻，自己则又带着两个亲随陪明舒去找赵景然。

法坛外已被重重围起，天色黑透，高台上的人已然看不清楚。明舒与曹海赶到法坛之外，报上身份后，竟惊动了魏卓，二人俱被带到宝殿西侧的小楼内见他。

明舒道明缘由后，魏卓方震惊道：“竟发生此等恶行?！你阿兄现下正陪在三殿下的经房内，不能见外人……”他说着想了想，又道，“也罢，你跟我来。”

他带着明舒去了，留曹海在小楼内。

明舒跟随魏卓到了正殿旁边的经房外，让守在门外的内侍传话，不多时里面内侍就出来请人。

“陆娘子，请吧，少尹大人在里面等您。”

竟只同意见明舒。

“去吧。”魏卓拍拍她的肩。

明舒点点头，匆匆跟内侍进了经房。

经房很大，中间有巨大屏风隔断，屏风后隐约可见男人身影，内侍站在屏风外，向明舒道：“请吧。”

明舒蹙眉——陆徜什么时候这么会摆架子了？

她又匆匆绕过屏风，一声“阿兄”堪堪出口，人便呆住。

屏风后面不是陆徜，却是三皇子赵景然。

眼见三皇子安然无恙，明舒先是心头一松，行过礼后又疑惑地问道：“三殿下，我阿兄人在何处？”

“子翱替我上了禅台。”

“……”明舒震愕。

她的陆徜没有因为她而违背原则，他选了一条更加危险的路。

禅台上的人已盘膝坐了一整天，从天明到天黑，滴水未饮，粒米未进，如今双腿已经没有知觉。

台上风烈，吹得衣袂呼呼作响，再过一会儿，仪式就要结束，陆徜希望自己还能正常站起。

天色已全暗，可入目所及，不论是天上还是地下，皆是星火遍布，夜晚的汴京城尽收眼底，也不知明舒现下如何。

也不知……那件事进行得怎样了。

他正想着，远空忽然升起一簇银亮烟火，飞到半空时咻的一声炸开。

陆徜唇角扬起浅笑。

得手了。

周秀清被他的人找到了！

终于让他抢先一步。

夜风送来不知何处祭拜所烧的纸灰味，不远处的河道上慢慢漂来几盏莲灯，隔着没多远的街巷中，盂兰盆节的祭祀还没结束，附近百姓从寺院请回来的僧人开坛所设的小法会仍在继续，隔壁街道喧声不绝，衬得河道下游处越发冷清。

这里离大相国寺只有三条街的距离，但人烟稀少，为数不多的人家今日也前往寺中参加盂兰盆法会，四周一片寂静。

夜色中有几道人影匆匆掠过，没有发出半点儿声响，仿如鬼魅般蹿入附近一户人家。

金铁交鸣的打斗声响起时，远处法会上僧人正吟唱到最响亮之处，引磬、佛铃、木鱼等齐奏，恍如天音笼罩。

没等这段佛音结束，那户人家中的打斗声已渐渐平息，大门忽然被人打开，里面走出几个劲衫男人，簇拥着一个神情惶恐、发髻散乱的妇人，护着她迅速离开。

没走多远，其中一人从腰间摸出报信的鸣镝。

一道银亮光线升起，发出咻的一声，而后在天际啪的一下散开，如天星坠落。

七层的禅台很高，四面又无遮挡，陆徜坐在上面，甚至不必起身，就能看尽汴京城。

天空中的烟火转瞬即逝，快得让人来不及转头，然而他一眼就望见了。那是他等了一整天的、向他报喜讯的信号。

夜空虽沉如墨汁，他却有些守得云开见月明的错觉。周秀清找回来了，简家的案子会更加明朗，真凶到底是高仕才还是另有其人，便都有了答案。

为了这一刻，他已谋划多日。

今日他与唐离约定，只要“三皇子”在禅台上完成全部仪式，她就将周秀清交还给他。不过在此之前，唐离只让他派人在大相国寺角门外一处卖香烛的铺子外候着，待事成后自有人会把周秀清交给他们。

他自然不能相信唐离，更不可能如她所愿。在香烛铺外等候的是魏卓的人，而营救周秀清的人却是另外安排的，全是他的人，从他首次在城北见到唐离开始，就已在暗中密切监视唐离以及她身边的人的动向了。

唐离再怎么心思缜密，拐弯抹角地给看守周秀清的人下达命令，也总有蛛丝马迹可寻，对陆徜而言，越早找到周秀清越好，所以才有了与明舒配合演戏的计划，越早让唐离相信他因为明舒的安危而自乱阵脚，她才会越快告诉他她的目的，给他接近周秀清的机会。而他便在这筹谋得来的丁点儿时间内抓紧调查。

而事实上，因为牵挂明舒的安危，他也确曾陷入草木皆兵的情绪中，幸而有明舒……

"阿兄……"

微弱的呼唤声从下方传来，似乎离他很近。

陆徜蹙蹙眉，望向茫茫夜色，片刻后失笑——他这是疯魔了吧？明舒怎会出现在此？

可能是在禅台坐了一整天，他什么都做不了，只有思绪天马行空。

禅台下方传来一阵佛乐，吟唱声大了起来，那阵细微的呼唤便再也听不见。围坐在下方的僧人们手持莲灯起身，分成内外几圈围绕禅台边诵边行，陆徜随之站起。按着仪式的流程，到这一步已近尾声，他需走到禅台四边向四方叩拜，以敬四方神佛，叩拜结束后他就能下禅台了。

而唐离为三皇子设下的陷阱，就藏在这最后一步中。

陆徜站在禅台正中，凝神观察禅台四周——要想趁三皇子在禅台上时下手，无非几种方式，一是弓弩暗杀，不过禅台高约十丈，比四周建筑高出许多，弓弩手无处可藏身，应该不可能；二是混入刺客在他下禅台时下手，但这里已被禁卫军重重包围，只要他踏下禅台，立刻就会被禁卫军护住，得手的可能性不大；那就只剩最后一种，也是最有可能的一种，禅台被人动过手脚，存在坍塌风险，这种也最容易伪装成意外失足。

从七层高台跌落，非死即残。

他想了想，朝东边迈出脚步。

只是还没等他走出两步，那呼唤声又起，且越发急切。陆徜止步，望向上禅台的木阶处。

"阿兄，不要……不要往外走！"

因为跑得急，七层木阶，明舒已经爬得喘不上气来，不得不中途停步，扶着栏杆缓几口气再往上继续爬。

木阶绕着禅台蜿蜒而上，十分狭窄，外侧是木制栏杆，栏杆上还绑着经幡，从下往上望，登台的木阶被经幡挡住了视线，叫人看不清楚，而眼下天又黑，是以无人察觉明舒正沿着木阶往上爬。

仪式已经到最后关头，明舒等不及三殿下安排人手登台，况且他二人互换身份登禅台之事有欺君之嫌，更不能再让其他人知道，是以她自请登台。

禅台由工部督建，柳婉儿又潜进工部尚书卢家，极有可能在禅台上动手脚，明舒深恐陆徜一步踏错……

陆徜站在原地又听了片刻，确认不是自己的幻听，明舒的声音绕着禅台越来越近。

她上禅台了?

他心头一惊，往上禅台的入口走去，俯身朝下一望，果然看到明舒已经爬到约五层高处。

"阿兄！"明舒抬头看到他，松了一口气，扶栏站在原地冲他招手，"禅台危险，快下来！"

"我知道！"陆徜有些气她冒险登上禅台，佯怒道，"谁让你上来的?！"

"三殿下让我来的！你别待着了，快点儿下来。唐离……唐离死了……"

明舒喘着气道，她也着实爬不动了。

陆徜诧异至极，只听明舒又道："下来我再同你说……"

她话还没说完，禅台下就传来一阵慌乱的惊呼声。

中间那圈围着禅台绕行的僧人不知绊到什么摔倒，撞到了最内圈的僧人，那僧人扑地，手中莲灯连火带油整盏掉在了禅台上挂的经幡上。

火猛地顺着经幡烧上来，正巧就在明舒所在的那一侧，很快蔓延到明舒身边。

"明舒，上来！"陆徜俯视，看得仔细，当即色变。

禅台全木构造，若是着火，台上之人无路可逃。

明舒也回头看了眼，瞧着火舌往上蹿，吓得魂飞魄散，也不知哪里来的力气拔腿就往上跑。

“阿兄！”惊魂未定地踏上禅台，明舒就被陆徜拥入怀中。

高台一侧经幡全部烧着，火舌舔舐到禅台木阶上，下去的路被封，陆徜拥着明舒边往另一侧退，边寻找脱身之法。

火势攀缘而上，在苍茫夜色中如同肆虐的獠牙，夜风刮过，四下萧瑟，恍如临渊。明舒脑中顿乱，一瞬间如同置身悬崖，火光遥遥追来……脑中零星画面像碎片般闪过，她来不及细想，已经与陆徜退到了另一侧的边缘。

二人同时踏上禅台南边沿，那处本是陆徜行四方拜礼的位置，没等陆徜想出对策，脚下就传来一声木头断裂的噼啪声。

禅台边缘位置连带着护栏骤然断裂，陆徜与明舒脚底一陷，跌下高台。

风声自耳畔呼啸而过，坠落的感觉似曾相识，明舒脑中一片混乱。

“抱紧我！”陆徜仍是冷静，他单手搂住明舒的腰肢，另一手紧紧攥住了一条挂在高台南侧未被烧到的经幡，借着经幡的绳子带着明舒往下滑落。

明舒凭着求生本能紧搂住陆徜的脖子，连害怕的余地都没有，就跟着他一起顺着绳子落下，直到离地面约一丈高时，火舌才终于舔上这条绳子。

绳子瞬间被烧断，陆徜双手齐拥，将明舒搂进怀中，以身躯护住她，二人重重落到高台下所设的供桌上。木桌被砸裂，陆徜的手吃痛，力道松懈，明舒便从他怀中滚出。

“明舒……”

所幸剩余高度并不算高，应该不会致命，陆徜已摇摇晃晃站起，朝明舒走去。

明舒却没有任何声音。

她只觉天旋地转，眼前景象一片模糊，她看不清陆徜，耳边只有喊杀声，还有刀刃的铮鸣……

对，刀刃。

染着血，从记忆深处探出。

盂兰盆节进入尾声，街上仍有人家在门口烧纸衣，纸灰飘飘扬扬飞了满天……

街尾的大树底下拴着几匹不知从哪里来的马，悠闲地摇着尾巴，过了不知多久，几个身着黑色劲衫的夜行者带着个妇人疾行到此地。

“应该安全了，速归。”看似首领的黑衣人开口道，又沉声向那妇人，“我先扶你上马。”

周秀清哪有置喙的余地，不过听凭摆布，从一伙来历不明的人手中，落到另一伙来历不明的人手里。她战战兢兢地点头，只要能保住自己这条命，她没什么不愿意的。

那人先将周秀清扶上马，又低声向手下交代什么。

只这一句话的工夫，沉沉夜色中一只羽箭嗖地划破长空，准确无误地没入周秀清心房。

周秀清倏地瞪大双眸，死死盯着漆黑的夜色，手缓缓抚上心口。

“老大，有刺客！”有人惊叫起来。

“先救人！”首领喝道。

四周的响动大起来，周秀清的瞳孔逐渐扩散，很快便再听不到声音。

这注定是个不平静的夜晚。

明舒走在一片黑暗中，浑浑噩噩不知去往哪里。她有些害怕，左顾右盼寻找陆徜的身影。

“阿兄……”她仍以兄长之名唤他。

发生了什么事?

她明明记得，她踏上禅台寻找陆徜，可为什么她又出现在这里?

好像有人不慎引燃了经幡，烧到了禅台，她跑啊跑，逃到陆徜身边，然后呢?

然后陆徜和她一起掉下了禅台。

风声从耳畔呼啸而过，底下是漆黑一片的深渊，她觉得自己落下的并非禅台，而是深不见底的悬崖……草木簌簌作响，四周充斥的人声全都变成了匆促的脚步声。

“搜，格杀勿论！”黑暗里有男人粗重的喝声响起，而黑暗似被这声音划破，火把的光亮蜿蜒追在身后，四周景象顿变，成了树影幢幢的深山，前方便是悬崖，而后面是染血的刀刃，她逃无可逃，纵身跃下……

山影又是一换，四周顿亮，穿金戴玉的男人站在富贵华丽的房间内哄她，她依旧不乐意地撇开脸，道：“阿爹，我不是同您说过，我和陆徜的事，您不要插手！”

“我那不是见你喜欢他……好了好了，不插手就不插手……”男人腆着肚子，生得很富态，眼角眉梢全是宠溺之色。

阿爹啊……

她的阿爹？

是谁？

“我就是看不惯陆徜！”男人虽然妥协，还是没忍住骂她，“想我简金海的女儿，简家的大小姐，多少人争着抢着求娶，他简直是身在福中不知福。”

简家的大小姐？

她不是姓陆吗？

她到底是谁？

华丽的房间又骤然消失，仿佛只是一片碎片。

她成了梳着两个小鬏髻的孩子，从母亲身后探身，看着前面站着的男孩哧哧地笑。

那是……九岁的陆徜，他很瘦，也很腼腆，一声不吭地看着她。

她就想，她要打个招呼。

“小哥哥，我是简明舒。明舒，就是月亮，阿娘说我是她的小月亮。”

是啊，简明舒……

她姓简，不姓陆。

她是简家唯一的女儿，简明舒。

明舒眼睛倏地睁开，所有景象消失，只剩下眼前白色的帐顶。

第四十九章 挥泪得真相

半夜下起雨来，雨声哗哗不绝。回廊上很多人忽促来去，留下湿漉漉的脚印子。

大相国寺禅台的一把火结束了热闹了整日的盂兰盆节。法会出事，龙颜震怒，禁卫军、魏卓、大相国寺、工部……甚至三皇子，都难逃圣人怒火。

陆徜站在屋檐下，看着顺着瓦片从屋檐落下的雨水。

滴滴答答，没完没了。

他身前站着神色凝重的男人，正半俯身向他小声禀报着什么。

周秀清出事了，万般筹谋功亏一篑。

“是属下等办事不力。”男人禀明事情经过，面有愧色道。

陆徜仍盯着雨水：“此人应该跟踪了你们很久才伺机出的手，一箭穿心，必杀周秀清。是我们疏忽大意了。”

他以为他们的行踪足够隐秘，没想到依旧落入他人眼中。

这个人，应该不是豫王和唐离的人，他们没有必要来这一出，况且能如此精准地出手，必定跟踪了他们很久，就等这个灭口的机会。

真凶，果然另有其人。

“那接下去……”那人问道。

“容后再议吧。”陆徜摇摇头，挥手让人退下。

事情走到这一步，胜算几乎全无，局势异常糟糕。

他有些疲惫，转身看了眼紧闭的屋门，重振神色，轻轻推门而入。

屋里点着安神的香炉，味道很淡，明舒静静地躺在床上，还没醒来。他踱到床畔，在床沿上坐下，向她微微倾身，以指腹摩挲过她的脸颊，最后将一小缕发丝拨开，而后转头怔怔地看着地面。

没有外人，他不必再强撑出泰然自若的镇定。

许是在禅台吹久了风，从眉心到后脑，都一下一下地抽痛，他将脸埋进双掌，良久，才发出声长长的叹息。

床上的人，却似乎有了些动静。

他倏地放下手，转身望去，只见明舒睁大双眸望着帐顶。

“明舒，你醒了？”他收敛情绪，向床头又坐近些，柔声问道。

她的眼眨也不眨，有些空洞，似乎陷在他人看不到的梦魇中。

“有哪儿不舒服吗？”陆徜又问。

他们运气好，最后摔下的那段距离不算高，大夫检查过，只有皮外伤，并无大碍，但陆徜还是担心，明舒的头受过伤，落地后又昏迷，也不知会不会触及旧日伤处。

明舒动了动，想要坐起，陆徜忙将她扶起来，又在她背后塞了两个软枕让她靠得更舒服些。

“明舒？怎么了？”见她不言不语，陆徜又伸手拨开散在她胸前的乱发，最后轻轻握住她交叠在被上的手，道，“我先给你倒杯水。”

温热的手掌却让她如被刺猬扎到般缩回手，她似乎从大梦中醒来，转头看着陆徜。

“陆哥哥，你为何会在这里？”她怔怔地看着他，似乎不能理解陆徜的出现。

陆徜心头猛地一跳，问道：“明舒，你喊我什么？”

陆哥哥……那是从前在江宁府时，她对他的旧称。

明舒也看着他，脑中被凌乱的记忆充斥，过去和现在，混乱交错。

她抱了抱头，喃喃道：“不对……阿兄……陆徜……”

杂乱无章的画面在眼前飞掠而过，疾速拼凑出她失去的记忆。

“明舒？”陆徜见她痛苦迷乱的模样，伸手钳住她的双肩，“是不是头又疼了？”

她目光落在被上，顿了片刻忽将他的手拍开，抬头问他：“你不是赴京赶考？我们不是已经说清楚了……为什么你会在这里？”

分别时的场景历历在目，十年欢喜，只剩最后那句“君有远志，妾无留意，以茶代酒敬君，此别再不相逢……”

此后余生，他们本不该再见的。

他们不该再见……

陆徜的手僵在半空，突然间竟不知该如何回答这个问题。

她终究还是全部想起来了。

她又问他：“这是哪里？”

“这里是魏叔府上，你昨夜从禅台上摔落，昏迷到现在。”

“魏叔……”明舒并不关心昨晚发生了什么事，她仍喃喃着，“禁卫军统领魏卓的府邸？”

陆舒点头：“对。”

“这儿……是汴京？”明舒眼底迷乱渐渐散开，直勾勾盯着陆徜问道，不及陆徜回答，便继续说了下去，“我在云华山遇险，被你救下，认你为兄，跟着你进了京，变成陆明舒……”

所有的记忆都慢慢被衔接上，她却越来越激动，头也摇得越来越疯狂。

“不可能……不可能……”她忽地攥住陆徜的手臂，“你告诉我，我在做梦。认你为兄是梦，跟你进京是梦，我们没有相见，没有重逢，我还在江宁县，还在简家，陪着我阿爹……我阿爹说他要替我另择夫婿，他答应了让我自己挑，我们不会再见，不会！你是假的！汴京是假的！”

只有汴京的一切是梦，才能证明云华山上发生的事，她偷听到的一切是假的，而简家也仍旧好好的……

“明舒，你冷静些。”陆徜分不清自己此刻胸中涌上的无边痛楚，是因为她的痛苦还是她的话，如果他可以选择，他情愿如她所想，让他的存在与这段相扶相持的日子都成为一场幻梦，去换她梦醒后的圆满。

然而，没有如果。

明舒完全不听他的劝慰，她掀开薄被，赤脚踩上地面，脚步踉跄地向外冲，陆徜想扶她，亦被她甩开。她冲到门边，用尽全身力量打开房门。

屋外的景象落入眼中——小小的院落，回廊下转头望来的下人……

所有的一切都在向她证明，这里并非江宁，并非简家。

她忽然脱力，软软地扶着门框。

陆徜看到她眼眶里无声滚落的泪珠。

一颗，一颗……像夜里这场雨，下得突然。

明舒没有意识到自己在哭，她只是木然地开口：“我阿爹呢？”

陆徜头一次意识到，这世间很多事是他无能为力的，比如她的痛。他能清晰地感受到她的痛苦，却没有任何办法可以帮她缓解……

见他沉默，她似乎心底有数，又问：“简家……一共死了多少人？”

“三十七口……”陆徜用尽毕生力气报出这个数字。

明舒狠狠攥紧门，指甲几乎嵌入木头。

“三十七……一个不剩啊……”她无法呼吸，泪水更是一颗接一颗落下。

除了她以外，全部死光。

“明舒……”

十年寒窗，空得一身诗文造诣，陆徜却连一句能够安慰她的话都想不出来。

任何的话语，在她的痛苦面前，都苍白无力。

“出去……”明舒扶着门站定，道。

陆徜没动。

“出去！”明舒加重语气，“我让你出去！”

她现在谁也不想见，谁的声音都不想听到。

“好，我出去。”陆徜迈到门外，又道，“我就在外面，你有事叫我……”

话音未落，门便被她砰地关上。

远处下人纷纷望来，大抵是没见过他们吵得这么严重，脸上都是诧异万分的神色。

陆徜哪儿也没去，只站在她房间外的廊下。屋里没有任何声音再传出，他静立片刻，往旁边走了几步，目光一转，却从窗户微敞的缝隙中窥见了明舒的身影。

她披散着头发，正站在窗边不远处，缝隙狭小，他看不到她的容颜，却能看到她手里握着他送的短刀。

锋利的刀刃，正对着左手掌心。

这一刀下去，便是皮开肉绽鲜血淋漓……

但是有些梦，需要用疼痛来唤醒。

明舒仍旧觉得自己在做梦，只要醒来，她就可以看到父亲那无可奈何的宠溺眼神。

刀刃触掌时，门被人狠狠撞开，陆徜疯了般冲过来，夺过她手中短刀掷到地上。明舒只觉得掌心泛起细微刺痛，虽然陆徜抢走了刀，但锋利的刀刃仍旧在她掌心拉出一道浅浅的伤口。

血珠渗出，看得陆徜无法自持，理智尽失，他狠狠钳住明舒的双肩，道："我赠你短刀，是让你自保，让你对敌，不是为了让你伤害自己！明舒！我知道你痛苦，但是……但是你别伤害自己……我求你……好吗？"

"我只是……想看看，这到底是不是梦。你放心，我不会寻短见，我不会……"

这真的不是梦，一切都残酷地发生了。

三十七条人命，灭门之恨，这仇若是不报，她有何面目去黄泉之下见她的父亲和其他人？

她没资格死。

"我不会死，我得活着……活着……"明舒说着便再难扼制，泣不成声。

认清了现实，人也随之崩溃。

陆徜只能将她拥入怀中，任她声嘶力竭地埋头痛哭。

他的衣襟被她双手狠狠揪住，衣裳被她泪水浸透，他只能用尽全力抱紧她，仿佛要将她揉进骨血。

也不知哭了多久，屋外已经站了好些来找他的人，却没人敢进门，明舒哭到脱力，软软地倚在他的胸口，双眼无神地半闭着，他毫不费力就将她拦腰抱起。

明舒没有反抗，由着他将自己抱到床上放下，再替她掖好被子。

她便静静地躺着，一动不动。

陆徜在床边守了一会儿，直到屋外等待的人实在等不下去要进来叫他，他才转身出去，喊了轻摇进屋继续守着。

找陆徜的，是魏卓的人。

大相国寺禅台的一把火结束了热闹了整日的盂兰盆节。法会出事，禁卫军、魏卓、大相国寺、工部……甚至包括三皇子在内，如果不能给出一个让人信服的说法，都难逃圣人天威盛怒。

除了陆徜与明舒因为从禅台坠落受伤而被送回魏府外，其余人都还留在大相国寺彻查此事。

“法会上的所有僧人均被扣押，引发禅台火势的两名僧人已由殿帅亲自提审过了，暂未发现疑点。”那人在廊下直接回禀道，又说起当时情况。

当时天色已暗，法会仪式已经进入尾声，所有围坐禅台的僧人都要围着禅台绕行四十九周，而这些僧人共分了三层，引发事故的是中间那层与最靠近禅台的那层当中的两名僧人。先是中间那层的一个僧人在绕到明舒所在的一侧时，不知绊到何物摔倒，扑在最内圈的一名僧人身上，导致那名僧人所捧莲灯脱手飞出，掉在经幡之上引发火灾。

而这两个僧人的来历背景也已调查清楚，都是在大相国寺修行多年的僧人，并无问题。

看起来就像是一场意外。

可天底下哪有那么多巧合？这盂兰盆法会本就是用来对付他们的阴谋中的一环，他们避过了所有的诡计，却最终险些死在一个意外上？

陆徜不相信。

“柳婉儿和唐离呢？”

“唐离在西禅院被发现时已身亡，现场还发现了谢熙的尸首。根据宋清沼的证言，再加上开封府捕快应寻的调查，可以初步判定她是死于谢熙之手，二人同归于尽。至于柳婉儿，她已被应捕快拿下，正关在开封府衙的大牢内。”

“你回去转告殿帅，请他先提审柳婉儿，还有，所有参与修筑禅台的工匠，包括负责督建的相关工部官员，需全部找出来。我……晚一些再去找他。”陆徜冷静吩咐道。

待吩咐妥当，那人离去，他又叫来院中所有人手，逐一下令。好容易交代完所有事，时间已经过去许久，他才转身再回明舒屋子。

现如今明舒的情况，让他一步都不敢离开，可三皇子与魏卓又急等他回去调查……

他只恨自己没有分身之术。

屋中，明舒已起。

她并没在床上躺太久，缓过了那阵脱力，她便渐渐冷静下来。

“怎么又起来了？”陆徜蹙了蹙眉，快步走到她身边。

明舒站在书案旁，也不知在想什么，看神色似乎平静了许多，只是眼睛还红肿着。

陆徜伸手想要拉她，她回神，退了半步，叫他伸出的手落了空。

“我没事。”她的语气平静，只冲陆徜行了个礼，又道，“劳烦少尹大人将简家灭门劫杀案的卷宗资料送来，我想看看。”

说话间，她将攥在手心的铜钥匙轻轻按在桌上，而后推向陆徜。

陆徜不语，沉默地盯着她。

一声“少尹大人”，兄长不再，陆徜也不再。

他们之间，仿佛隔了天堑。

卷宗没多久就被陆徜取来，搁在明舒的案头上。

厚厚一摞纸页，承载了简家三十七条人命……明舒并未立刻打开卷宗，她的手压上卷宗，闭眼深呼吸。这份卷宗一旦打开，她最后一点点虚假的希望就被彻底打得粉碎。

陆徜没走，在她身畔坐下，道：“卷宗有些复杂，你若有什么不明白的，直接问我。”

语毕，他伸手轻覆她的手背，希望能给她一丝暖意，她却倏地缩回手，睁开眼道：“谢谢。”

卷宗被轻轻打开，里面的文书记录整理得十分仔细，放在最上面的是高仕才的认罪信，接下去是高仕才的尸格、死亡现场的勘察记录、赴京途中死亡的过程记录并当时每个人的口供笔录，还有曹海在路途上展开的调查，以及高仕才本人的背景资料，等等，最后是陆徜对高仕才之死所做的疑点罗列及推测……单高仕才一个人的卷宗，陆徜就整理了数十页。

明舒将高仕才的资料取出摆到一旁，继续往下看。

下面是她与陆徜在汴京遭遇刺杀的资料——刺客的来历、证词、刺杀过程等，亦全都整理得清清楚楚。再往后，是周秀清的单独档案，因为是最重要的证人，也被独立出来存放。

这是份按着时间排列的卷宗，越往后发生的，放在越上面，越早发生的，越在下面。

云华山的追杀和简家的劫杀案，放在最底下。

明舒一份份挑出，最终先拿起了这份案卷。

这个案子涉及的江宁官员太多，因此里面的资料也最为复杂，光死者的尸格，就有三十七份……

“明舒……要不先别看这个。”陆徜阻止了她的动作。

她第一份拿起要看的，是简家的死者名单，与那三十七份尸格。

在这些卷宗中，没有什么比这份档案更残酷的了。

明舒还没细读，眼眶已经又红——死者名单上的第一个名字，就是简金海。

她的阿爹。

而后的一串串名字，全是昔日简家的仆从，这些仆人，大多是她阿娘在世时亲自挑选的，再有就是她阿娘的陪房。她阿娘那人菩萨心肠，最爱帮助贫苦人家，家里的仆人，不少是被她收留的无家可归的可怜人……简家虽然不是什么书香门第，对家中下人却都很好，这些人受过恩，念着好，看着明舒长大，待她亲如家人。明舒从小到大都不讲主仆尊卑，简家人丁单薄，这些人都是她的家人。

如今，她的家人，全部成了这名单里一个个冰冷的名字，像刀剑一样扎在她的心房。

陆徜的阻拦并没成功，她仍旧固执地拿起尸格，翻开的第一个，依旧是她的父亲。

才看了两行，她已经看不下去，呼吸急促地将整摞纸按在桌面上，全身颤抖，用尽毕生之力抑制着马上要决堤的泪。

简金海的容貌随着她拿起尸格浮现在脑海中，又因为这张尸格化成一具尸体……

“他们……都是被人一把火烧……没的？”

明舒的声音颤抖，夹杂着浓浓的鼻音。

“不是，大部分是一刀毙命，火是后来放的。”陆徜从她手里拿走了那叠纸，“明舒，别再看了，这份尸格我已经翻过无数次，唯一的疑点，就是小蜻蜓他们，当日应该是随你上了云华山……”

“是，我发现周姨娘与人苟合，怀疑她生的儿子并非我爹的亲生骨肉，所以带着小蜻蜓和瑛嬷嬷并三个简家护院上了云华山。”明舒慢慢坐回椅子上，努力冷静下来，回忆那夜情景，“我本以为与周姨娘有染的人顶多是个小官吏，哪料到他来头竟非同寻常，根本不是我简家能对付的。”

这些事本来确实不该她管，可谁让简家就剩下她和她爹两个人？好不容易来了个周姨娘，又是个心里藏奸的人，做出不光彩的事，事关简家子嗣，她不亲自去查，又能拜托谁？

那日她在水仙庵买通周姨娘的丫鬟，窥见屋中的人，心中已是诧异无比，又听到他们的如意算盘，更是骇然，当即就打算离开云华山，连夜赶回江宁县，可谁曾想离开时竟被对方的人察觉，那屋内的奸人因恐他们听去机密，便下了灭口的命令。

“那天我带去的……小蜻蜓、瑛嬷嬷，还有三个护院……为了护我，全都……都……”明舒眼前浮现出那夜的惊魂厮杀，刀光就落在身边，血染红了眼。

她闭上眼，瑛嬷嬷和小蜻蜓的声音似乎还响在耳边，喊着“娘子快跑，快跑……”。

五条人命，才换来她一人偷生，从悬崖滚落。

“明舒，要不你先歇歇？”陆徜轻轻递上一方丝帕。

“我没事。”明舒没接他的帕子，用衣袖狠狠抹过眼泪。

陆徜将丝帕放在她手边的桌案上，又道：“那就没错了，他们五人是在云华山遇害的，可最后名字却登记到简家劫杀案的死者名单上。应该是凶手为了抹去云华山的事并处理这五人的尸体，便买通官衙的人造假，将他们登记在这份死者名单上。”

这一点，在高仕才的认罪信中有所提及，涉案的江宁官衙人员也已招供。

明舒点了点头，又伸手取江宁县其余涉案人的资料与供词翻看起来。

“明舒，你在水仙庵里到底都见到、听到了什么？”陆徜问出最关键的一个问题。

明舒头也不抬，边回忆边道：“与周秀清有染的人，确实是高仕才，我听到他们密谋我家家产，说的就是当夜的劫案，不过……”

她说到这里倏地抬头，眼中异样神色一闪而过，却闭口不语，飞快地放下手中资料，转而去翻周秀清与高仕才的资料。

“不过什么？”陆徜反问道。

明舒动作很快，可问题也没停：“你之前同我说的那个证人，是周秀清？”

陆徜点头：“是她。她先被高仕才圈禁，后来侥幸逃出躲在江宁，被三殿下派去的人找到，本欲押回京城审理，不料路上出了意外，又被唐离的人抢走。周秀清应该知道什么，可惜……”

“可惜什么？她人呢？唐离同我说，你们之间做了交易，只要你答应帮她，她就在昨夜把周清秀交给你。不过她死了，没有发出信号，你们是不是没找到周秀清？”

虽然最后是陆徜假扮三皇子登上禅台，但唐离的人应该没有发现，不过昨晚唐离死前也提过，只要没有她的信号，他们就找不到周秀清。

“找到了。”陆徜闻言，沉重一叹，“我根本就没指望唐离把人交给我，在那之前，我就已经暗中安排人手调查周秀清的下落了。让你帮我演戏，答应她的要求，只不过是为了让她放松警惕，自以为计谋得逞，能尽早把他们的目的告诉我，我好想法子应对。”

唐离自以为能操纵利用他，他便利用她的自负从她口中试探出他们的真正目的，再假意答应劝说三皇子登禅台祈福，设下这出禅台之计，为的不过是尽可能地多接触唐离，暗中命人监视、观察她的一举一动，从中推测出周秀清的行踪——要知道，再谨慎的人，只要她往外传递消息，便一定有蛛丝马迹可循。

早在盂兰盆节的前一天，陆徜就已经锁定范围，到了盂兰盆节当天假装听她的消息等她放人，实则已经安排人手暗中营救。

这个计划，本来非常顺利，然而……

“然而什么？”明舒急道。

“人已经顺利救出，可在回来的路上，又遇伏击，周秀清被人一箭穿心。”陆徜说话间攥紧拳头。

功亏一篑。

明舒呼吸顿滞，她定定地看了他半天，才问：“周秀清……是仅存的证人了？”

“如果高仕才背后还有一个凶手，那么在所有的证人中，可能只有周秀清能够证明这个人的存在，但她死了。”

明舒搁在桌面的手渐渐弯成爪状，狠狠地抓抠桌面。

她沉默片刻，忽然低头，疯了般把高仕才的案卷打开，一张张翻过，紧接着又将周秀清的打开，再把其余证人的证词一一翻开……

“明舒，这些人的证词我都看过了，没有能够证明第二个真凶是谁的证人，也没有发现什么遗漏的细节。”

这份案卷里的每一页资料，陆徜没看过百遍，也有十数遍，但任凭他翻破纸页，也没能找出一个破绽。

高仕才在认罪书中顶下所有罪责，与此案相关的所有帮凶——高仕才的私兵、江宁县主簿和衙役、守城的厢军等所有人又全部指认高仕才，就连当日入城闯进简家行凶的盗匪，也已被江宁厢军追剿击溃，唯一一个与凶手有过接触的盗匪头目，在围擒之时已身首异处。

如果不是周秀清被掳，明舒遇险，唐离又说了那样一番话，再加上赃银下落不明，恐怕连陆徜都确信真凶除了是高仕才，再无其他可能性。

唯一能够确定的，就是高仕才肯定与此案脱不了干系，但他身后还有没有另一个人……这是他们如今迫切想要知道的。

本来周秀清可以打破这个僵局，但她又死了。

明舒并不理会陆徜的话，她把自己想看的都翻出来，一页页仔细地看。

资料太多又极复杂，想一次性看完并消化，是件很困难的事，可陆徜明白她眼下是不可能停歇的。别看她现在状似冷静，可实则那股痛与恨，不过是被她压抑在心底而已，她迫切地需要做些什么，去缓解这股让她生不如死的痛苦。

他只能静静地陪着。

时间渐渐流逝，夜幕悄然降临，陆徜点亮案头的羊皮灯，倒掉她手边已然冰凉却一口没碰过的茶水，换上温热的茶。

明舒的情况，曾氏已经知晓，她原想亲自来看明舒，但陆徜觉得明舒现在怕是没有心情见任何人，便劝母亲不要前来，曾氏便熬了粥让轻摇送过来。

“明舒……歇一会儿吧。”陆徜不知道第几次看到她将拳头顶在胃部，终于忍不住开口。

“不用。”明舒头也不抬道。

“阿娘熬了粥，你喝点儿再继续。”陆徜端着粥过来。

“我不想吃。”明舒翻过一页纸，仍旧没有停下的意思。

陆徜搅了搅粥，粥的温度已经差不多了，他道：“你从昨日到现在，都没吃过东西，案卷不会跑，但你若再不吃点儿东西，恐怕撑不下去……”

他说着伸手轻轻拉她，明舒却用力地甩开他的手，声音尖锐道：“我都说了不吃，你不要烦我！”

啪——

她话音没落，便听到刺耳的瓷碎声响起。

陆徜手里那碗粥被她打翻在地，陆徜站在桌边，闷哼一声蹙紧眉头，左手反手抚向右肩背。

明舒这才回过神，反应过来自己做了什么，终于放下手中案卷，急忙站起，下意识道：“阿兄……”可刚开口，她又改口道，“陆大人，对不起。”

“我没事……”陆徜靠着书桌站着，眉头仍旧紧皱，似乎在强忍着什么。

明舒此时方察觉他的脸色很差——病态的苍白，毫无精神的眼眸，细汗遍布的额头……

“你先坐下。”她扶他坐到椅上，听到他粗重的呼吸声，“是不是昨晚受的伤？”

昨晚坠落时最后的那段距离，是他抱着她侧摔着地，还砸碎了供桌，那高度虽不致命，但受伤不可避免。她刚才任性的举动，怕是牵扯到了他的伤处。

缓了片刻，陆徜觉得胸口与背上的痛楚得到缓解，才道：“我没事，一点儿小伤，过些时日就好。”他反手握住她的手，“我让他们再装碗粥来，你喝一点儿吧。”

明舒想抽回手，奈何他握得紧，便点头道：“也好，一起。”

她也没见陆徜吃过东西。

陆徜唤来轻摇，让她收拾了地面，再去端粥。明舒又在他身边坐下，暂时将心神从案卷上收回，看着陆徜吩咐完轻摇，方道：“从禅台摔下，你说是小伤；替三殿下站上禅台，你说是小事……你一个人替我背负这许多事，我……谢谢你。”

“你不怪我擅自将你带进京城就好。”陆徜道。

“那种情势之下，你若不带我赴京，今日这世上哪还有简明舒这个人？”明舒想起这段时日发生的事，桩桩件件宛如昨日，她起身道，“救命之恩，我无以为报，陆大人，请受明舒一拜……”

陆徜当即托住她，眼现三分愠色：“你这是做什么？”

他并不想在这种情况下与她纠缠这些事，但她……

不是少尹大人，就是陆大人，现在还要拜他……

“明舒，你随我进京的时日虽说不长，但在你心底，我们之间真就只剩‘恩情’二字？”

明舒没能拜下去，也回答不了他的问题。

她只是个与他毫无关系的人，连一个称呼，她都得斟酌再三才能出口。

他们不是兄妹，她叫“阿兄”不妥，他们也不是从前的陆徜与简明舒，那声“陆哥哥”，她再唤不出口，至于名字……那多少透着与众不同的亲昵，她更不可能直呼其名。

除了一声“大人”，她也不知道还能怎么唤他，就像他这个问题，她不知如何回答。

她没有答案，并且，不想思考。

轻摇的出现，打破了明舒的窘迫，她绕过桌子，接下轻摇送来的两碗粥放到桌上，只淡淡道：“喝粥吧。”

陆徜没再追问，与她一道用粥。

没人再开口，两人都像完成任务般食不知味地喝了大半碗，来安忽然在屋外探头探脑，想进屋又不敢进来地徘徊着。

“不叫进来问问？”明舒知道这是来找陆徜的。

“不用了，定是魏叔派人来找我的。”

一个下午，来安都已经来了四五趟了，陆徜当然知道怎么回事，不过他交代过不许任何人打扰他和明舒，因而来安不敢进来。

明舒吃得差不多，将碗推开，又把散乱的卷宗归置好，问他：“你可撑得住？”

“你都撑得住，我又有何不可？”陆徜反问。

“那走吧。”明舒起身。

“去哪儿？”

“我陪你去见魏叔，把盂兰盆法会的事了结一下。”明舒道。毕竟没人比她更清楚唐离的计划，况且唐离设下这一局，也牵连到周秀清，与简家案子亦有关系，她无论如何都要去。

天黑时分又下起雨来，雨夜中亮起的灯火，不只照亮了湿滑的路，也照出针线般斜落的雨丝。陆徜与明舒二人各撑了把伞往外走去，明舒走得急，连路上的水洼也不愿避，陆徜跟在她身后，瞧着她裹在雨丝中的背影。

她不喜欢撑伞，总嫌伞沉，先前每逢下雨但凡他在身侧，她就爱躲进他的伞下，带着她的小小任性，笑着赖定不走。虽然是任性，但她也只在他伞下蹭过伞，从来没对第二人这样做过——远近亲疏她分得很清楚。

那时的明舒，笑得像她的名字，一轮弯弯的柔和的小月亮。

往后，这样的笑容，也不知还会不会再在她脸上出现。

思及此，陆徜心里忽地涌起一阵无法言喻的刺痛。

明舒并无所觉，但她却突然止步，望着前头夜雨中匆匆回来的人。

曹海没有撑伞在雨中疾行，脸被雨扑得厉害，便用手掌囫囵擦了一把，瞧见陆徜和明舒，加快步伐迎面赶了过来。

“你来得正好，我替殿帅回来请你的。你要是再不赶去大相国寺，三殿下怕是要亲自过来拿人了，快走快走。”曹海见了二人，异常欣喜，又道，“陆娘子……你可好……”

“我不姓陆，姓简。”明舒声音微冷。

“简……”曹海怔了怔才反应过来，“你这是想起来了？”

“嗯。”明舒淡淡道。

“那敢情好。”曹海大喜，扑在他脸上的雨丝聚成水滴流到眼睛里，他眨眨眼，模样有些滑稽，“可想起什么没有？”

陆徜眉心微蹙，刚想打断他们的对话，便听明舒回道：“没有，除了高仕才和周秀清，我没有看到也没有听到有第三人。”

她说得斩钉截铁，却叫陆徜眉头蹙得更紧。

雨夜湿寒，细密的雨丝敲打在车厢顶上，车内也是一股潮湿气，让人不舒服。

陆徜与明舒分坐两边，中间隔着一个人的距离。陆徜正襟危坐，只是侧头望着明舒，她双手环胸，微微蜷着身体靠在车厢内壁上，目光落在脚下，再也没了从前那意兴盎然的精神头。

“明舒，那晚在水仙庵，除了周秀清和高仕才外，你真的没有其他发现吗？”陆徜的声音打破这逼仄空间里的沉默。

明舒握紧了拳头，却未望向他，很干脆地回答：“没有！”

“可是刚才在屋里，你不是这么说的。”陆徜并没忘记自己问起此事时她的反应，当时他见她情绪失控并未追问，可眼下她果断的回答，让他不得不生疑。

“我当时说什么了？”明舒反问。

“你说了‘不过’……”陆徜道。这是个转折，但她最终没有将转折说出来。

“我想岔了而已。”明舒别过头去，闭上眼，不再搭理他。

车里又恢复沉默，只剩雨水敲打车厢与车轱辘滚动的声响。明舒疲倦万分，想逼自己睡个觉养精蓄锐，然而这觉始终没能睡着。

闭上眼，就是那些她不曾见过的画面，借着想象铺天盖地地涌过来，似乎要将她淹没，而这一切最终定格成简金海死不瞑目的面容。

“啊——”

她尖叫着睁开眼。

“明舒，怎么了？”陆徜不知何时已经坐到她身边，听到她的尖叫忙转身问道。

她目光里的惊恐过了片刻才渐渐消退，出了满头的汗。

“是不是做噩梦了？”陆徜想握住她颤抖的手。

马车外传来曹海喝停马车的声音，明舒没让陆徜握住自己的手，她拭了拭额上的汗，道：“到大相国寺了？”

陆徜点点头，起身探出车厢。

“地上湿滑，慢点儿下来。”他先下马车，再伸手扶她。

明舒道了声“多谢”却没扶他的手，自己提裙跳下马车，径直走进大相国寺去，连伞也没打。陆徜来不及多想，拿起伞追上去。

出了火烧禅台的事与两桩命案，大相国寺早就被禁卫军严密包围，百姓们都已散去，无关紧要的外人也进不来，与盂兰盆节那天的热闹相比，此刻偌大寺院显得格外空寂，再加上下了一天的雨，便又多几分萧瑟之感。

陆徜与明舒被带到北厢房见三皇子与魏卓，宋清沼与应寻等人也都还留在寺中，并未离去。

见到陆徜和明舒，三皇子和魏卓明显神情一松。在他们来之前，宋清沼与应寻已将普度会上发生的事并卢家的案子详细说明了一遍。

现下两案已并案审理。

简单行过礼，明舒先开口交代唐离之死与卢家的案子，她是唯一一个在唐离死前和此人打过交道的人，没人比她更清楚这其中的来龙去脉。

等明舒陈述完整个事件，宋清沼才补充道："我能证明明舒之言，我赶到之时，谢熙与唐离气息尚未断绝，确是谢熙存着同归于尽之意下的杀手。"语毕，他又低声一叹，"其实离开松灵书院，被革除参加科举的资格，又被贬为庶民后，谢熙已一蹶不振，终日借酒消愁，再加上唐离利用他后便离开的打击，他整个人都……平时除了他母亲接济些银钱外，偶尔几个好友也会去看看他，但他很少见人。其实我前些日子刚去探望过他，他的精神已经不太对劲，照顾他的书童说，他每天都神神秘秘地出门，从不让人跟随，也不知在外做什么，回来之后便躲在屋内将房中东西砸个粉碎。我想……他那个时候就已在跟踪唐离了，昨夜发生的事，并非他临时起意。"

说完，他看了眼明舒，复又开口："不过好在有他出现，否则后果不堪设想。事后我查过西禅房，有人在禅房内的香炉中动了手脚，当时在厢房内休憩的人均被迷晕，尤其卢家及其他牵涉当年苏家案子的几府，甚至被锁在了内室里，如果屋后的草料被点燃，根本来不及救人。"

想起此事，就连宋清沼也是一阵后怕。他母亲当时也在禅房内，他去的时候，许氏只说有些头晕，当时他只当母亲是劳累过度，故也没多打扰，只让许氏继续休息，便出了禅房。

"也幸好能及时阻止放灯仪式，那批孔明灯确有问题，有半数以上动过手脚，恐怕飞到一半就要坠落，按当日风向，掉落西禅房的可能性很大，到时引发火灾，便可推脱为一场意外。"应寻道。

这应该是唐离最初的打算，但靠孔明灯始终不能保证万无一失，所以唐离亲临现场，如果孔明灯的计划没有成功，她便打算人为纵火。

"荒唐！简直荒唐！为了一己私仇，竟然设下如此毒计，殃及无辜！”三皇子听完不由得拍案而起，震怒道。

魏卓倒是冷静，又问：“按你们所说，禅台之事，也是她的手笔？”

“我来说吧。”陆徜道，将自己受唐离威胁、劝服三皇子将计就计之事和盘托出，“她想借她投靠之人的力量报仇，势必要替那人出力，否则那人岂肯将力量借与唐离？威胁陆大人，让三殿下登禅台，既是她用以取信那人的计策，也是她报仇的手段，而如果殿下真在禅台发生意外，卢家也难辞其咎。她的布置，一举多得，且誓要将卢家赶尽杀绝。”

“可周秀清怎么会在他们手里？难道他们也与那桩案子有所牵连？”

“应该没有。”回答这个问题的，是明舒。

众人俱是一愣，而后望向明舒。

“明舒想起来了。”陆徜轻道。

众人皆大感诧异，难怪今夜的明舒与平时不同。

她进屋这么久，连一个笑都没露过。

“明舒谢过三殿下、殿帅及诸位对简家案的关心。”明舒说着向众人行了个礼，才又缓缓开口，“简家的案子应该与唐离投靠的那位没有关系，否则那位无论如何也不会放任周秀清活到现在，还险些将这个重要证人送到我们手中。”

若豫王牵连进简家劫杀案，他第一件要做的事就是灭口而非用以威胁陆徜，因为对真凶来说，周秀清的存在才是最大的威胁。

虽然没有一个人指明唐离投靠之人是豫王，但所有人皆心中有数。

“嗯，我认同明舒的看法。”陆徜道，“三殿下接任开封府尹对那位已构成极大威胁，而简家的案子又是三殿下亲自向圣人陈情后接到的第一桩要案，若是办得好，自能树威立信，那位……想要阻拦也不足为奇。”

阻拦赵景然立功最好的办法，自然就是把这摊水搅浑，让他看不清真相。

所以宋清沼的人才会在江宁遇到豫王手下，恐怕就是豫王得到风声后派入江宁的探子，再借陆徜之手找到周秀清，于京城外把她抢走，把这桩案子搅得越发复杂。

“当日明舒遇刺，料想也是那位将明舒的存在告诉高仕才的。高仕才作为主凶之一，知道明舒还活着，生怕罪行败露，狗急跳墙派人入京行刺。”

这是当初陆徜最困惑的地方，就算他派去江宁的人打草惊蛇，但其中未涉及明舒，高仕才不可能那么快得知明舒躲在京城且已是状元郎的妹妹，当时他亦疑心高仕才在京中有靠山，但现在看来，并非这么回事。豫王的手也没那么长，能伸到江宁去。

只是已经无法确认在这件事中，唐离参与了几分，是她的主意还是那位的主意了，但后来发生的一连串事情，肯定出自唐离之手。

“如此说来，这两桩案子与简家劫杀案并无关系，那简家案的凶手……”赵景然蹙眉望向明舒。

魏卓与宋清沼也同时望向明舒。

明舒淡淡开口：“对不起，那天晚上，我只看到高仕才和周秀清，没有看到其他人，也没听到什么人的名字。”

她声音刚落，就见赵景然眼露失望之色。

陆徜心中却是一痛，道：“你没对不起谁，这并非你的错。”

“明舒，案子查下去总能水落石出，这条路不通，咱们再找其他路。”宋清沼亦温声劝慰道。

魏卓沉声道：“丫头，放心吧，我们会找出真凶，还你家一个公道。”

“谢谢。”明舒垂头道。

赵景然也待劝她两句，却忽闻外面有人传话，竟是圣人派内侍出宫，传召他入宫问话。

“三殿下先回吧，这里交给我了。”魏卓抱拳道。

圣人传召，自不敢耽搁，赵景然整了整衣襟，带着人匆匆离去。陆徜目送他离开，才向魏卓开口：“魏叔，谋害三皇子的证据可有找到？”

虽然禅台案与简家案没有关联，但谋害三皇子却是板上钉钉的事，总得揪出那个一直躲在人后的凶嫌来。

怎料魏卓却摇了摇头：“禅台被大火烧得干净，你说的禅台被动过手脚致人坠落的证据虽然已经找不到，但工部那边倒是排查出了动手脚的凶徒。是负责搭建禅台的木匠，有人买通他在榫卯上动手脚，可他只能指证是柳婉儿所为。”

“那柳婉儿呢？”

“已经审问过柳婉儿，不过此人非同常人，用了刑依旧咬紧上线是唐离，再无其他人，一切皆听唐离之命行事，可唐离已死，死无对证，唯一能够说明问题的，就是唐离曾出入于那位身边，但她也未得姬妾位分，很难直接指证。”魏卓道。

“魏叔，可问过柳婉儿，禅台的那场火，是不是她的安排？”明舒忽然道。

魏卓摇头：“她只承认在禅台上动过手脚，但那场火她死也不肯承认，我亦审问过寺中僧人，并没发现疑点。那天能接近禅台的人员，全由禁卫军一早查验过身份，确认没问题后才放入的，出问题的可能性也不大。”

那场火，看起来确实像个意外。

明舒垂下了头，并没反驳。

天越来越暗，雨也越下越大，哗哗雨声不绝于耳。

一场案件分析耗尽众人心神，天将明时各人才到寺内厢房暂作休憩。

似乎没过多久，天就亮了，雨声也停了，只剩屋檐积水滴落，滴滴答答。

陆徜只闭眼睡了一个时辰就醒来，披衣出屋时，院落中只有几个僧人正在洒扫。明舒的房门紧闭着，也不知昨晚是如何度过的。他在院中站了片刻，然后往大雄宝殿走去。

寺院内的日子并不因为这些事的发生而有什么变化，僧人们的早课照常，陆徜踏进宝殿外的空庭时，早课结束的钟声正沉沉撞响。

烧毁的禅台架子还未清走，四周的狼藉仍保留着原样，陆徜沿着四周走了一圈，最后踏上宝殿西侧的小楼。

小楼有两层，二层外缘有眺望风景的长廊，是那天魏卓居高监守全场的地方，陆徜走到长廊上，一阵风迎面吹来，带着雨后的清爽。

他扶栏远眺，站了近半个时辰，才从上面下来，慢慢又踱回厢房，刚走到禅院外，便与宫中传旨的内侍迎面撞上。

"开封府少尹陆徜接旨……"

旨意是圣人今早刚下的——假扮皇子登上禅台，亵渎神明，又有欺君之嫌，即日革除少尹之职……

"臣领旨，谢恩。"陆徜跪接。

起身之后，那内侍拍拍他的肩膀，留了句"好自为之"便离去。陆徜面上无异，转头却见明舒的屋门已敞开，她正扶门静静望来。

十载寒窗才换得这出人头地的机会，他本该仕途平坦，不该……不该是这个结果……

第五十章 以决绝之姿

陆徜来不及与明舒说话，她便已退回房中，将门当着他的面关上。

“明舒，开开门。”陆徜的声音与敲门声一起急切响起，“只是暂时革职而已，你不必放在心上，明舒！明舒！”

明舒背顶着门缓缓蹲下，抱着双膝蜷在门后，头埋入膝间，双拳攥得骨节泛白。

不知过了多久，门外换了个人。

“明舒？”温缓平和，是宋清沼的声音。

明舒抬起头，深吸口气，才站起身打开了门。门外果然站着宋清沼，他本来正要出门，被陆徜急切的声音给吸引了过来。陆徜在宋清沼身后，目光凝在她身上。

“我没事。”她绝口不问刚才听到的事，只道，“我可以回去了吗？”

宋清沼道：“可以回了。”他说着往外让，“走吧，我送你回去。”说话间他看了眼陆徜，陆徜并未阻止，只在明舒走出屋子后跟在他二人身后。

向魏卓请过辞，三人离开大相国寺。一路上，三人都极有默契地不提简家的案子和陆徜被革职之事。明舒踏上宋家马车，将陆徜留在原地。

宋清沼透过马车车窗，看着站在原地的陆徜人影越来越小，他觉得自己应该开心才对，但不知为何，他并没半点儿喜悦：“明舒，你与陆徜他……”

“我和他相识能有十年了吧。说句让你见笑的话，从前在江宁时，我只想嫁给他，但他那人清高性子又犟，不愿做趋炎附势、贪图富贵之辈，从没对我另眼相待，一直只是我单相思。在他进京赴考之前，我与他将话挑明，我们本该在那日就此别过，从此男婚女嫁，各不相干……”

那是江宁的冬天，刚刚下完雪，一片茫茫的白，干干净净。

“他常把恩义挂在嘴上，说多亏我家照拂，总有一日必要还上。那时我只觉得他这人迂腐，不过几两银子的事，也值得他大惊小怪记在心上那么久？如今我才知道，这滋味并不好受。简家于他，不过是雪中送炭的一包银子，救过他母亲的性命，该还的，他都已经还上了，他不欠我什么，反倒是我，欠他的东西这辈子都还不上。”

身家性命、仕途前程，所有的一切，通通都给了她。

“明舒，陆徜做这些，不是为了报恩……”宋清沼眉头微蹙，他并不愿替情敌说话，但……

“我知道！可即便如此，我也……受不起。宋清沼，对不起，我说得太多，让你见笑了。”明舒狠狠揉揉眼睛，眼眶通红，朝他道，“我不回魏府，麻烦送我去满堂辉。”

满堂辉早上没什么客人，伙计正在擦拭家什，瞧见明舒进来眼中一亮，很快迎上前去。

这位三东家已经有好几天没来铺子里了。

“把李账房叫到后堂见我。”明舒无心听他恭维，吩咐了一声，径直走到后堂。

片刻后，账房先生抹着额上的细汗进了后堂，明舒却连寒暄的机会都没给他，便吩咐道：“劳烦李先生将铺子开业至今的账目清算一下，看看凭我的股份能分得多少红利。另外，让伙计们盘点铺子，今天务必完成。”

“啊，这……”账房先生微惊。

这突如其来的清算和盘点，有些山雨欲来之势。

“县主和殷娘那边，我会亲自交代，不会让你们为难的，你们照做便是。”明舒沉声道。

账房先生领命退下，明舒坐在案前静思片刻，取出货册，把这段时日生意上的往来、各府的订货情况等逐一厘清，登记成简册以便查阅，过午她又吩咐将近期物色的掌柜人选都找来，一一甄选。

如此这般，时间转眼过去，踏着夜色回魏府时，明舒心里只盘算着一件事。

如果从满堂辉撤出，她一共能拿到两千三百两银子。

回到魏府时，明舒与府里出来的人撞上。

曾氏正带着陆徜在门口送陆文瀚。

陆文瀚是因陆徜被革职之事而来。昨夜宫中发生大事，引发圣人盛怒，当场砸碎琉璃盏，今早就下旨革去陆徜职务，起因就是大相国寺之事。

豫王那千年狐狸，到底和三皇子不同，陆徜要和他们斗，还是嫩了。

大相国寺之事一发生，豫王那头便已收到消息，知道事情有败露的可能，前天就连夜进宫，在圣人寝殿外冒雨跪了一天一夜，昨日过午还上演了一出晕倒的苦肉计，总算是博取圣人同情，在书房内召见了他。

禅台之事，虽缺证据，但彼此心里都有数，当是豫王主谋不假。圣人心里本已生疑，但豫王豁出脸面来了一出苦肉计，明面上看是主动承担罪责，实则却将所有罪责推到唐离身上，只言自己完全不知她在大相国寺所行之事及对卢家的所作所为，被唐离蒙蔽利用成为复仇棋子。而唐离已死，柳婉儿指指认唐离，竟让他将自己择了个一干二净，只背了个识人不清、任人不明、被奸人蒙蔽的罪名。

反倒是三皇子赵景然那边罪责更大一些。他与陆徜合谋李代桃僵欺上瞒下，在盂兰盆法会上闯下大祸，不仅让朝廷在百姓面前颜面尽失，还亵渎神明，又犯欺君之罪，再加上说是为了简家劫杀案，可简家的案子不只毫无进展，唯一的证人周秀清还死在陆徜手上——这几重罪责若是真的计较起来，陆徜的脑袋可能都不保，这便是他当日向魏卓托付母亲的重要原因之一。如今三人同罚，豫王和三皇子一人圈禁在府一年，一人往皇陵抄经三个月，而陆徜只革去职位，这也是赵景然在圣人跟前替他求情的结果。

陆徜心中早就有数，对这个结果毫不意外，不过陆文瀚亲自过府道明前因后果，这份情他们母子承了，是以亲自送到门口。

“宦海沉浮是常有之事，你还年轻，又有真才实学，必能再得重用，不用将这区区风浪放在心上。只是也长个记性，皇家之事轻易莫沾。我有机会会替你向圣人美言几句，待过了这阵风头，料来可以复职。”他拍拍陆徜肩头，语重心长地劝道，话说得再绝，陆徜也是他儿子，当真想完全放手却也不能，“简家的案子，应该会移交到刑部主理，你就趁这段时间好好休息，可千万别再折腾出什么事来了，听明白了吗？”

陆徜点点头，抱拳行礼：“多谢陆大人教诲。”曾氏便随他一起行礼致谢，陆文瀚看看母子二人，叹了一声，告辞离去。

等陆文瀚离去，曾氏才对陆徜开口：“天这么晚了，明舒还没回来，你去接接她。”

明舒去满堂辉的事，宋清沼已经让人转告陆徜，他点道：“嗯……”

“不用了，我回来了。”明舒从拐角处走出来，看着曾氏与陆徜，已经习惯的称呼无法再叫出口，只动了动唇，最后唤了声，“曾姨。”

那是从前在江宁的旧称。

自从知道明舒恢复记忆，曾氏这还是第一次见到明舒，瞧她这小心翼翼的模样，曾氏话还没说，眼眶就先红了，牵起明舒的手就往府中去：“走，进屋说话。阿娘……曾姨给你做了你爱吃的菜……”

烛火微晃，下人都被遣回各自房中，曾氏的屋里只有她与陆徜、明舒二人，陆徜动手布菜，明舒陪曾氏坐在锦榻上闲话，一切仿佛回到刚进京时三人相依为命的日子。

“曾姨，对不起……”明舒挨着曾氏坐着，汲取她身上属于母亲的柔软与温暖。

“傻孩子，你同我道什么歉？”曾氏不问她原因，亦不劝慰她，只摸摸她的头，柔声道，“你曾姨我做梦都想要个像你这样的女儿，进京这段时间虽然不长，但你实现了曾姨这个梦想，曾姨要谢谢你才是。”

“曾姨……”明舒有千言万语想对她说，既有救命之恩要道谢，亦有拖累之责要道歉，可话到嘴边却半个字都吐不出来。

“明舒，别说了，你想说的，曾姨都懂。我将你当女儿，便是一家人，既是家人，就别将那些挂在心上。孩子，我知道你的路千难万难，曾姨也帮不了你什么，但是你走得再远，只要回头，曾姨一定在你身后等你。”曾氏抬手，慢慢拭去明舒滚落眼眶的泪。

明舒再也说不出话来，双手张开，如从前那样紧紧抱住曾氏，将头埋在她胸口，无声地啜泣。

阿娘还在的。

四菜一汤已经摆好，陆徜并未催促她们用饭，只是到盆架旁倒了水，拧起巾帕来。

明舒抱着曾氏哭了一阵子，心中郁结散开些许，揉着眼从曾氏怀中坐起，吸吸鼻子，道：“曾姨，要不咱们找个时间，让我正式给你敬杯茶磕个头，认你做母亲。”

曾氏还没回答，便听身后传来啪的一声。

二人转头，只见陆徜手中拧干的巾帕落回盆内。

拜了干亲，认下义母，他也就真的成为她的义兄。

这兄妹兜转一圈，回到起点。

“擦擦脸。”他重新捞起巾帕，复又拧干递给明舒，招呼她二人道，“先吃饭吧，再不吃都该凉了。”

连下数日的雨，在盂兰盆节后的第五日，总算停了。

久违的阳光自云后透出，日子好像突然间平静下来，不论是大相国寺的案子，还是简家的案子，通通都沉寂了。

陆徜无职在身，日日不是待在家中，就是陪着明舒进进出出。明舒仿佛忘记了简家的灭门之案，忙着满堂辉的事，只是身上那一袭素净的衣裙说明她什么都记得。新的掌柜已经物色到，她忙着把手上的事一桩桩一件件移交到他手中，事无巨细地手把手教着。

第五日这天，曹海辞行。

他身为江宁厢军统领，这趟押送高仕才等一干人犯进京，公务已了，早该回江宁，因为大相国寺的事耽搁了几天，现下再耽搁不起，终于向魏卓请辞。

饯行宴明舒与陆徜都去了。

“大相国寺中若非将军，唐离那事恐怕无法善了。”席间，明舒端着瓷碗向曹海敬酒，笑吟吟道，“可惜明舒有孝在身，只能以茶代酒敬将军一杯，谢将军仗义相助，也祝将军返乡顺遂，来日仕途更广。有将军镇守江宁，是江宁百姓之福。明舒先干为敬。”

语毕，她仰头饮尽碗中茶水。

“简娘子豪爽！”众人都灌曹海酒，他已经喝得半醉，脸颊一片通红，眯着眼看明舒，也不知是酒意的关系，还是别的什么，那目光中透出几分打量猎物的意味来。

明舒笑笑，随口问道：“未知将军是何方人士？”

“嗝。”曹海也喝下一海碗的酒，道，“本将……临安……人。”

“老曹祖籍临安，他的老娘妻儿都在临安，就他一个在江宁厢军大营。”魏卓见他有了醉意，拍拍他的肩道，“我有无说错？好了，你别喝了！再喝就醉了！”

“醉不了！”曹海摇摇晃晃又靠近明舒，仍旧眯着眼道，“简娘子，你放心……简家的案子，定能水落石出……”

他醉醺醺地说着，忽地一掌按在了明舒肩头。

陆徜眼明手快地将明舒拉到身边，道了声：“曹将军，您喝醉了。”

身后传来明舒清脆的声音：“承将军之言，明舒也等着这日。”

陆徜回头看了她一眼，却见她面色无异，可被他挡住的身后的手，却已死死攥紧了茶碗。

夤夜，灯火仍明，明舒未睡。

书案角落里点着盏羊皮灯，她的身影被烛火斜打在墙上，虚掩的门被人嘎吱一声推开，屋外的风突然涌入，墙上的身影晃了晃，仿佛要扑向书案前坐着的人。

明舒依旧垂眸盯着手里握的短刀。

短刀的锋刃折射出一星冷冽的噬血光芒，明舒手握短刀，指腹伸向刀锋……

鲜血迸流的画面，似乎已经在脑海中浮现，可突然间有人紧紧攥住她的手腕。

“明舒！”陆徜低声吼道。

“松手吧，我没事。”明舒没有挣扎，只是静静道。

陆徜看不到她的眼——那双爱笑的眼睛，阴在阴影中。

他没有夺走短刀，却也没松开她的手，只是握着，慢慢走到她身前，蹲下。

“明舒，把刀放下，好吗？”他轻声道。

明舒没有松手的迹象。

短刀仍被她紧紧握在手中。

“不好。”她缓缓抬头，拒绝得不留余地。

有那么一瞬间，陆徜觉得，她爱笑的眼眸里，有一丝疯狂的嗜血之色。

像唐离。

而他，竟猜不到她想做什么。

七月下旬，在连续下了几天雨后，暑热忽然扑了回来，炎炎烈日照着大地。

汴京城和往日并无两样，川流不息的人流，不绝于耳的叫卖吆喝，开遍大街小巷的香饮铺子与小食肆……明舒喜欢汴京，喜欢这个城市独有的人情味与繁华，仿佛永远不会消散的烟火。

她在这座城市中经历了许多事，认识了很多人，有好的，也有不好的，但这一切都不妨碍她对这座城市的喜爱。

“有什么好看的？看得这么入迷！”闻安从后面走上来，陪着她趴在沿街的扶栏上。

今日是明舒做东，在丰楼置席请闻安与殷淑君，顺便商量满堂辉的事。

明舒转身，背靠扶栏面对二人，淡淡地笑道：“我喜欢看街上的行人，喜欢看汴京城的热闹，记得我与陆徜抵京第一天，在城门口处看到一队送嫁的队伍，就看得着迷了。”

她回忆起那日与陆徜共马，胸中似乎还残存着那天的雄心壮志——阿兄高中，她赚银子。

其实都实现了，不是吗？

“天天不都这样？有什么可喜欢的。”淑君也过来，手里拿着杯卤梅汁，递与二人。她可理解不了明舒的爱好。

明舒也不反驳，只笑：“认识你们这么久，老想请你们吃个饭，不过总无机会，没想到临散伙了，这顿饭才补上。”

从前和闻安、淑君出门，她二人知道她家境况，从来不会让明舒破费，即便淑君成天嚷嚷月例少不够花销要被她们掏空，也不过嘴上说说。虽然明舒帮过她二人，但到后来，也不知是谁帮谁更多一点儿了。

“什么‘散伙’，这话我不爱听。”闻安“哼”了声，扭着腰进屋，声音从雅间里传出，“我与殷娘不擅打理生意，满堂辉是你一手建起来的，你想撂挑子，我是不让。铺子我和殷娘给你撑着，待你事情办妥回来仍要交给你打理。”

明舒是简家女的事并不瞒人，如今已经传开，整个京城都知道了，闻安和淑君也不例外。明舒提出要撤股分红时，她们并没怪她，也没问她要做什么。

“拿着！”在明舒开口之前，闻安又从屋里走回来，塞给明舒一个沉甸甸的包袱。

明舒一摸，竟是包银子。

“这是我与闻安的一点儿心意，你拿着吧。虽不知你想做什么，但我们知道你肯定着急用钱。你家的事，我们帮不上忙，也就这些身外物还能凑上一点儿给你。你莫嫌弃。”淑君知道闻安那不爱解释的性子，便开口说道。

“借你的！满堂辉的红利，你照样拿去，就当提前领了，等过了年回来给我补上。江宁简家的大小姐，做的金铺买卖，定不会欠我们这点儿银子吧。”闻安这才补充道。

明舒攥紧那包银子，隔了许久，才开口：“谢谢。”

“行了，别说那些有的没的，今儿难得出来，不谈扫兴的。”闻安亦望向人来人往的街道，仰头饮尽手中卤梅汁。

酸酸甜甜的滋味，不知怎么却有些冲眼睛。

明舒也随她饮了一杯，收拾好心情又问道：“殷娘，我前些日子去金坊那边打样时遇到五哥，他说陶家来信要他回去，准备年内动身？”

明舒口中这位五哥，就是殷淑君的表哥，临安商号陶家的小少爷陶以谦。

“是有这事，他在京城也待了大半年，我姨母挂念得紧，连来三封信要他回去，他应该会在八月初和商队一同回临安，正好赶得及回家过中秋。”殷淑君想了想回道。

明舒点点头，不再多问。

这场小宴吃到傍晚才散，明舒回了魏府。

那包银子沉甸甸地揣在怀中，殷淑君和闻安竟给她凑了整整七百两银子，加上满堂辉的，她如今共有三千两银子。这个数目若搁从前，她不会放在眼中，但如今却是她全副身家了。

她心事重重地回到魏府，恰逢魏卓来看望曾氏，屋里站了不少人，正在说话。在魏府住了这些日子，曾氏与魏卓接触得多了也不再拘谨，二人间确有些脉脉情意，只是不曾挑明。魏卓并不急切，细水长流地处着，很有润物无声的意味。

曾氏这样的女子，要想彻底打开她的心房并不容易，很可能一等就是一辈子……但那也值得。

魏卓今日过来，是因陆徜昨天提出要搬回状元府之事。

他们总在魏府借住也不是事，迟早都要搬回去，魏卓没有阻止的道理，所以来看看曾氏的安排，好能给她帮些忙。

“魏叔，曾姨！”

两人正谈到状元府的内宅安全时，外头传进明舒的声音。

除了称呼略有不同，明舒的语气和笑容看起来和过去没什么两样，初闻家难的痛苦似乎渐渐平复，她脸上又见笑容——虽然淡，虽然少，但到底是有了笑容。

“回来了？”曾氏忙起身招手让她过来，又让人倒绿豆汤，“煮了绿豆汤去暑气，你快喝点儿。”

明舒应下，接过轻摇倒的绿豆汤，大口大口灌了一碗才罢，笑道：“还是曾姨的汤水最好喝，也最养人。”

这嘴皮子，依旧是讨人喜欢的甜。

曾氏摸摸她的头，她又笑了笑，把归家前就分好的一包银子塞入曾氏怀中：“这是一千两银子，铺子的红利，曾姨收好。”

曾氏微惊：“这么一大笔银子，给我作甚？”

一千两银，是他们好几年的花销。

“家用呀。”明舒道，“曾姨存好就是，日后家中用钱的地方可多的是。我说过的……要给……陆徜赚聘金。”

她能帮到他们的，从过去到现在，好像也只有银子。

“明舒……”曾氏闻言想说什么却没能说出口，又道，“那也用不了这么多，你还有那么大间的铺子要顾，这银子你拿回去。”

“我那儿留了，这是单匀出来给曾姨的。”明舒推回曾氏的手，不愿在银子上头多纠缠，看了眼魏卓，忽而笑道，“难得今天魏叔也在，曾姨，要不……请殿帅给咱们做个见证人，让我把头磕了，把茶敬了，认您做母亲？”

曾氏又一愣，魏卓也是一怔——拜干亲倒是没什么，只不过如此一来，明舒和陆徜……

“魏叔，可以吗？”明舒却露出这段时间以来难得的兴头，睁着一双剪水瞳问魏卓。

“我自然是没问题的，只不过这事，你不用等陆徜回来再……再商量挑个吉日吉时吗？”魏卓看了眼曾氏，勉强找了个借口道。

简家劫杀案彻底移交给刑部，开封府衙换了一位新的少尹，陆徜忙着交接公务，今日不在家中。

明舒兴致很高，道：“择日不如撞日，现下正好。本来进京后我就一直是陆家女儿，如今也只是像从前一样而已。”

名正言顺的女儿，名正言顺的妹妹，和从前没有任何分别。

“明舒，你……可想好了？”曾氏沉默良久才开口。

“我想好了。明舒已无亲人，所幸遇见曾姨与陆徜，也算上天最后垂怜，阿娘、兄长，是明舒最后的家人。”明舒回答得毫不犹豫。

她话已说到这般田地，谁都不忍拒绝。曾氏点了下头，明舒便兴致勃勃地让人准备蒲团与茶水。

余晖渐收，只余天边一抹将散未散的霞光。这场拜干亲的仪式虽然简单，却很郑重。

曾氏端坐堂中，禁卫军统领做见证人，堂下的蒲团上跪着明舒。

她看起来很高兴，向曾氏跪拜，三个响头磕得结结实实。

咚的一声，倒把曾氏给心疼得不行。明舒直起背来，仍跪着，从轻摇手里接过温茶，恭恭敬敬地奉过头顶，道：“母亲大人在上，请喝茶。”

三个响头，是她拜母之心，这杯茶，是曾氏认女之意。

饮过她敬的茶，曾氏便算正式认下明舒这个女儿。

“乖，明舒乖。”曾氏看着直挺挺跪在地上的人，眼里却有些酸涩。

她正伸手接茶，眼见指尖已触及茶盏，却闻门外一声急喝：“不许认！”

众人皆望去，只有明舒没有转头。那声音，是陆徜的。

陆徜额上微见汗，他疾步迈入堂中，从明舒高举过顶的手上夺过茶盏，砰的一声用力按在桌案上。

茶水四溅，洒了满桌。

“我不同意！”他有些失控，脸色差到极点。

这干亲拜到一半，却因陆徜的突然闯入而陷入僵局，曾氏和魏卓已经站起，曾氏劝道：“陆徜，你别这样。”

明舒依旧直挺挺跪着，道：“我不明白，你为何不同意？自我被你救下，随你赴京，你我便一直以兄妹相处，如今不过是让兄妹身份名正言顺而已，有何不好？”

陆徜深呼吸了几次，才将胸中沸腾的火焰按下，勉强冷静道：“这件事，日后再议，你先起来。”

“为何要日后再议？今日不就可以？”明舒半步不让，咄咄逼人。

陆徜看看她，又看看似被吓到的曾氏和无法插嘴的魏卓，还有站在堂上的所有下人，他攥了攥拳，道：“你是要逼我当着所有人的面说原因？”

明舒一听就想起那日在满堂辉他当着应寻的面的道歉——别说，陆徜真的干得出来这种事。

她霍地站起身来：“不用，你不同意就算了。”

但这话说得晚了。

“我这辈子都不想要认你做妹妹，我要娶你为妻！”陆徜的话已然出口。

明舒呼吸一滞，面色陡然泛红。

这句话，如果是在江宁的时候听到，她该多开心，她阿爹又该多开心。

“陆徜，当日我虽陷于昏睡，却也听得外界零星声音。‘对外便称她是您的女儿，我的亲妹子……省得她再生旁的心思’，这话可是你所说？”

当时浑噩，虽然听到一两句，却也随着她醒转而搅进混乱的记忆中，如今一切回忆归来，那些混沌的画面和声音，便随之一点点清晰。

旁的心思？她还能有什么旁的心思？

陆徜愕然，竟反驳不了她。

“我是真心实意要认曾姨为母亲，认你为兄，这不也是当初你的希望？”明舒盯着他问，“我遂你所愿，你全我所盼，我们两全其美不好吗？”

“明舒……”陆徜被她反问得阵阵心痛。

“你这也不愿那也不想，今日这事就作罢，我不强求。”明舒不欲多谈，转身就走。

她走了两步，还没出门，手腕就被陆徜攥住。

“你跟我出来！”他拉着她飞快地出了屋子，离开众人的视线。

明舒不得不小跑着跟上他的步伐，与他在屋外长廊的无人处站定，他仍未松手，将明舒手腕握在掌心。

“明舒，你我之间的事以后再说。”陆徜并不愿意在现在这种情况下让她考虑感情，适才太过冲动，冷静后斟酌，他忽然品出些微不对劲来。

明舒绝非咄咄逼人不留余地之人，纵使她对他当初的冷漠无情心存怨怼，也绝不会有这样的表现。

“你告诉我，你到底要做什么？”

明舒垂下头：“陆徜……”她唤了他的名字，“我打算回去了。”

“你要回江宁？”陆徜毫不意外，“好，我陪你回去，你给我几天时间把事务交接清楚。”

“不用你陪，我自己回去。”她道。

她也只是想在回去以前，再唤曾氏一回母亲，再叫他一声兄长，这样，她便不算无亲无故孑然一人了。

“你自己回去？”陆徜手中握得更紧，似乎生怕一松手，她就跑远，再也追不回来，“回去做什么？”

“自然是祭拜我爹和简家死去的人。我连我爹最后一面都没见上，也没祭拜过他，连炷香都没为他上过……”

她的话没说完就被他打断：“你撒谎！你回江宁，不仅仅是为了祭拜你父亲，你是为了……报仇。”

“你在说什么？我不明白。报仇，我找谁去报仇？”

“你在水仙庵外，听得名字的那第三个人。”

明舒眼中微震，又听陆徜报出一个人来：“那个人是曹海，我可有说错？”

“曹海”二字一出，陆徜便明显感觉到明舒气息起了变化。

她攥起了拳头，却仍极力克制着情绪，冷冷道：“好端端你扯曹将军做什么？我又何时在水仙庵外听到曹海的名字了？若是我听到，为何不告诉你们？”

“明舒，你不必在我面前装作若无其事，也不必骗我。”陆徜回答道。以他对明舒的了解，她根本瞒不过他的眼，况且他早就怀疑曹海了。

“唐离以周秀清威胁我时，曾经对我说过，那把刀已悬在你头上，你处境危险，足以证明凶手离你我很近。”若不是因为这一句话，他当时也不至于草木皆兵，“虽然我也曾怀疑过是唐离故弄玄虚，但后来发生的事却一桩桩一件件印证了唐离的说法。”

明舒不语，别过头去，看着远空一点点暗下去的天色，耳边只有陆徜的声音。

“我暗中调查周秀清的事，除了亲信外，别无他人知晓，就连魏叔都不清楚，暗杀周秀清的人又如何得知我的安排？从那天的情况来看，对方应该是跟踪了很长一段时间才找准机会下手，并非临时起意。这个人，要么是我的人，要么……就藏在我们周围，可以知晓我们的谈话内容与所有安排，才能如此精准暗杀。我的人是魏叔给的，每个人的身份背景均可查，事发之后也再次调查过他们每个人，其中出现叛徒的可能性极低，换言之，此人极有可能是藏在我们身边的某个人，且地位应该不低。”

陆徜站在她身后，一字一句地分析道。

“同一天，还有禅台的那把火。那日禅台附近所有人手均是禁卫军事先排查摸底过的，哪怕是豫王也只能在禅台上动手脚，不可能把人安插进来，无关紧要的外人更不可能混入。但那天晚上，有个例外。你和曹海因为唐离之事，后来进来了，不是吗？我查过，魏叔带你去见三殿下时，曹海留在禅台西侧的小楼上。那小楼原是魏叔那天用来居高监守全场之地，我上去查看过，从那里可以直接看到禅台的阶梯口。换言之，他可以一眼看到你登上禅台。”

所有人都以为禅台的火就算并非意外，也是针对三皇子，却忽略了当时明舒正在攀台。

起火的位置，更靠近明舒那侧。

陆徜在明舒醒来后的第二天清晨，特地去禅台四周重新查看过现场，也登上了禅台西侧的小楼。

那个位置，能轻易窥得全场。

明舒日常出入皆有人保护，又住在魏卓府邸中，平日想对她动手很难，所以那天曹海逮到机会便不肯放过，或以石块为暗器隔空下手，借僧人之手造成意外失火。

“那时你记忆尚未恢复，他几次三番试探你的失忆症，生恐你听到些什么会恢复记忆，所以除了周秀清以外，你亦是他想灭口的对象之一。”

陆徜越说语速越快："还有高仕才。高仕才在赴京途中不明不白地自缢而亡，只留下一封认罪书担下所有罪行，如今再与后面的事结合来看，你不觉得很巧吗？曹海正是负责押送高仕才进京的人，他要神不知鬼不觉地下手，胁迫高仕才认罪自缢，一点儿也不困难。"

陆徜拉过明舒，让她面向自己，继续道："你也看过卷宗，第一次结案时，官府就上报，山匪已被剿灭，匪首在围剿中被击杀。剿灭山匪、击杀匪首头目的是哪支队伍？是江宁厢军！直接受曹海指挥。这一切，你难道就不觉得巧合？"

高仕才的死、周秀清的死、匪首的死乃至明舒遭遇的危险，都和曹海有着直接或间接的关联。

这世上哪有这么多凑巧的事？

"再者论，高仕才只是江宁通判，一介文官，何来的本事在江宁黑白两道通吃？又如何培植私兵，私铸兵器？分明是有人与他暗中勾结，利益互授。那曹海是何许人？江宁厢都指挥使，麾下两万余兵马，虽然隶属禁卫军，位次殿帅，但在地方却也是称霸一方的'土皇帝'。地方厢军多是招募饥民为兵，编制在禁卫军之下，可如果曹海别有居心，要想养兵私用……山匪，就是最易掩人耳目的私军，要么勾结合作，要么直接由他供养受他所用。"

如果另一个凶手是曹海，那一切就都能说通了。

这本是桩地方文官武官互相勾结劫富掠财之案，山匪不过是个幌子。高仕才求仕途，只要江宁知府落马，他就能成为江宁一把手，而曹海求财养兵，与高仕才合作，盯上人丁单薄的简家，又有周秀清告知简家家库位置，只要伪装成山匪入城劫杀，事成之后，江宁官员必将因此下马一大批，高仕才便能顺理成章顶上，而他们也只要假装剿匪，再找几个替罪羔羊将此案了结，又有谁会追究其中猫腻？

但事情糟就糟在，简家独女在水仙庵听到高仕才和周秀清的对话后失踪了——她的失踪引发高仕才的恐慌，他们并不清楚明舒听到了什么，也无法断定明舒会不会回来告发，只能等着。

这一等，先等到的是豫王和唐离。最初唐离应该与他们一样，以为真凶只有与周秀清通奸的高仕才，所以只向高仕才透露明舒人在汴京的消息，引得他狗急跳墙要灭口，暴露了更多的线索，逼得曹海不得不亲自出手。

又偏巧，魏卓向圣人推荐由曹海押送高仕才赴京，曹海就这么名正言顺地带着高仕才往汴京来，先后将高仕才、周秀清灭了口。

“是曹海又如何？”明舒终于开口，“就算全天下的人都知道是他，没有更充分的证据，也一样无法将他定罪。”

哪怕他们猜到了，又如何。

这个案子里所有的重要证人全死了，剩下的人都无法指证曹海，即便是明舒在水仙庵从高仕才和周秀清嘴里听到了曹海的名字，也无法作为证据——她没有亲眼看到曹海，除了已死无对证的那对狗男女说过的话以外，她拿不出其他更充分的证据，到了公堂之上，曹海完全能够反驳。她的证词，根本不足以定曹海的罪，却会打草惊蛇。

她当然不能说，不只不能说，她还必须装得若无其事般与这个杀父灭门的仇人有说有笑。每面对曹海笑一次，她心里的愧疚与痛苦就深一分……

简家满门三十七口人命，她恨不得生啖其肉，活剔其骨。

可只有曹海相信她记忆恢复，相信她并没在水仙庵里听到他的名字，他才能暂时放心，才会离开汴京回江宁……即便只是暂时的安全，曹海必定也仍想将她灭口，但这一点点的时间，已经是她给自己争取到的最有利的条件了。

“无法定罪只是暂时的，既然知道了是谁，我们就能顺藤摸瓜，总能发现蛛丝马迹将他绳之以法。”陆徜的手拭过她微红的眼眸。

她闭了闭眼，并没流泪。

“那要等多久？一年？两年？可我不想等了……一刻都不想！”

“那你想如何？”陆徜的手指在她颊侧轻轻摩挲，温柔安慰。

“我不想如何，我只想回去。”明舒却陡然用力挥开他的手，拒绝他的温柔。

“我陪你。”陆徜依旧是同一句话。

“不必。陆大人，救命之恩与这大半年的照顾，我会铭记于心，但是简家的事，我的事，通通与你无关，用不着你管。”明舒退开半步，与他划清界限，“我知道你心中所思，但从你我在江宁说清那日起，我心中就再没你这个人，你别自作多情，我这辈子都不会嫁你！你若愿意，我仍可视你如兄；你若不愿，那便如当日那般。”

当日那般……此别不相逢，余生陌路。

绝情之言，落地如石。

她每说一字，陆徜便觉心脏如被针刺一下，渐渐被刺成千疮百孔，痛到呼吸都困难。

江宁分别那天，她是不是也和他现在一样？

“你无意于我，我无话可说……但是明舒……”他顿了顿，这话开头有些艰难，但后半句却是斩钉截铁，“是我把你带到汴京的，我也必定将你平平安安地送回江宁。”

“陆徜！”明舒眉头紧拧，急得直呼其名，“我说了我的事与你无关，你为何还要死缠烂打？”

陆徜同样冷下脸来，不容置喙道：“你不必再说，我不会让你一个人回去。回江宁的事我马上安排，最快五天后就能动身。”

明舒深吸一口气，忍不住拽住他的衣袖：“我说了不用你陪！”

陆徜反手一握，攥住她的手，忽倾身将她抵在廊柱之上，眼眸如噬人般盯着她，沉声道：“这件事，没商量！”

他的气息，如同火焰，又化作无形利爪，将人牢牢禁锢。

明舒从未见过他如此专横霸道的模样，让她一时间怔住，等到回过神要反驳时，他却又忽然拉着她朝外走去，边走边唤人。

“轻摇，从现在起，你一天十二个时辰都守在她身边，不得离开半步，若出半点儿岔子，唯你是问。”

被他点到名的轻摇诧异地从曾氏屋里跑到庭院内，陆徜声音却没停，继续道：“我会另外再派人不分昼夜守在你附近，你若要出门可以，先来找我。”

这分明是要将她软禁的模样。

明舒怒极：“陆徜，你是不是疯了？”

“你知道就好。”陆徜回头冷冷道，目光中已不余暖意。

“你没资格管我！”明舒气到扬声斥责。

陆徜只是不理。

院中所有下人都被这二人阵仗惊到，魏卓和曾氏也从屋里匆匆出来，站在庭院又惊又忧地看着他们二人。曾氏心忧如焚，脚步踉跄一下，眼圈泛红道：“这是怎么了？怎么了……”

魏卓见势忙托住她手腕扶住人，难得地冲陆徜和明舒动怒，沉下脸呵斥道：“你们二人还要让你们的母亲担心到何等地步？”

只这一句话，便让陆徜与明舒都住了嘴。

陆徜松开手，明舒望望曾氏，又望望陆徜——

她不能，绝对不能让陆徜陪着她离开汴京。

这一趟有去无回，她要去的是临安，而非江宁。

第五十一章 报灭门之仇

陆徜说到做到，果然将明舒拘在家中，令人寸步不离地守着。明舒被看得太严，脾气上来，大有和陆徜闹得势不两立的架势。若是从前，两人吵架，吵着吵着气也就散了，不是陆徜低头，就是明舒服软，总能很快和好，但这一回，陆徜是铁了心不肯遂明舒的意。

他只怕自己这手一松，她就像条溜滑滑的鱼，不知道从哪条缝里游走。

明舒的气，也不知道是哪天消的，七月见底的时候，她忽地又收敛了脾气，恢复了旧日的和气模样，又将应寻请到家中，两人凑在一起嘀嘀咕咕不知合计什么。

只要明舒不出去，她想做什么，陆徜都顺她的意，甚至还乐意多几个人上门陪她排遣烦闷。

就这般过了几天，明舒忽然找上陆徜，要求出门。

七月二十八，大晴天。

陆徜被革职在家，无事缠身，便陪明舒走这一趟。

明舒约了人在保康街见面，等人的空当，她与陆徜进了沿街的香饮铺歇脚。老板将二人点的香饮送过来的时候，明舒道了声："劳烦替我送两碗给门外站的那两位大哥。"

老板闻言往门外看了眼，门口站着两个双手环胸的大汉，他有些诧异，却并没多问，应声去了。

"你是有多不放心？"明舒见陆徜不作声，便轻嘲他。

那不是别人，是陆徜派在她身边监视的人手，就算是陆徜亲自陪她出来了，也仍旧跟着。

“对不起。”陆徜没什么可说的，低头啜饮，又问她，“约了什么人？”

“冯夫人。”明舒道，怕他不知是何人，又补充了一句，“卢三娘的母亲。”

陆徜诧异地抬起头，以目光相询。

“我拜托我师傅去查真卢三娘的下落。彭婆子虽然不知道蔡氏把卢三娘具体弃在何地，却知道大概位置，就是这牛行街的某条巷弄内。”明舒看着桌前那碗香饮，缓缓解释起来，“我与师傅翻阅了十七年前卢三娘被弃后那两年牛行街的婴童档案，发现同年有两户人家收养过弃婴。一个是男孩儿，一个是女孩儿。师傅去找那女孩的养父母问过，从被捡到的时间和当时的情况以及她的年纪来看，这个女孩有很大可能是真正的卢三娘。”

“但这里是保康街，离牛行街隔着三条大街。”陆徜问道。

明舒刚想解释，就听门外传来女人的说话声，冯夫人带着一个婆子一个丫鬟到了。

盂兰盆法会也不过才结束半个月时间，冯夫人就与先前意气风发的样子判若两人。

明舒听说，盂兰盆法会后，身为工部尚书的卢则刚和陆徜一样被革职待办，最近正为疏通关系复职而忙得焦头烂额。他本来想借柳婉儿攀上高门，出尽风头，如今赔了夫人又折兵，一腔怒火无处发作，都撒在家人身上，而冯夫人又是一心想找回女儿的，可想而知在家中境况多难。

冯夫人似乎一下子苍老了许多，脸上抹着厚重的脂粉也仍盖不住眼下的黑青与满面憔悴。明舒起身迎上前去，只寒暄了两句就往铺外走去。冯夫人对明舒并没什么好脸色，只是勉强维持着客气。明舒倒也理解，站在冯夫人的立场，是她把养了十七年的假卢三娘送走，却又送了一个祸害全家的假女儿进来……

陆徜结账后跟在她们身后，一行数人很快走到保康街西甲巷的丁记胡饼铺外。

铺子已经打开，门面很小，但卖的胡饼口味却很多，名目都刻成木牌挂在铺前。铺内并无堂食的地方，出一炉便卖一炉，食客很多，大部分都是熟客，热络地打着招呼。

这是间夫妻店，丈夫烤饼，妻子负责收银，搭配着干活儿，不过三个月前妻子刚生了个女儿，顾不过来，便请了个伙计帮工，但妻子不太放心，还是抱着女儿过来，坐在一旁看着，偶尔也打打下手。

丈夫疼爱妻子，忙碌间但凡得一点儿空，便要过来和妻子说两句话，摸摸孩子的头，妻子便叮嘱他喝水，给他拭汗……看得出来，夫妻感情很和睦。

“她叫姜英，就是当年被弃在牛行街的孩子，养父母对她还不错，给寻了门挺好的亲事，去岁成的亲，现在已经是孩子的母亲了。”

明舒指着店内抱着孩子的年轻妇人道。

冯夫人随之望去，那妇人十七八岁的模样，因刚生过孩子，身形颇丰腴，脸庞红润，脸上挂着温柔的笑，眉目间竟与冯夫人确有五六分相似。

冯夫人眼眶顷刻间就红了。

“您想认回她吗？”明舒问道。

冯夫人接下丫鬟手里的绢帕按按眸，摇了摇头：“不了……认回卢家，也没什么好的。她现在这样，就很好……平平安安的……”

就这样普普通通平平安安地过下去，比回到卢家，被人当成棋子要好得多。

“我去买几个饼子。”冯夫人拭完泪，朝丁记饼铺走去，没走两步又回头，“明舒娘子，多谢。”

明舒点点头，目送她前去，远远看着她走到饼铺前，让仆人排队买饼，自己则去与姜英闲话家常，姜英笑容甜美，很热情地让她看自己襁褓内的孩子，冯夫人伸手逗了逗小婴儿，脸上也有了些喜色。

这大概算是这段时日里，最让人舒心的一幕了。

想这世间父母，既有卢则刚那样视儿女为筹码的，有卫献那样禽兽不如摔死亲儿的，也有像她父亲简金海那样爱女如命的；有冯夫人这样虽疼爱女儿却懦弱无力的，也有像吕嬷嬷那样为了女儿不惜一切的，还有曾姨那样豁达开明的……人间百态，差距如此之大。

“走吧。”明舒没有继续看下去，转身离开。

天晴无云，烈日如火，明舒与陆徜走在路边的树荫里。

“我没想到你还在查卢三娘的事。”陆徜对此很意外。

“做人，有始有终比较好。”明舒淡淡道。

她做这些，不是为了冯夫人，是为了给自己一个交代。

陆徜知道她有她的坚持，有时候也不知这坚持是好还是坏。

“现在呢？要去哪里？”陆徜问她。

难得出来了，他也不想她这么快回去。

明舒倏地露出一个笑容：“带你去汴河边的小酒馆吃饭吧，等天黑了再去州桥夜市逛逛，好久没去了，我怪想的。”

那笑，让陆徜仿佛回到过去。

“好。都随你。”陆徜柔声道。

“那酒馆是闻安县主带我去过的，很是别致，里边的鱼脍和菊花酒是一绝，你定会喜欢！”明舒伸个懒腰，心情似乎很好，又看看身后跟着的人，嗔道，“他们也跟了我好多天了，你不让他们歇歇？”

陆徜也看了眼他们，尚未回答，就听明舒道：“放我消停一日不成吗？何况你亲自陪着我，还怕我跑了不成？”

她说着伸手拉起陆徜的手：“我就想和你两个人待着，有人跟在后面，总不自在，你也不想叫人瞧去……”

她说话间又瞥了眼身后的人，那两人见他二人手拉手，已经将脸别过去。

陆徜亦有些不自在，耳根微红，却不肯松开她的手，略做思忖方朝身后的人道：“罢了，今日你们不要跟着了，散去休息吧。”

那两人应声而去，明舒高兴地轻呼出声，陆徜便将她的手攥在掌中：“他们走了，那你就得再跟紧我一些。”

语毕，他将人拉到身侧，牢牢牵着。

明舒笑了笑，拉着他跟着自己一起朝前跑起来。

街景随着奔跑而匆匆往后掠去，身边行人面容模糊，陆徜眼前只剩下她明媚的笑容，恍惚间似是回到幼时，也是这般被她扯着，跑过江宁的街巷。

汴河边小酒馆以竹作屋，临水而建，很是雅致。恰逢今日午间没有客人，整个小酒馆就只有她与陆徜，很是安静。

明舒和闻安、淑君三人来这里小聚过几次，与酒馆的老板娘已经很熟，她也不用看菜单，就驾轻就熟地点好了菜，要了一坛菊花酒和一壶卤梅汁，和陆徜在临水的藤席上隔着矮案面对面坐下。

“这儿的菊花酒是一绝，你定要好好尝尝，可惜我有孝在身，不能陪你饮酒了。”明舒见酒已送来，伸手接过，亲自斟与陆徜。

陆徜看着琥珀色的酒液倒满杯，道：“你该不会是要灌醉我跑走吧？”

“那你喝不喝？要是怕，就别喝了。”明舒的脾气说来就来，拈起那杯酒往江里一泼，而后挑眉看他。

陆徜阻止都来不及，只好按下她的手：“我说说而已，你何必动气？我知道这几天把你拘在家里，是我不对，但是明舒，我真的别无他法……”

明舒将双耳一捂：“不说这些行吗？让我轻松一天，哪怕一个时辰也好。”

陆徜便收住话音，道：“好，不说了。”

明舒又替他斟满酒，给自己倒了杯卤梅汁，举盅敬他：“陆徜，这杯我以梅汁代酒敬你，谢你当日救我一命。”

语毕，她一饮而尽，不等陆徜回敬，她又倒了一杯，敬他。

“这杯，谢你不顾身家性命，拼死带我入京！”

说完，又一饮而尽，再倒。

“明舒……”陆徜蹙蹙眉，想阻止她。

“让我说完，我早就想说了。”她却举杯又道，“这杯，谢你这半年多对我的照拂，不离不弃。”

饮尽，再倒。

“这杯，谢你豁出仕途前程，为我简家报仇！”

“这杯，敬你我十年情谊……”

“这杯，敬你我这半年多的兄妹之情……”

她一边说一边喝，没多久那坛梅汁已空。

陆徜赶不上她的速度，等她说完，才回了她三杯酒，也皆一饮而尽。

明舒很高兴，给他布菜："尝尝，今日新钓的鲈鱼。"

陆徜尝了一口，鱼脍确实十分鲜美。

"陆徜，你以前是不是真不喜欢我？"明舒又给他倒了杯酒，坐到他身边轻声问道。

陆徜脸色微烫，也不知是酒意催的，还是因为她的问题，他又饮下那杯酒，才道："我……不知道。那时一心扑在功课上，无心男女之情。"

这话是真，他只想着要挣个功名，再加上二人长大后并没太多机会接触，便从未想过钟情与否，却是不知虽然心意不明，可那十年感情，浑浑噩噩之间已经根植于心。

"不知道？哪有人连喜欢不喜欢都不知道的，还是你讨厌我？"明舒直勾勾盯着他问道，又给他斟满酒。

"没有，我从没讨厌过你，只是……不喜欢你家的做派而已。你……"他想了想，小心翼翼避开了简金海，"你家那时替你物色许多男儿，我只是那些人中的一个而已，谁的功名好，你就会嫁给谁，可能是张三，也许是李四，但不一定是我，对吗？"

他只是简家相中的许多人中的一个而已，明舒不是非他不可，她有很多的选择，身边不乏好男儿……

明舒诧异地睁大眼，这答案和她想的不一样。

"你该不会是想告诉我，你拒绝我主要是因为……你嫉妒？"

这话刚落，她就见陆徜又狠狠喝了杯酒。

明舒顿时捶桌大笑："我当真没想过这个原因！"笑得泪都要落下。

陆徜却没再回她——当时年少，见她被男儿追捧，见简家态度咄咄逼人，见世人无不攀权附势，他心高气傲有之，不愿随波逐流有之，不喜婚姻变成交易有之，不知她真心还是假意亦有之……种种缘由复杂交织，最终拉开了他们的距离。

又是一杯酒递来，陆徜想也没想就仰头饮尽。

忽然间，一阵昏沉之感袭来。

他甩了甩头，是喝醉了？

不可能，他的酒量没这么浅——他摇摇酒坛，一小坛酒才喝了不到三分之二。

明舒的声音又响起：“其实现在想想，也幸好你当日拒绝了我，若是你还在江宁，恐怕也要受这无妄之灾。”

“明舒……”他又摇摇头，觉得她的声音忽远忽近，心生不妙，“这酒里面……”

念头刚起，他就胡乱在腰间摸起。

“别找了，你身上没有解药。”明舒道。

她太了解他了，随身带着解蒙汗药的香丸是陆徜的习惯，但陆徜的日常起居又是明舒在打理，她想动手脚，易如反掌。

“是你在酒里下药……”陆徜挣扎着想起来，但药效来得很快，除了头晕，他身体亦随之发软，使不上半点儿力气。

哗啦一声响，因为他的动作，桌上的盘盏被扫落在地，他趴在桌上，勉强撑起身体盯着她。

他知道她想走，却从没想过她会用这样的办法。

“陆徜，对不起……”明舒脸上笑意已去，她跪蹲到他身边，刚才还弯弯的眼眸蓄满水雾，“你和曾姨，留在汴京要好好的……我会照顾我自己，你别挂念了，就当……你没救过我，没带我进京，我们从来没有重逢过……”

“明舒！”陆徜眼前事物已经模糊，他凭着最后一丝意志强撑不倒，伸手死死拉住她的手腕不松，“不……可能……当作没发生过……别走……”

明舒任他攥着自己的手腕，感受着他手里的力道渐渐变弱，闭了闭眼。

“对不起……”

“明舒……别走……别一个人去……我求你……求你……”陆徜用尽最后的力气留她，清冷眼眸已尽红，可手上的力气却越来越小……

“明……舒……”最后一个字落下，他的手垂落地面，人也软绵绵地趴在了桌上，再无声音。

明舒怔怔地看了他片刻，抹泪站起，叫来老板娘。

“这里我包了，今日就别接其他客人了，让他好好睡一觉吧。入夜时烦劳您跑一趟魏府，让人把他接回去。这儿有封信，有劳您一并转交给魏府的曾夫人。多谢。”

她一边交代，一边结清银子，又要来一床被褥，扶陆徜躺下。

拨开他鬓边散乱的发，她替他盖好被子，戳戳他的脸，笑自己——

怎就如此死心塌地地喜欢这个人?

罢了，就此别过吧。

鹅毛般的大雪纷纷扬扬地下着，天地间似乎只剩下灰白黑三种没有界限的颜色，雪地间拖出一道长长的脚印，陆徜很艰难地往前迈步，四周的景色似曾相识，他却想不起来自己这是身在何地。

就这般没有目的地走出很远，他忽然听到身后传来清脆的声音。

“陆哥哥……”

他转身，瞧见雪地中跑来一团红影。

那是个身上罩着件火红斗篷的小女孩，九岁左右的年纪，踩着他的脚印努力追了上来，她的模样便在这一步一步靠近自己的过程中慢慢改变，渐渐成大，从九岁到十二岁，到十五岁……

对自己的称呼也随着她的成长而改变。

“陆哥哥……阿兄……陆徜……”

“陆徜！”

陆徜站在原地，看着她跑到自己面前，奋力一跃，整个人跃进他怀中，被他抱个满怀，两人一起倒在雪地里。兜帽落下，露出明艳娇俏的一张笑脸。

“陆徜，你娶我好不好？”她压在他胸口，抬起的脸上扬着恣意的笑。

“好……”他双手环住她，想着真好，她还在。

她开心极了：“那我等你高中！你会回来吗？”

“会，一定会。”陆徜躺在雪地上，背后是冰凉松软的雪，胸口却是温热馨香，像梦一样不真切。

她笑弯了眼，道：“好，那一言为定。”她伸出小指，与他拉了钩，“那我留在江宁等你，你一定要回来。”

江宁？

留在江宁等他？

他胸口忽如针扎般刺痛。

江宁……不不，她不能留在江宁……

“明舒，跟我走，不要留在江宁！”他不知道突如其来的恐惧是因为什么，疯了般抱紧她。

她不解：“我不能跟你走，我阿爹、我的家在江宁，我不能跟你走，我要留在江宁……”

“不行！你不能留下，你得跟我走！”陆徜越来越害怕，手臂也越抱越紧。

“我不能……我要留在江宁……陪我阿爹……陆徜，再见……”她的声音忽然越来越远。

他的手臂倏地一空，原本鲜活动人的少女顷刻变成雪人，被他用力一抱便粉碎在他怀中。

她的声音彻底消失在漫天的雪粉中。

“明舒——”陆徜猛地睁眼。

雪地消失，只剩烛火昏昏的房间。

“阿徜。”母亲急切的声音在他耳边响起。

他混沌的意识随着眼前逐渐清晰的景象而慢慢归位，曾氏担忧的面容，熟悉的房间，昏沉的脑袋……他从床上撑起身体，环顾了一圈，双手抵在额前，哑着嗓子道：“阿娘，明舒呢？”

曾氏眼眶骤红，从桌上取了封信递给陆徜：“那孩子……你自己看吧……”

陆徜的头还很沉，勉强集中注意力才看清信纸上的字，片刻后他仿佛被适才梦里的大雪覆盖，全身冷透，人立刻清醒过来，回想起先前发生的事。

信纸在手中慢慢被揉成一团，他面无表情地坐在床上，过了许久才问：“阿娘，什么时辰了？”

“亥时。”

亥时……

她已经走了四五个时辰，早就出城了……

陆徜定定地坐了片刻，陡然掀被下床。屋外漆黑一片，也不知明舒现下到了何地，此去江宁路途遥远，别说报仇，倘若路上遇到危险……陆徜已不敢往下多想，那颗心如同被架在火上，又似被人悬在高空。

掬起盆中冰凉的水狠狠泼在脸上，鬓发衣襟俱被打湿，他才稍稍冷静，披衣整襟，道了句：“阿娘，我去找魏叔。”便踏出房门。

难眠的夜，漫长又难熬，也不知如何过去的。

晨光薄洒街巷，汴京城的城门缓缓开启，一串急切的马蹄声从远巷中由远及近传来。

几匹枣色骏马踏着第一缕天光，疾驰而出。

八月十三，临安。红衰翠减，天已微凉，桂香四溢的时节，马上就到中秋月圆夜。

从汴京到临安，和从汴京到江宁，路途差不多。

临安也是繁华富庶之地，一点儿不比汴京差。若将汴京比作一位清贵优雅的世家公子，那临安便是一位婀娜多姿的窈窕淑女。

富庶之地多商贾，商行开得多了，东南西北货物银钱往来，都要雇人押镖，镖局生意便也兴旺。临安备受信赖的镖局有三，其中一家便是这威顺镖局。

镖局是个格局方正的三进院落，除了镖头一家子外，还住了不少年轻镖师，每天清晨都有镖师们整齐的练拳声隔墙传出，常有好奇的孩子扒在墙头，又或是扒着门缝偷看，能看到身强力壮的镖师们光着膀子在大大的“镖”字壁下整齐出拳的画面，旁边负责监督的老镖师发现了偷窥者，就会沉着脸过来赶人。

“走走走，有什么好看的，小孩子家家的别乱看！”老镖师翘着八字胡，瘦瘦高高的，一点儿也不像他在江湖上的名号“震山脚”那么霸气。

今天也一样，老镖师又发现有人在门外张望，不悦地出来赶人。

门吱呀一声打开，外面站的却是个年纪轻轻的小娘子，穿着素净的衣裙，头上没有戴花簪钗，只按了三只白莹莹的小珍珠，俏生生的模样，一点儿也不怯生地对着凶神恶煞般的老镖师笑。

“老师傅，我找人。”她一开口，声音也好听。

老镖师忍不住放缓语气道：“找谁？”

“赵停雪赵镖头，是在这儿吗？”她笑吟吟道。

老镖师愣了愣：“你一个姑娘家家的，找我们总镖头作甚？”

“来找他押一趟镖。”

“押镖？押镖同我谈也可以。你想押送多少银子的货？”老镖师并没将她的话放在心上，漫不经心地问道。

小娘子还是笑着，道：“不多，想押送白银三万两。”

“多少？”老镖师以为自己耳朵出了问题。

小娘子抬手捋捋耳畔的发，露出腕上的金镯子。

“三万两白银。”

八月十五，江宁县。

中秋节至，家家户户团圆夜，市中新酒沽空，笙歌幽幽飘过墙头，在街巷间越飘越远……

这是个热闹的日子，但城郊的清出山却格外凄清，山上是大大小小的坟茔，在黑夜里望去，透着让人心里发凉的阴森。陆徜在山脚的茅屋里已经等了七天，他从汴京城追出，一路纵马狂奔，边找边赶到了江宁。他以为就算明舒聪明，知道在路上如何躲过他，但只要他比她早一步赶到江宁，在这里守株待兔，就一定能逮到她。

如果她回到江宁，必定要先来这里。

这座山上，埋着她的父亲和简家另外三十六个人。

她是一定要来祭拜的。

可他在这里等了七天，却没能等到她。他也派了人守在城中所有她可能出现的地方，仍旧一点消息都没有。

陆徜站在屋外，仰头而望，空中只有一轮皎皎明月。

明舒，便是明月，她说她是简家的小月亮，那抹亮却也照进他心中。

他抬掌用力搓搓被山风吹得冰凉的脸，满脑子全是他的小月亮。

她到底是去了哪里？

莫非在路上出了意外？不不，她那么聪明的人，连他都骗了过去，离开汴京定是做好了万全准备，绝不会折在路上……

难道，是他猜错了，她没来江宁？

可她不回江宁，又能去哪里？

他狠狠揉着自己的眉心，等得越久，他便越无法冷静。

不期然间，他脑中闪过那夜明舒手执短刀的模样——月亮也有光芒全消的时刻，那一夜的明舒，就是失去光芒的月亮，像极了唐离。

唐离？

唐离……

陆徜忽然怔住，手僵在半空，脑中渐渐浮现出一个可怕的念头。

她会变成第二个唐离吗？

陆徜看到自己的双手微微颤抖。

明舒应该比任何人都清楚，她单枪匹马对付曹海，毫无胜算可言，所以她离开汴京的目的，如果不是曹海呢？

临安，她去临安了。

八月十六，中秋节的第二天，威顺镖局接了趟大镖。

三万两白银，十口大箱子，总镖头赵停雪亲自押运，浩浩荡荡往城外去了。

随镖同行的，还有一辆马车。马车遮得严严实实，里面坐的是谁，从外面无从窥见。而这趟镖的主人是谁，除了赵停雪之外，也无人知晓。

沉甸甸的箱子压得车辙深重，在泥面上拖出长长的痕迹。

镖行两日，至人迹罕至的山中，赵停雪下令停镖原地休憩。

天色微暗，四周寂静，只有山间虫鸣响起，间或传来一两声尖锐的鸟鸣。风变得有些大，刮得草木飒飒作响，颇有几分山雨欲来之势。赵停雪站在林间看了片刻，走到马车前小声说了几句，车里的人也不知回了什么，赵停雪点点头退开。

入夜时分，草木间发出窸窣声，由远而近，朝着这处渐渐逼近。

威顺镖局的人似乎早有准备，很快围成圈子将马车护在其中，很快地，草木间闪过一两道刀刃银光，几乎是眨眼之间，马车与镖局的人被草木中突然钻出的人团团围住。

来的是伙山匪，看这从草丛间钻出的密密麻麻的人影，应该不下百人。

镖局护镖不过二十余人，压根儿不是对手。赵停雪咬咬牙，喊了声镖号，岂料对方并不给面子，只有人冷声道："想活命就留下货滚。"

赵停雪拭拭额上的汗，问了声："阁下可是焦春禄禄爷？"

那人"咦"了声，从人群中走出，反问："你怎知是我？"

赵停雪抱了抱拳，却什么也没说，只挥了挥手，竟是召集手下镖师，退到车队外。见他们这副打算放弃镖物的模样，焦春禄倒是诧异了。

这是连装模作样的反抗也不打算做了？

他亦挥挥手，示意手下上前看镖，他自己则走到那遮得严严实实的马车前，戒备地用手中长刀挑门帘，帘子还没挑起，他便听身后哗啦一声巨响，一只大箱子被推倒在地。

"大哥……这里面是……是石头！"

焦春禄愕然转头，拿刀指着他们："全部打开！"

箱子被逐一打开，每一箱内装的都是石头。

焦春禄与他的山匪手下看得目瞪口呆——这么大的阵仗，他们原以为至少该是数万两银子，怎么却运了成箱成箱的石头？

难怪他们毫不抵抗。

焦春禄大怒："耍老子玩？！"

他手中的刀扬起，正要下令，却听马车上传来声娇滴滴的声音。

"禄爷莫气。"

焦春禄转头，看到一只纤细白皙的手挑开车帘子。那只手的手腕上圈着两只赤金镯子，镯身坠着的铃铛发出清脆的响声，一道纤瘦身影自马车里钻出。

“我有桩大买卖想与您谈，所以用了这样的法子请禄爷见面，请您千万莫见怪。”

随着这一句话出口，明舒轻轻跳下马车。

荒郊野外，又是这样的情势下，出现这样千娇百媚的小娘子，别说山匪，就是焦春禄也是一愣。

“你是谁？”

“我姓简，江宁简家的女儿。禄爷定然不陌生，那一夜，您也在场吧？”

一句话，将焦春禄问住。

明舒笑了：“禄爷放心，冤有头，债有主，我知道的。我来寻禄爷，是想与您谈一桩买卖，一桩价格三万两……黄金的买卖，不知您有兴趣没有？”

“三万两黄金？你好大的口气！你简家已经满门被屠，财物俱被洗劫一空，哪里还有三万两黄金？”焦春禄冷笑道。

“你们劫走的，应该是我阿爹收在简家家库内的八万两白银与一些珠宝玉器吧？可我简家做的什么生意？我家卖的是黄金，藏的也是金。”她说话间从腕间褪下那只累丝的镂空赤金镯子，当着他的面轻拧镯子，也不知触到什么机关，镯子竟一分为二，她从中轻易抽出了一柄细细的钥匙，“看清楚了，这才是金库的钥匙！这世上除我之外，再没第二个人知道这笔黄金藏在哪里。”

报仇嘛，无非以牙还牙，以眼还眼。

她简家怎么遭的难，她便要曹海亲自尝一遍，亲身感受那种剜心剔骨的痛。

曹家在临安颇有名气，不仅是因为曹家出了个有能耐的儿子，更是因为曹家的老太太。

曹老太太是个远近闻名的大善人，虔诚的礼佛人，在这临安城内，没人不认识曹家这位老太太。修桥铺路、派粥赠药、捐建学堂善堂……不止临安城的穷人，附近城乡的穷苦人家，多多少少都受过老太太的接济，都管她叫“老善人”。

曹家虽然在城中有座大宅子，但老太太并不乐意住在宅子里，做个大门不出二门不迈的老祖宗。家中替她在城郊置了块地，盖了三间大草屋，余下的全都开垦成菜田，老太太闲来无事就在田里劳作，七十岁的老妇人，扛起锄头走起路来仍旧虎虎生风，不见一点儿老态，所种的蔬菜瓜果除了自家留用一点儿外，全都分赠给了附近的百姓。

曹家祖上并非权贵，几代人都务农，皆是老实本分的庄稼人。曹老太太年轻的时候日子并不好过，上有久病的二老，下有四张嗷嗷待哺的嘴，和丈夫一年辛苦到头，也就混个勉强糊口，穷得揭不开锅的时候，也曾拿着碗四处借粮讨食。可村里人都穷，没人愿意赊米给她，所幸遇到个游方的和尚，将化缘得来的两升米全都赠给了她，这才助她熬过那段艰难岁月，从此大字不识的她便信起了神佛。

老太太一共三个儿子一个女儿，都是大字不识的普通庄稼人，她最疼的是她最小的儿子，就是那很小便参军从戎的老三曹海。曹海脑袋也最灵光，进了军营，上了战场，拼死搏杀立下战功，而后步步高升，成了江宁厢军的厢都指挥使，家中日子好了起来，建起大宅院，过起奴仆成群的富贵日子。

除了曹海外，老太太剩下的儿女都在身边，如今也都各自成家生子，好几房人住在一起，再加上曹海的嫡妻两妾与四个孩子，一大家子好几十口人，热闹得不行。

人人都夸老太太有福报，生了个有出息的好儿子，老来享福。老太太却总觉得儿子在战场上杀人，手上沾了业障不好，日日替他念佛抄经。

曹海在外头是威风凛凛、说一不二的将军，可在老娘面前还是小儿子，家里最孝顺的就是他，甭管在外得了什么好东西，他第一个想到的就是老娘。老太太生病，再忙他都要赶回来看望，亲手伺候羹汤。

就是这样的一个人，杀了简家三十七口人。

曹老太太兴致勃勃地同四周村民讲佛经中因果报应的典故时，坐在她身边的小娘子心里想的却是，恶人横行，报应何在？

“舒娘，发什么愣？”老太太连讲三个典故，转头看小娘子。

她抬头：“在想您讲的典故。天道昭彰，报应不爽，可见神佛有眼，恶贯满盈之人，终遭天谴。”

曹老太太在城郊茅屋住时，常坐在村口招呼村民讲些佛经典故。她是个有趣的人，讲起故事来十分生动，很得附近村民与孩子喜欢。坐在她身边的舒娘，是最近才搬来的小娘子，父母双亡孤苦无依，来的那天就帮了老太太一回——毕竟年事已高，老太太在田埂间摔着了，正遇上舒娘，她费力地把老太太半扶半抱地搀到旁边，将自己弄得一身泥污。

曹老太太很喜欢她，觉得她大概就是与自己有佛缘的人，去哪儿都爱叫上她，这小娘子虽然年纪轻轻，但行事稳重，每每都能把老太太照顾得妥帖周到，又有耐心听老人家说话，一来二去更得老太太的心。

“所以人生在世，莫以为做的恶行能瞒得住人，便是世人不知，老天也看得清清楚楚。”老太太抚着她的手，慈祥地笑道。

她也笑了：“每次听您讲故事，总是获益匪浅。”

村民已经渐渐散去，她还陪着老太太说话。

“那是你与佛有缘。”曹老太太温言道，又问起她近日起居，末了感叹，“可怜的孩子，苦了你孤零零一个人。”

“母亲既然喜欢舒娘子，又怜她孤独无依，何不认她做义女？如此一来，也让舒娘子有个家可依，而母亲也多个女儿排解寂寞。”赶来接老太太回去吃饭的曹家二媳妇走上前来，插话道，手中牵的小女孩七八岁的样子，看到老太太立刻松开母亲的手，飞扑到曹老太太怀中一阵撒娇，又叫“舒姐姐好”。

曹家人自是不能让曹老太太一个人来城郊住，身边总有媳妇孙子孙女陪着，一段时日下来，与舒娘也都熟悉了。

“这怎么成？舒娘身份低微，实在不敢高攀。”小娘子受宠若惊地站起来摇头道。

曹老太太却一拍腿：“这主意甚好，我怎么没想到？什么高攀不高攀，莫不成你嫌弃我这老婆子？”

“自然不是，老太太菩萨一样的人，我亲近都来不及，怎会嫌弃，只是……”她为难地看着老太太，水雾弥漫的眼眸叫人心头阵阵生怜。

“既然你不嫌，那便这么说定了，找个好时间跟我回府，见见我这些儿子媳妇，把这干亲拜了。”老太太越说越起兴，又絮叨了半天，才被二媳妇劝回去吃饭。

“再见！”小娘子摸摸女孩的头，笑着同她们道了别，目送她们离去后，在原地又呆呆地站了许久，才低下头看自己的手。

比起正正经经查案结案，将恶人绳之以法，显然，杀人要来得容易得多。

只是……

八月末，曹家老太太果真认下个干女儿。

磕头敬茶那日，曹家人都在。

明舒认真数了下，一共四十五个人。刨去仆婢，这其中有曹海的生母曹老太太，曹海大哥一家五口人，二哥一家六口，曹海的妻妾加儿女七口，一共是十九个人。

从曹府出来，明舒怀里揣了个包袱，曹老太太喜欢她，曹家的儿孙们为了让老太太高兴，待明舒也很是热情，送的见面礼都不轻。包袱里不是金就是玉，明舒也没仔细看，她只觉得膝盖上似乎沾了灰尘，用力拍了拍，可那灰尘却好像怎么也拍不去似的。

离开汴京已有一段时间，她药倒陆徜乔装跟着陶以谦的商队出城那天，好像是七月二十八？如今眼见八月也要过去，天越发凉了。

一阵秋风刮过，她一哆嗦，忍不住用掌心搓搓手臂，匆匆地往住处走去。

中秋节已经过了，也不知道陆徜、曾姨在京中可好，看到她那封信后该是又惊又忧吧，不过这世间聚散从来无常，日子一久，挂念的人也会慢慢在心里淡去，一如当初她所想的那般。

如果她与陆徜再不相见，彼此也定是会遗忘对方的。

一天忘不掉就一年，一年忘不掉就十年，十年忘不掉就二十年……她总会忘记的，他也一样。

她现下与那曹老太太比邻而居，地方是陶以谦帮忙给找的，和陆徜从前住的屋子格局有些像，一间隔成三室的小平房，一小块院子，院子里可以养些鸡鸭，也能种点儿菜……但明舒什么也没养，什么也没种，除了墙根下堆的柴火外，院子里空荡荡的。

该做的，不该做的，她都做了，剩下的就只是等。

回到村子时天色已有些晚，明舒远远就瞧见有两个人游荡在村口，这两人是村子里的生面孔，但明舒却认得。

其中一人是个少了一边眼珠、戴着眼罩的独眼龙，便是焦春禄。

他们没有立刻同意明舒的大买卖，明舒让他们考虑清楚再来寻她，给的地址就是这个小村子。

明舒便转身走到无人处，让焦春禄跟进来后才停步转身。

“禄爷好。”明舒向二人欠欠身，“二位是来找我的？可是想好了？”

焦春禄仅存的那只眼阴鸷地盯着明舒，宛如要将她剥皮拆骨般，压低的声音透着凶狠：“小丫头，你就不怕我们抢走金库钥匙，严刑逼出金库下落，再杀你灭口？”

“对于我这样只想报仇的亡命之徒，还有什么好怕的？只不过，这金库下落普天之下除我以外没第二人知道，如果我死了，你们一个铜板都别想捞着。”

如果今天她是普通人，自然是怕疼怕死的，但现在，简家没了，阿爹没了，她一无所有，没什么可以威胁到她的。

“谁知道你是不是在骗我？你说简家有金库，证据何在？”

“没有什么证据，你爱信不信，说白了，这桩交易也是替禄爷报仇。你替他们卖命一场，却什么也没捞着，还赔上你的哥哥，连同你的那些兄弟，全都成了替罪羔羊。到现在你的名字和画像还挂在江宁府头号通缉榜上，逼得你从江宁地界逃到临安地界，东躲西藏不得安生，而你却不知道，把你逼到这等田地的罪魁祸首，正是当日率兵围剿你的曹海。”

明舒笑着说，冰凉的笑，霜雪一样的声音。

焦春禄下意识地捂住左眼眶，眼眶有点儿疼。他这只眼睛，也是在那场围剿中被一箭射没的。围剿中死去的匪首，是他的亲哥哥焦春发，而他……侥幸逃过一劫。

“替他人做嫁衣的滋味不好受吧？丧家犬的日子也不好过吧？说起

来，我们有同样的仇要报。”明舒一字一句嘲弄他，又蛊惑道，“你就不想赚这三万两黄金？报了仇，远走高飞，享尽荣华富贵，有什么不好？曹海你们动不了，但是曹家全是老弱妇孺，纵有曹海安排的人手保护，我查过，在数量上于你们而言不堪一击。”

焦春禄缓缓放下捂着眼的手，看她小小年纪，形容娇俏，却若无其事地说着这些，数十条性命在她眼里仿佛蝼蚁，心里也不由得有些发毛。

“你小小年纪，够狠够毒。”焦春禄道，又问她，“那你打算怎么做？”

“下个月，是曹老太太的七十整寿，曹家会大办寿宴，曹海也会回来，我们赶在他回来前动手。具体的，我到时再通知你们。”

明舒又笑笑，仿佛谢他的夸奖般。

焦春禄又阴鸷地盯着她，仿佛要从她脸上盯出什么破绽来，可盯了许久，除了她平静的笑容外，他什么也看不出。

“好，我等你通知。若敢骗老子，我要你生不如死。”他总算点头，恶狠狠地警告她，又抛下个传递信息的方式，然后带着人匆匆离去。

待二人身影消失在眼前，明舒才稍稍松口气，转身朝自己的住处走去。

满怀心事地走到家门前，明舒心不在焉地推门。天色已暗，简陋的小屋采光不好，屋里一片漆黑，明舒踏进门后并没马上关门，正打算借着屋外淡淡的天光把油灯点亮，不期然旁边伸来一只手，紧紧地攥住她一只手腕，将她往旁边一拉。

一道黑影蹿出，飞快地把门关上，顺势将她抵在了门上。

明舒心中大惊，后背生冷，想要尖叫求救，却被那人紧紧捂住了嘴。

眼前是个罩着斗篷的男人，宽大的兜帽遮住他的头脸，她只能看到兜帽下一片深重的阴影。

“如果你不想把焦春禄引进来就闭上嘴，还有，把你手里的东西放下！”

兜帽下传出的声音让明舒抓着短刀的手一松。

这个声音……

“陆徜?！”

那只捂住她嘴的手刚刚放下，明舒就失声叫了一句。

他只得再度捂住她的唇，将木门虚开一条缝，引明舒侧头望去。

外头果然是悄悄摸进院子里来的焦春禄和他的手下。这二人并没真正离开，而是待明舒回头后，跟在她身后摸到她真正的住处来，准备盯梢。

“当家的，里面的动静有些古怪。”

焦春禄撇嘴示意，手下人便蹑手蹑脚地摸到门前，贴耳听去。

一门之隔的屋里，明舒被陆徜抱着抵在门上。

兜帽落下，门缝漏进的光照着陆徜的眼。

四目相对，谁也没有说话。

屋里屋外，都静得只剩耳畔轻缓的呼吸声……

空荡荡的院落中，焦春禄的手下一边将耳朵贴着门偷听着，一边朝焦春禄摇摇头。屋里再没声响传出，门缝里黑洞洞的啥也瞧不见，焦春禄又使了个眼色，手下人小心翼翼地扒着门缝往里窥探，怎料脸才凑上去，那门却砰的一声，狠狠合拢，落闩的声音响起。

手下人的鼻子被门撞个正着，疼得他龇牙咧嘴却不敢出声。

窗内忽然一亮，屋里已然点起灯来。

焦春禄和手下人对望一眼，默默听了片刻，没再发现什么异动。

屋里，陆徜一手捏着吹亮的火折子，一手紧紧扣着明舒的腰肢，仍将人抵在门上。乍然亮起的光芒让明舒看清他的容颜，他的眼窝有些凹陷，眼眸泛起微微血丝，是不曾安睡的模样，下巴上胡楂冒头，不是往日整齐干净的样子，风尘仆仆的落拓反而为他平添几分硬朗。

明舒别过脸避开他的目光——他目光慑人，带着悍色狠狠落在她身上，话还没说，怒气已盛。

腰上的手掌虽然隔着衣服，却灼得人心里发慌，明舒觉得自己像要被他的气息吞噬一般。

就这般僵持许久，直到外头动静全无，陆徜才松开手，四下一望，拿着火折子走到桌旁点亮油灯。明舒松了口气，跟在他身后小声地问：“你怎么找来的？”

陆徜不答，吹灭手中火折子，将斗篷一脱，信手扔到椅子上。

“你来做什么？”明舒追问道，却见他双手交按。

手指骨节咔咔作响，他看起来想揍人。

明舒盯着他的拳头：“你……冷静些……啊……”

话没说完，她就发出一声轻呼，整个人离地，原来是被陆徜抱起放到了靠墙的条案上。条案上摆着陶瓮，因这动作晃了晃，眼见要落地，明舒只能先伸手去扶陶瓮。待陶瓮稳定后，她已双脚悬空坐在了高高的条案上，陆徜就站在她面前，双手撑在她身体两侧，将人禁锢于胸前。

“你做了那样的事，却让我冷静？”他声音不大，却是低沉，像风雨欲来前的天空。

明舒下不了地，只能以手抵住他的双肩，阻止他看似要倾身而来的动作。

“我做了什么？”

见她明知故问，陆徜笑了，眼神像狼一样凶：“给我下药，偷偷离京，简明舒，你长能耐了！”从他这里学去怎么做蒙汗药，最后用在他的身上。

“我也想与你好聚好散，可你不愿意！”明舒扬起脸，满眼“错的是你”的神色。

“‘好聚好散’？我告诉你，你这辈子都别指望与我‘好聚好散’！”陆徜咬牙切齿道，将从前的风度完全丢开。

“陆徜，你这人怎么这么讨厌？”明舒用力推他，“我都说了，我的事，还有简家的事，通通与你无关，你怎么还跑到临安来纠缠？快些放我下去！”

她一边说，一边挣扎着要往下跳。

陆徜没有阻止她，任她跳落地面，也不后退，她这一落地，却是彻彻底底跳到他怀里。他顺势收手低头，明舒万没想到自己竟成了条送上门的鱼儿，喋喋不休的言语戛然而止。

陆徜一不做，二不休，以唇封住她的口。

条案上的陶瓮再度晃了晃，最终被陆徜一只手扶住。

明舒瞳眸大睁，脑中乍然空白。

这个吻，可不似上回那轻飘飘的蜻蜓点水般，陆徜蓄怒而来，整个月的怒气、担忧、恐惧全都倾注其中，含千钧之力，落于她唇间却又化作温热火焰，灼过唇瓣焚进口，纠缠难休。

明舒也感受到了那股无法描述的愤怒。她震愕过后向后微倾，后背落在他掌中，如同他掌中掬捧的一汪清水。

也不知过了多久，陆徜才终于放过她。

烛火下，她的唇已莹润如晨露下的花瓣，越发诱人。

“你冷静没有？”他哑着嗓道。

不冷静的人是她，而不是他。

“你……”明舒喘得厉害，下颌与脸颊有些刺痒，都是被他的胡楂扎的，“无耻！”

她骂他。

陆徜挑了挑眉，做出若无其事的神色，唯那红得彻底的耳朵与脖子，泄露了情绪。

“我饿了。”她说他无耻，那就无耻吧。

“……”明舒眼里浮起惊色。

陆徜便定定地看着她，看到她神情慢慢起了变化，才道：“是真的饿！有吃的吗？”

他说着便松开抱着她的手，转身去找厨房。明舒怔了半天才意识到自己想岔了，脸上越发滚烫，忽然又想起什么般，飞快地跟着他冲进厨房，一句“放下，别动！”还没说完，就看到陆徜已打开灶台旁倒扣着盘子的碗碟。明舒一闭眼——里面是她吃剩的菜。

“你这几天就吃这些？”陆徜看到碟子上半块发硬的胡饼与半碗看不出是什么汤的鬼玩意儿，转头问明舒。

明舒脸更烫——小村子里可没有食肆，吃食都要自己动手。

“你做的？”陆徜又问了句。

明舒不想回答他。

“难怪瘦成这样。”陆徜自问自答——十指不沾阳春水的大小姐，样样精通，唯独在厨艺与女红上，毫无天赋可言。

明舒觉得被侮辱了，但又找不到证据。

她来这里是报仇的，哪有胃口？但求果腹而已，哪管好吃不好吃？

好吧，确实难吃，但能吃饱就行了，她要求不高。

“外头等着。”陆徜二话没说，已经在厨房里翻起来。

厨房里其实有吃食，都是附近村民送的，还有明舒从市集上买回来的容易处理的食物——胡饼、一小把新鲜青菜、几颗蛋、一条养在缸里的鲫鱼、一小瓮酱瓜，没有肉。

村民送的吃食，明舒都收下了，但因为不会做，就这么放着。

现在陆徜来了，这些东西就都不会浪费。灶火生起，炊烟袅袅，很快，明舒就等到了这段时间里难得的一顿热饭菜。

蒸得很嫩的鸡蛋羹、清蒸的鲫鱼、炒得刚刚好的小青菜，两个人三道菜，再加上下饭的酱瓜……明舒一直觉得陆徜很厉害，并不是因为他在外面有多能耐，她总觉得他有些化腐朽为神奇的本事，再艰难的日子也能过出花样来。

明舒咽咽口水——她以为自己没有胃口，其实是自己做的菜实在难以下咽。

明明是再简单不过的家常菜，明舒却觉得好吃至极。

桌上的菜几乎一扫而空，那个最开始说饿的人却没动几下筷子。陆徜只是盯着她吃饭，看得鼻子发酸——他打定主意要放在掌心宠的姑娘，不该过得这般辛酸艰难。

明舒饱餐一顿，捧着温热的水小口地喝着，心满意足。

“明舒……”陆徜这时才进入正题，“其实我十天前就到临安了，五天前就找到你了。”

明舒喝水的动作一顿，诧异地抬头，而后反应过来：“所以……你跟踪了我五天？”

陆徜点头承认。

明舒俏脸顿沉，将手中杯子重重一撂，冷冷道：“卑鄙！”

“彼此彼此。”陆徜不以为意，“你下药，我跟踪，大家扯平。”

她太了解他，所以才能下药得手，可换过来，他也太了解她，才能找到临安，摸清楚她的打算。

“所以呢，你想如何？”明舒眉眼俱冷。既然跟了她五天，就是已经知道她的打算，那么多谈无益。

“刚才跟踪你的人，是焦春禄吧？焦春发的弟弟。”陆徜道。

明舒很聪明，简家的案卷她看得很仔细，里面弯弯绕绕的关系她全都记在心上。这个被忽略的焦春禄就是案卷里提到的人之一。山匪这条路陆徜不是没想过，但一来案发后为了找替罪羔羊，曹海和高仕才已经联手剿匪，把唯一知道真相的山匪首领焦春发击毙，山匪被招安的招安，逃逸的逃逸，像散沙般无从找起；二来那时他们并不知道真凶之一是曹海，目光只集中在高仕才身上，便没花费太多心思在山匪这条线上。

江宁外的这批以焦春发为首的山匪，大抵就是曹海所养的私兵之一，为了避免走漏风声被朝廷盯上，所以除了焦春发以外，没人知道曹海与他们之间的关系，一切只由焦春发与曹海接洽。只要焦春发一死，便再没人知道曹海的行径，故而才有了那场剿匪。

而在剿匪中焦春发的弟弟焦春禄侥幸逃走，并且借着焦春发的威信，很快又集起了一批人马，流窜在临安一带，躲避官府追捕。

焦春禄的大名，记在案卷的在逃犯名单中，被她记住。

“你到临安，不仅仅是因为曹海老家在临安，还因为你需要通过威顺镖局的人打听焦春禄的下落。”陆徜道。

那都是他们入京途中结交的朋友了，后来几乎没有联系过，没想到明舒一直记着。

威顺镖局的赵停雪常年押镖跑江湖，又多在江南这一带走动，道上的消息自然比官府更加灵通，估计没少和这些盗匪打交道，焦春禄的行踪，他或多或少会有耳闻，又欠了明舒一个大人情，明舒找上他，他说什么也会帮这个忙。

“你都打听得这么清楚了，还问什么？”明舒靠到椅背上，淡淡道。

她真的……不想同陆徜说这些。

“我有些好奇，你是怎么说服焦春禄帮你的？”陆徜却是一派闲适，宛如闲聊。

明舒褪下腕上金镯，当着他的面一拧，从镯芯里抽出了一把小钥匙：

“那要多谢你帮我留下的这个镯子。我只是告诉他这是简家金库的钥匙，金库内有三万两黄金，再加上他也想报仇，所以他便动了心。”

“三万两黄金？”陆徜微诧。

“骗他的……我家哪来这么多钱？连让赵大哥押空镖的酬劳都是用的京城带出来的银子。这钥匙……是我母亲妆奁暗屉的。”明舒随口道。

“……”陆徜沉默——她这胆子着实是大，就这样凭着一把小钥匙，空口白牙骗过了焦春禄那样的悍匪，也不知道该说是她太聪明，还是焦春禄太蠢。但凡焦春禄起一点儿疑心，她这条小命早就没了。

“所以，你的目标真的是曹家人？”陆徜又问。

随着这个问题抛出，屋中气氛降至最低点。他能觉察到明舒气息陡然间的改变，她脸上缓缓露出个笑来。

像唐离。

“陆徜，你既然知道，又何必要戳破？让我再做一会儿你的大小姐，不好吗？”明舒道。

她真不愿意叫他看到自己这副阴郁的鬼样子，连她自己都讨厌至极，可她又控制不了。

“你为何要追过来？让我永远是你记忆里的简明舒、陆明舒，不好吗？”明舒避开陆徜的目光。

他会一直是光风霁月的状元郎，可她却不可能再是那个无忧无虑、心怀光明的简明舒了。仇恨侵蚀了她的心，让她日日夜夜都不得安眠，闭上眼就是父亲惨死的画面，这短短一个月的时间里，她就像是经受着地狱的折磨，除了煎熬还是煎熬，她再回不到从前。

“你一直都是。”陆徜沉声坚定道。

明舒推椅起身，背向他走到紧闭的窗前，道：“已经不是了。从前我无法理解唐离的做法，也无法明白吕嬷嬷的选择，不懂他们为何会被仇恨蒙蔽双眼，我同情她们却不能认同，直到如今……不管我承不承认，我都在变成唐离。陆徜，我是真的不想让你看见这样的我。”

唐离死前曾说，会等着，等着她变成另一个自己……

那时明舒还不明白这句话是什么意思，直到如今她一语成谶。

陆徜没有开口，只听明舒自言自语般说道：“陆徜，如果你是来劝我的，就别白费工夫了。那些大道理，在做这个决定前，我也曾经劝过自己无数遍……”

她数不清在黑夜里自己和自己对话过多少次，她像个疯子，心被剥成两半，然后自己与自己对话，一边疯狂地想要报仇，一边极力说服自己不能像唐离那样丧心病狂……漫长的夜，就这么挣扎着等待天亮。

所有的道理她都懂，而恰恰因为都明白，才更加痛苦。

她无法从仇恨中解脱。

“我知道曹家人无辜，我明白简家的劫难和曹海的家人无关，我也懂自己不该迁怒他人，可就像唐离说的……谁不无辜呢？曹家人无辜，那简家三十七条命，就活该死在曹海手上？凭什么？陆徜，你告诉我，凭什么？我就想让他体会一下什么叫家破人亡，我就想让他也活着看着自己的亲人一个个死在面前，那样我才觉得痛快……”

明舒越说越激动，眼眶已经通红，泪水似乎随时都会夺眶而出，却又被死死抑制在眸中。

陆徜走到她背后，缓缓展臂将她拥到怀中。

“所以，陆徜，你别白费口舌来劝我，没有用的，如果有用，我自己就已经说服自己了。”她没挣扎，任由他抱着，从他怀里汲取一点点温暖，暂时缓解内心不断翻腾上涌的冰冷。

“明舒，我不是来劝你的。”陆徜这才开口，“这一个月，我无时无刻不在担心你的安危，我怕你在路上遇到歹人，我怕你冲动找上曹海被他抓到，我怕你连临安都没到就折在路途中……我这辈子从未如此恐惧过，我还想如果你真的出了事，我会如何？我想……我也不会放过任何伤你之人，不管是曹海还是其他人，我也会一寸一寸活剐那人。虽然这恐惧、恨意不及你简家之恨的十分之一，但我想，其中亦有共同之处。所以，我明白你的选择。”

陆徜顿了顿，又用唇碰了碰她脑后的发，然后以异常坚定的语气道：“我帮你报仇。”

只这一句话，就叫明舒心脏骤紧。

她起先还怔怔地听着，及至听到这句话，她忽如雷殛般转身，将他狠狠推开。

“不需要！我不需要！”她疯了般摇头。

离开汴京，孤身到临安，为的就是不想让陆徜也牵涉其中。

与山匪勾结灭曹家满门，纵然曹海有罪，她也不可能全身而退，也没想过要活下去。这条绝路，她一个人走就够了，不想让陆徜陪她赴死。

他幼时已是不易，十年寒窗苦读方换得这状元殊荣，本当前程似锦，官运亨通，怎能因她而毁于一旦？他该有他的天地，做个造福一方的好官也罢，成为像他父亲那样的权贵也罢，都好……那才是他要走的路。

“陆徜，我不需要，不需要！你回汴京吧，曾姨还在京城……”她的泪水再也抑制不住，泪如雨下。

相比她的激动，陆徜很平静：“母亲我托付给魏叔了，今生就算我这做儿子的不孝，对不起她。”

“……”明舒惊骇地边摇头边后退，竟一个字都说不出。

陆徜伸手将她拉进怀中，用力抱紧。

“你想报仇，我帮你；要下地狱，我陪你。”

见她之前，他就已经想好了。

这段路，他会一直与她走到底。

明舒用尽全力想要推开陆徜，她在他怀中不断挣扎，可陆徜的手臂宛如两根粗藤，紧紧缠在她身上，她挣不开他。

“陆徜，你走吧，我不要你陪，也不要你帮……你走好不好？离开这里，别再插手我的事……我不喜欢你，从江宁分别起，我就不喜欢你了，你别自作多情，你别……”

她胡言乱语，眼泪似断线的珠子。

她只知道自已要拒绝陆徜，她不需要他不顾一切的陪伴，他明明可以有大好前程，不能就这般毁在她手上。

陆徜没再回答她，只是用力将她抱在怀中，任由衣襟被她的泪水打湿。明舒挣扎得力气全力，知道无论如何也挣不开他的怀抱，发狠般咬上他侧颈。陆徜闷哼一声，手不松反而抱得更紧了。明舒贴在他胸膛上，红着眼眶咬紧牙，眼前有些模糊，直至舌尖尝到一丝血腥味，理智才渐渐恢复。

被她咬过的位置已是一圈深深的牙印，血珠一颗颗沁出。

陆徜察觉怀里的人气力渐失，软绵绵地靠在自己胸口，便一把将她抱起，缓缓走到简陋的架子床畔坐下，让明舒坐在了自己膝上。

明舒发泄了半天，该说的、不该说的话都说了，几乎掏空心底阴霾，眼下只觉得疲倦。

难以言喻的疲倦，骨头仿佛被抽走，脱力的身体软成了一块面团，眉间额角一下一下地抽痛，眼睛应该是肿了，鼻子一点儿气也不通。她不想叫他看到自己这副模样，便把脸埋在他颈间，双手顺从地圈住了他的脖子，蜷在他怀里。

“疼吗？”

她带着鼻音的声音从他颈间传出。

陆徜感觉到她似乎用唇碰了碰他那被咬过的地方，轻轻地，像蜻蜓翅膀拂过，带来些微刺疼，很快又改作吹气，温热的气息从伤处吹过，又钻进后襟，沿着背脊游下，仿佛有形有灵之物，顷刻爬满全背。陆徜的手紧了紧，喉头略略一滚，沉声道：“疼，你别闹。”

“那你不松手？”明舒并不知道自己那口气吹出了怎样的效果，有气无力地道。

“我松了手，你怎么咬个痛快？”陆徜边说边抽去她发髻上的木簪子，抚顺她乍然垂落的长发。

明舒哼了哼，仿佛又成了从前的简明舒。

她吸吸鼻子，鼻音依旧：“陆徜，我累。”

随着这一个“累”字，陆徜察觉又有温热的液体流进自己的后襟。

她这辈子从没流过这么多的眼泪，从没这样哭过，歇斯底里地哭，沉默无声地哭，仿佛无时无刻不在哭，可天知道，他没来之前，她一滴泪都没掉过。

“累了就睡一觉，我给你守着。”陆徜圈着她的腰肢道。

明舒静静倚在他胸中，良久才“嗯”了声。

累是真累，她已经一个多月没好好闭眼睡过觉了，浓浓的困意、倦意袭来，眼睛酸涩得睁也睁不开，无意识的泪水不知何时停止的，她咕哝两声，再没动静。

原本环挂在他脖子上的手臂缓缓落下，她的头也从他肩上缓缓滑落，脸贴着他的胸口睡着了。

陆徜没动，借着昏黄的烛光低头望去。她脸上泪痕犹在，通红的鼻子堵着，微张着唇呼吸，双颊已微陷。这段时间，吃不好睡不好，她清减了太多，他抱在手中只觉轻飘飘的没有重量。

他就这般坐着，灯芯爆了一声，火光又暗淡几分，夜已很深，屋外的村子陷入沉寂，只有猫狗声间或响起。见明舒睡得沉了，陆徜才抱着人起身，轻手轻脚把她放到床上去。

明舒后背刚挨到床，就打了个喷嚏，人蜷缩成团，陆徜飞快地展开被子盖在她身上。

但明舒的冷意并没被缓解，约是陆徜怀抱的温度和被子的冰凉对比太鲜明，她冷得眉头蹙起。陆徜摸着被子叹了口气——她应该没准备在此长住，所以被子是薄薄的夏被，但现在已经换季，秋凉如水，这被子难以御寒。

他又抱来自己的斗篷盖在被子上。看着她依旧在被子里蜷缩着微微发抖，陆徜思忖片刻，和衣而卧。

陆徜才刚进被，明舒就如同灯蛾寻火般自动凑过来，紧紧蜷到他身边。床很小，躺两个人非常挤，陆徜侧个身，让明舒就势滚入怀中，相拥而眠。

村子里的鸡三更天就打鸣了，明舒在这里总要失眠到深夜才能勉强入睡，可往往睡不到半个时辰，就被鸡鸣吵醒，然后睁眼到天亮，但今天不一样。

鸡鸣没能吵醒她。

一夜安睡，至天光大亮。

被窝儿里暖融融的，她睡得很舒服，精力似乎随着这一觉尽数恢复，她闭着眼往最温暖的地方又钻了钻，眼皮才缓缓掀开——

入目所见，是男人半敞的衣襟，露出线条修长美好的脖颈和锁骨，颈上的牙印清晰可见。男人棱角分明的长着胡楂的下巴，此刻就贴着她的额头，并将她的额头扎得发痒。

她一下子清醒了，却又愣了很久，才反应过来这并不是梦。

和她面对面躺在一起的人是陆徜。

两人的衣裳倒是好好的，但她的手臂搭在他腰上，她的腿挂在他身上，而他一边手臂被她枕着，一边的手臂圈在她腰肢上。他们像两根交缠的藤蔓，保持着难舍难分的姿态。

她倏地缩回手脚，直挺挺坐起，呆呆地盯着陆徜。陆徜被她吵醒，微睁了眼，侧躺着看她。

“不多睡会儿？”他开口，声音如同薄纱撩过。

天光洒入屋内，陆徜的眼还染着惺忪睡意，只睁开狭长的缝，长发凌乱地铺在枕上，下巴上是冒头的青茬，透着一股说不上来的属于男人的妩媚。他本就生得英俊，可因平日太过清冷，总有些让人不敢亲近，不像现在，看人的目光都动人心旌。

明舒咬了咬唇，揪起被子，发现自己想不起来昨晚发生了什么，她依稀是睡在了他的怀中，可后来呢？

“你怎么在我床上？”她质问道。

“对不住，你家只有这一张床，连多余的藤椅都没有，也没被褥。”陆徜支起头来，半睁的眼里似乎染了水光。

明舒被他看得心慌，深吸两口气才道：“谁让你上来的?！你……你看你的模样，满身风尘胡子拉碴，也没沐浴，你脏死了，不许上我的床！”

“……”陆徜已经做好挨骂的准备，结果却听到这样一番指责。

他坐起，将长发向后捋去，露出额头漂亮的美人尖，突然间笑出声来。一边笑，他一边道：“是我不对，我应该洗干净再上你的床。”

“……”明舒无言以对，顿时满面绯红。

她不知道自己在说什么。

秋高气爽的日子，明舒几乎逃一般地离开小村屋。

临走前她还不忘叮嘱陆徜："你老实地待在屋里，别出来，别被人瞧见！"

被人看见了，她名节保不保是一回事，若让盯梢的人发现，引起焦春禄的怀疑，不仅报仇的计划付诸东流，甚至还会惹来杀身之祸。

陆徜欣然点头，过起被她"茅屋藏娇"的日子。明舒并没离开太久，只是去村里买点吃食。陆徜来了，她家囤的吃食不够。因为曹老太太的关系，村民对她还算热情，东家给把菜，西家分块肉，不一会儿，藤篮就被装满。

推门而入时，明舒看见陆徜正坐在窗边雕木头，安安静静眉目低垂的模样，叫人忘记身外事。见明舒回来，他放下手中物，起身接下沉甸甸的藤篮，明舒飞快地转身朝门外左右张望一眼，而后关紧了门。

陆徜已将篮中吃食一样样翻出。

村里别的东西少，菜却是管够管新鲜的。菘菜芹菜白萝卜，个个水灵，还有块羊胸肉，几颗蛋和山药，一袋馍。

"想吃什么？"陆徜边说边提着东西去了厨房。

明舒跟在他身后，如同在汴京时那样，用攀膊挽起衣袖，给他打下手。

灶火起得旺，陆徜先把蛋和山药给蒸熟，明舒坐在灶旁的小杌子上剥好蛋和山药，权作一顿早饭。她自己吃了点儿，起身往陆徜唇边送山药。陆徜正切肉，腾不出手来，就着她的手吃了山药，没等咽下，明舒又塞了个蛋来。

直到陆徜两腮都被塞得鼓鼓囊囊，明舒才作罢，然后捶着灶台笑他："陆徜，我该打盆水让你照照你现下的模样，你猜像什么？"

陆徜嘴里都是东西，说不出话，就见她鼓起腮帮子，学着林蛙的模样"咕呱咕呱"叫起来。

像蛤蟆。

陆徜佯怒，抬起沾了羊膻味的手作势抹她脸，被她一溜烟逃掉。

两人都极有默契地没有再提那件事，隐隐约约地，仿佛回到汴京。在烟火气息的环绕下，心间的苦痛似乎也得到一丝抚慰。

小屋内肉香弥漫，锅里的汤水咕嘟咕嘟，一根筷子戳下，羊肉已被炖得透烂，白萝卜吸饱汤水变得莹润诱人，奶白色的汤汁上撒着碎芹——陆徜炖的羊肉，清淡间却有着百转千回的滋味。

这是午饭，一锅炖羊肉就着白馍，白馍浸了肉汤，入口鲜香。

明舒吃得肚圆。

午后，她小憩了一会儿，起来时看到陆徜已经把房间收拾妥当，该洗涮的锅碗都已经洗净，人正坐在灶间劈柴，用他那双写出锦绣文章的手握着半钝的柴刀，将木柴劈开。

他没像从前那样梳着整齐的发髻，而是用碎布带将长发扎在脑后，上过金銮殿，得过皇帝嘉许赏赐，曾惊艳了汴京的少年状元，像要在这里终老一生般，面色平静地劈柴，如同与这儿的时光融为一体。

明舒静静地看了片刻，眼鼻微酸，直到陆徜唤她："大小姐，醒了？"转过脸，还是那双神采飞扬的眼。

明舒揉揉眼，问他："你劈这么多柴做什么？"

"不知道要待多久，多劈些备着，多给你做几顿饭。"他答得随意。

夜幕缓缓降临，晚饭是中午吃剩的羊肉汤，加了菘菜炖烂，配上白馍和山药，就两口酱瓜，又是一顿饭。

"村东的赵叔说，明天给我留些河虾，咱们明天有河虾吃了。"明舒吃得很高兴，已经在想明天要吃什么了。

陆徜静静地看着她明亮的眼眸——真好，那里面似乎又盛满了星光。

明舒被他看得不自在，"哼"了声就要离桌，不料被他拉住。

"这个……借我用用。"他从她发间抽走一根木簪，用那木簪信手就将自己的长发胡乱绾起。

明舒摸着发髻："你这是作甚？"

"早上有人说……得洗干净了才能上床睡觉。"陆徜起身，在明舒发作前进了灶间。

"……"明舒忽然间意识到天又黑了。

灶上的水是陆徜早就烧好的，条件有限，洗澡就在灶间凑合，拿木桶装出水，用瓜瓢舀着往身上泼水。

哗哗的水声传得满屋都是，屋子之小，明舒站哪儿都逃不过，只好蹲在灶间外的墙根下，放空脑袋啥也不想。过了会儿，水声小了，陆徜的声音传出：“明舒，把你的短刀借我。”

“你洗个澡要短刀做什么？”明舒背贴墙站起，无法理解陆徜的要求。

“剃面！”他湿漉漉的手从没挂帘子的门内伸出。

“……”明舒默默吸口气，把随身的短刀递过去。

刀被他拿走，她收回手时指尖沾了他手上的水，她搓了搓，又蹲到墙根下。

“陆徜，你真的不走了吗？”

“不走了，除非你愿意跟我回去。”陆徜在剃面，声音并不自然。

“你的仕途、你的抱负，还有曾姨、陆叔，你的父母，通通都要舍弃？”

“嗯。”他答得干脆。

“陪着我你会死，会手染鲜血一辈子不得安宁，你图什么？”

“不图什么，我不劝你，你也不必劝我。”他淡淡道。

明舒便将头埋进膝间——从见面的那一刻起，她就知道自己赶不走他了。

“好了，短刀还你。”湿漉漉的手又从门内伸出。

明舒起身，接过刀，开了口。

“陆徜，我改主意了。”

陆徜没回话，灶间只有窸窸窣窣的穿衣声，他套好中衣，赤脚走出，下巴已经剃得干干净净。

“你说什么？”他低头问她。

“我说，我改主意了。”

“你愿舍命陪我，我却不想拖你同坠地狱。”

这辈子最艰难的妥协，是因为他。

第五十二章 红颜弃轩冕

陆徜比任何人都希望她能放弃报仇的念头，若在一个月前，他也许会想尽一切办法，哪怕是强迫也要逼她放手，现在终于听到她亲口说出改变心意的话，他应该高兴的，应该欣喜若狂，然而他心中却并无喜悦。

心底随之翻涌而上的，是细密的疼，在胸膛中扩散、蔓延……

他不知道她做出这个决定时心中经过了怎样一番挣扎，那个过程必定是艰难而痛苦的。

“明舒，我留下，不是用自己来威胁你的。”陆徜伸手抚上她的脸颊，“你无须为我改变主意，我……虽然希望你能好好的，但更不愿你终日活在痛苦愧疚中。”

明舒伸出双手，在他面前摊开，平静道：“我阿娘病逝的时候，家里只剩我和阿爹两个人。我阿爹很想阿娘，每日茶不思饭不想，连金铺的事务都没心思打理，我很担心他，但又不知道如何劝他，后来他把自己熬病了也不肯吃药，我只能拉着他的手劝他。我和他说，左手是阿娘，右手是小月亮，阿娘走了，他的小月亮还在……如果他生病不吃药，他就不能陪他的小月亮了……我阿爹抱着我号啕大哭，后来阿爹的病渐渐就好了。”

她母亲病逝的时候，她才九岁，她压根儿不记得自己和父亲说过这番话，这些是简金海后来当成笑话说给她听的。

可没道理，九岁的她都明白的道理，十八岁的她却不懂了。

“左手，是死去的人；右手，是活着的人。我不知道这二者之间孰轻孰重，我只知道，我不能让疼我爱我的人因我踏上绝路，因我伤心欲绝……”她掂了掂手掌道。

那空空的掌心中，仿佛盛满这世间最重的东西。

她最终妥协的，并非死者的仇恨，而是生者的牵绊。仇恨永远都会存在，三十七条人命，她无法忘记，哪怕仅仅只是一个无辜的曹家人，她也永远不会原谅。这是她心中过不去的坎，世间没有任何一个以道德抑或正义为名的道理，可以让她放下。

她选择放手，仅仅只是因为她有陆徜，有曾姨，有在汴京愿意不问缘由筹银给她的伙伴……她的命，很重要。

“明舒……”陆徜心绪难平，如同明舒的泪水通通流进他心底，融进骨化成血，烙在心头。

“陆徜，你就站在我右手之上。”

她就是如此无可救药地喜欢他，没什么道理可言。

陆徜再难克制，伸手将她搂入怀中，紧紧抱着，头亦埋入她颈侧。

“陆徜，你哭了。”明舒静静地站着，任由他抱着自己。

襟口处似乎有什么滴入脖子。

陆徜没有反驳，也没有回答，只是抱着她。

明舒反手抚上他的背，单薄的衣裳下，她能感受到他后背的温热与力量。

“我们认识十几年，我都没见你哭过，终于也轮到我安慰你一回了。”明舒拍拍他的背，温柔道。

她想，他们都是有些固执、骄傲的人，不爱低头，不听劝说，可最终都为对方妥协了。

陆徜手臂稍松，从她肩上抬起了头，明眸如洗，平静而温柔地凝望她。

明舒踮起脚，伸手圈住他的脖子，将他的头拉下，闭眼吻上去。

腰上的手又是一紧，明舒脚尖腾空，人被他掐腰抱起，又被他旋身抵在墙上。

唇瓣相触，难舍难分。

簪在他发间的木簪咚一声落地，满头青丝散下，明舒的手穿过他的发，另一手揪着他中衣的衣襟，所有的感知只剩唇间那火焰般的灼热。

这般抵死相缠、肌肤相触，似乎能够让她短暂地忘却世间愁苦。

陆徜的唇最终停在她耳侧，他用力咬了下她的耳垂后松口，额头顶在墙上，大口地喘气。

不能再继续了。

食髓知味会一发不可收拾。

明舒呜咽一声如同猫叫，落进陆徜耳中。他虽从前不近女色，不解其中滋味，但明舒唤醒了他的本能……他已濒临失控。

“明舒，够了。”他不敢看她，仅存的理智拉回了他。

时间不对，地点不对，他们的关系也不对。

“现在……不行……”他匆匆放下她，转头就进了灶间。

明舒也缓缓地吐出口绵长的气息。

陆徜在灶间独处了许久，才复归冷静踏进屋里。天已暗透，昏黄的灯火仍旧无法照亮整个房间，明舒已经缩到床上，抱着膝靠着墙，半搭着薄被坐在床里侧，听见他的动静后抬头望过去。

谁也没有先开口，只借着这昏昏光线看着彼此。

陆徜心中又是一阵起伏，明舒微歪着头，正拿她那双水汪汪的眼睛直勾勾地看着他，仿佛在请他。

这邀请又带着她的挑衅，一点点俏皮的坏心思，天真无辜中透着点儿妖娆妩媚，仿佛在笑说——敢来吗？这张床这个人，你就算洗干净了，还敢上来吗？

从前在汴京，两人住在一块儿，他便常会被她吸引，但那些无意识的风姿，懵懂的情愫，又怎比今夜这种种从未示人的妖娆妩媚，全都明刀明枪地冲他来了。

从没有哪一刻像今晚这般，让他如此彻底地明白自己是个凡夫俗子。

陆徜闭闭眼，他有预感，今晚将会异常难熬。

“睡觉。”他攥着拳躺上床。

明舒看着他直挺挺的模样，全无平日的风流潇洒，忽然笑出声来。

“陆徜，你叫我觉得自己是戏文里的女妖精，专门吸食书生精魄。”明舒还坐着，反客为主逗他，“穷书生，你怕什么？”

陆徜忍了忍，伸手将她拉到被里：“简大小姐，你是真不害怕？”

明舒翻身向内看着墙，感受到后背传来的他胸膛的温热，闭了眸：“我乏了，睡觉。”

过了良久，也不知她睡没睡着，陆徜却在她耳畔低声道：“江宁的穷书生陆徜心悦简家的大小姐简明舒，真心求娶，许一生一世一双人，生不离死不弃。明舒，你可还愿嫁我为妻？”

明舒的回答，也过了很久才响起：“三年，陆徜，你等得起？”

他要用他最好的年华，等她三年孝期过去。

“等得起。”陆徜抱紧她。

一辈子也等得起。

八月随着这一夜过去，九月秋浓，屋外的天地似乎又冷了几分。

明舒今天果然拎回一篓子河虾并四只河蟹，另外又弄了半只野鸭子，还有豆腐、嫩姜、菘菜等物，还采了把野菊花。

小屋的门关起来，秋风被挡在外面，照旧又是满室的热火朝天。

秋蟹正肥美，用姜和菊花一起上锅蒸熟，满屋子飘香。蟹盖掀开，满满的膏或黄，剔净心肺胃嘴，满满一壳子的黄，浇上姜醋，一口闷干净，姜醋去腥，只留满颊鲜美，口舌回香，余味难绝。

这是明舒最喜欢的吃法。

陆徜虽然把四只蟹膏与蟹黄剔好，全都让给她，但又怕她吃太多寒物胃疼，可看她吃得尽兴，脸上俱是自离京前以来难得的惬意，便将阻止的话咽下，只叮嘱她多嚼些姜丝。

剩下的蟹身蟹腿，明舒不爱吃，就都扔给陆徜。

陆徜将蟹腿肉最多的那段掰断，拿蟹腿尖尾往蟹腿壳内一捅，那肉便完完整整从另一头挤出。陆徜喂到她嘴边，她想也没想一口咬走。

“不是不爱吃？”他取笑她。

明舒“嘿嘿”一笑，那不是嫌麻烦嘛。

吃完蟹，那锅蒸蟹剩下的汤也没浪费，下入菘菜与索饼，最后加一点点盐与香油，清淡中带着蟹香，叫人回味无穷。

中午吃了蟹，虾就留着晚上再吃。

一日三餐，陆徜给她安排得妥妥当当，既饿不着她，也吃不腻她。

这样的日子，明舒觉得自己可以过到天荒地老。

可日子再好，始终也要回到正轨。

“陆徜，你这趟离京，带了多少人手？”吃过饭，明舒捧着热热的茶，坐在狭小的房间里问他。

陆徜没有隐瞒：“先前魏叔给我的人都跟来了，一直潜在屋子四周保护，共八人。”

所以，她根本无须担心焦春禄的盯梢，只要对方有一丁点儿动作，陆徜就能先一步得知。

明舒瞪他一眼：“只有八个人？”

陆徜便又从腰间摸出一方不足巴掌大小的乌青令牌，轻轻按在桌上：“魏叔的信物，凭此信物，若遇急险情况，可就近请各州府厢军协助配合。我们在临安，这儿由临安厢军驻守，不在曹海辖内。”

话虽如此，可要请地方厢兵配合，也只能是些小事，但凡涉及地方兵事，可就另当别论了。

“临安的厢兵不能与江宁厢兵为敌，但如果是剿灭辖内匪患，临安厢兵就有充足的出兵理由了。”明舒啜着茶，慢慢道，“曹海以盗匪的名义养私兵，既然是盗匪，若是来了临安，不就有理由了？”

陆徜蹙了眉：“明舒，你想做什么？”他思忖着，又摇了摇头，“你不能……那太危险了……”

“陆徜，我虽然改变了心意，不对曹家人下手，但曹海……我定是要亲手捉拿的。”明舒冷冷道。

曹海、焦春禄，那些曾经沾染过简家鲜血的人，她一个也不想放过。

曹家老太太的寿辰正日在九月二十。

今年是她七十整寿，曹家预备替她大肆操办一番。老太太一辈子乐善好施，修桥铺路行善积德，故曹家人自九月起就在临安城内外各处搭棚派粥，要施足一个月的福粥；老太太又好听戏文，爱热闹，因而曹家请回了皮影班子、杂耍团与说书先生，在府中搭了三个戏台子，要让老太太乐足三日。

寿辰当日，曹家还要在宅外长街上设流水席面宴请附近百姓，这席面一设就是三日，附近的百姓不拘男女老少，不拘贫富出身，皆可来吃席……

这样的阵仗，谁不夸一声曹家孝顺？又有谁不道一句曹家富贵？

为了筹备这个寿辰，曹家进九月就开始准备，宅内外都得翻新布置，还得搭建戏台，提早找好各个戏班子，请流水席的厨师班——除了灶上的师傅外，流水席的小工还得雇三十来人，打下手、洗碗碟、传菜都要人手，光靠曹家自己家的下人是远远不够的。

如此一来，进出曹家的人就多了起来。

曹老太太不管这些，只交给儿子和媳妇打理，曹家掌中馈的是小儿媳妇，也就是曹海那房，自然，三房也出银最多。

这一通寿宴办下来，没个上万两银子都不成。

曹海媳妇也是有苦难言。夫家人好面子，给老太太办寿宴全然不顾家中境况，流水似的花钱，可这一家子的花销又都落在三房头上，这么多年下来，曹家就跟无底洞似的，三房填进不知多少万两银子。没办法，谁叫一家子人里只有曹海最出息？全家人都指着他往回拿钱，府里银钱没了，都管她问银钱使，再加上这又是老太太的七十整寿，她要是劝一两句节俭的话，回头传到曹海耳中，便是一顿斥责。

曹海那人，既爱面子，也孝顺他母亲。

“嫂子别发愁，我认识位村里专做流水席的大师傅，烧菜的手艺那是一绝，带出的徒弟也个个厉害，手底下自有一批小工，都是他村中村民，比您从临安酒肆里请人肯定便宜许多，食材采买可以包给他们，也可以开单由家中自行采买，若是由他们采买，都是提前向菜农渔民订货，比集市上要便宜些，食材也更新鲜。”明舒温声向曹海媳妇说着。

曹海媳妇姓何，是个丰腴的爽利妇人。明舒已经认曹老太太为义母，自然管何氏叫嫂子。因有老太太的关系，这曹家上上下下的人，她都已经认了个遍。今日她来看望老太太，正巧老太太在禅室内念经，她就在外面喝茶等待，遇到了前来请安的何氏，两人就聊起老太太的寿宴。

何氏近日正烦流水席的事，三天的流水席，要铺满整条街，这得请多少个厨师，雇多少个小工，置备多少的食材，她心里都没数。置多了费钱，置少了闹笑话。再有就是该从哪里请厨师的问题，有名的酒肆定席面死贵，没名气的又怕菜差……真真是烦死她了。

她与明舒抱怨了几句，便得明舒一番软语安慰加排忧解难。

“其实流水席上来吃的都是附近百姓，食材够新鲜，师傅厨艺够好，对他们而言才是最实惠的。名气在外的食肆多是中看的多，不一定好吃，普通百姓也未必喜欢。同样的银子，还是真金白银换鲍参赤肚来得划算，不必贪那些花哨的噱头，您说呢？”

“你说得有道理，瞧我都忙晕了头，竟没想到这茬。你说的那位大厨，什么时候请了来我瞧瞧？”何氏揉揉额头道。

“我回去就替您问问他。嫂子也别着急定，先让他来家里列个菜单试试菜，满意了再往下谈，是全部包给他操办，还是单请他们做饭帮工出力，白纸黑字让他写清楚银钱，厨师的工钱、雇工的工钱，还有如果托他们采买，这食材的价钱也得列明，咱再到市面上比比。俗话说，货比三家不吃亏。”

何氏听完感慨道：“舒娘，听你这么一说，我才有些头绪。难怪母亲时常在我们面前夸你，道你说话行事与别家小娘子不同，果然是个七窍玲珑心的姑娘。要是能在家里帮衬我，那可真是解了我许多烦恼。”

“嫂子过奖，能替您分忧、为义母寿辰尽心是我的福分。”她笑笑，又道，“义母的寿宴，既要办得漂亮让全家人满意，又得紧着银钱，真真辛苦嫂子了。”

“可不是？全家也就你知道心疼我，其他人哪个知道我的苦处？还当我家那口子有金山银山供他们花销。就算我当家的真将金山银山搬来，只怕也得败光。”何氏抱怨道。

“嫂子多虑了，曹将军是有大能耐的人，自然官运亨通，日后泼天的富贵在等着嫂子呢，何愁没有更好的日子？”明舒啜口茶，恭维道。

“算了吧，他不从我手里往外掏银子就不错了，去岁的时候还曾回来问我要嫁妆和体己银救急呢。”何氏说着说着，又开始抱怨曹海。

有些话跟夫家人不好说，她这火气积蓄久了，好容易遇到个能说话的人，便要发泄一通。

“这定是遇到难处了吧？”明舒佯惊。

“男人在外头做什么，咱妇道人家也不知道，问他他也不说，谁知道是不是把钱贴给江宁的狐媚子！”何氏继续道，又凑近她悄悄道，“舒娘，你日后嫁人，可得嫁个愿意将银钱都给你掌管的男人，这样他在外头有什么花花肠子你就都知道了。别像我这样，狐媚子找上门，被他按着头同意纳妾，真真气人。如今回来了是有事进我屋，没事便在小妾那里厮混，哼。”

明舒诧异地掩唇，顺着她的话往下悄声问：“那……您将自己的银钱给曹将军了？”

“给了，不给他能罢休？得亏他年后就填补上了，还带回来……”她说着说着突然住嘴，扶扶发髻，又笑道，“罢了罢了，和你一个小娘子说这些作甚？你只记着，男人哪，靠不住，银钱才最靠谱！”

明舒便含羞垂了头，不作声。

“舒娘，我那娘家侄子，你可记得？”何氏见状便又想起另一事来。

“是……何忠哥哥？”明舒想了半天才想起这号人来，她陪着曹老太太在城郊时，曾遇到他来探望老太太，见过一面。

“难为你还记得他，可不是有缘？”何氏笑起来。

明舒一听不对劲，忙道：“嫂子，我……”

何氏知道她要说什么，道：“那孩子上回见了你一面后就念念不忘。他与你一样，父亲去年没的，也得守三年孝，你们这出孝的时间差不多。我琢磨着你身边也没个长辈替你操心，你既然同我们家拜了干亲，少不得我们替你筹谋筹谋。”

明舒也只能笑笑，拿别的话题将这茬岔开。待曹老太太出来，明舒上前见了礼，陪老太太说了半天话，留下用了顿饭，过午才告辞离去。也不知是他得了何氏的通知特地在门口等着，还是就这么巧，明舒在曹府门口撞见了何忠。

这何忠生得平平，看上去忠厚老实，见了明舒跟见到天上仙女似的两眼冒光，殷勤地凑过来。偏偏她手里拎了好些曹老太太送的东西，沉甸甸的正吃力，叫何忠一把抢过放到自己的骡车上，说要送她回家。明舒着实推拒不了，只能由着他。

到家门口时已经是傍晚，何忠将大包小包的东西从骡车上卸下，搬到了屋门口。

"今日有劳你了，多谢。"明舒站在门口向他道谢。

何忠看了眼紧闭的屋门，拭拭额上的汗："东西沉，要不我替你搬进屋里去吧？"

明舒摇头："不了，我自己可以。时辰已晚，天黑了路不好走，你快些回吧。"

何忠忙碌一番连门都没进，又见明舒态度坚决，虽心有不甘也只能讪讪离去。等他走得人影都瞧不见了，明舒才转身开门，把东西往屋里搬。

黑洞洞的门里伸出只手来，轻而易举地接走她递进屋的东西。

明舒挑挑眉——陆徜离开了几天去办事，算算时间这两天也该回来了，她自然不敢开门待客，果然，这人悄摸回来了。

门嘎吱一声关上，门闩落下，陆徜的身影才从黑暗里出来。

他是千算万算，没算到自己有一日会过上这等"茅屋藏娇"见不得人的日子。

"人家好歹帮你把东西送到家门口，你怎么连口茶也不让人喝？"屋外发生的事，他自然看得一清二楚。

"说的也是，是我待客不周，你等着，我这就去把人追回来。"明舒不痛不痒地回答他。

陆徜拉住她："不成，这屋里可容不下第二个男人。"

明舒白他一眼，走到桌旁给自己倒了杯水，问他："你那边如何了？"

"已经见到临安厢都指挥使刘智，他答应出兵剿匪，不过需要我们从长计议。曹海既然养了私兵，必定要耗资铸军器装备军队，从上回我们遇袭时得到的箭矢来看，那应是该私铸的军器。目前朝廷对军器管控颇严，皆由军器坊在兵部监督下打造，再按制分派给禁卫军与各地厢军，地方与坊间不得私铸军器。曹海要装备私兵，所需军器数量必定不小，民间纵有私买私卖也供应不起，这批军器要么从京东路购回，要么就是他有自己的铸器坊。我准备着人前往江宁，暗查军器一事。”

京东路乃是冶铁重地，大安朝十之八九的铁料与军器出自此地。

“去岁曹海曾经问他发妻借过嫁妆与体己银子应急，应当是在江宁遇到了什么棘手事。连他都解决不了的事，影响应该不小，陆徜，你可有印象？”明舒琢磨着今日从何氏嘴里探出的消息，问道。

“去年……”陆徜回忆起简家劫杀案卷宗内的记载，但案卷内关于曹海的资料很少，倒是因为调查高仕才的关系，有不少他出任江宁府通判时的资料，“去年山西爆出过一起克扣军饷的案子，圣人便下旨彻查，指派监察御史与各地通判协查各路禁卫军、厢兵的军饷及抚恤金。高仕才就是江宁通判，当时并没查出问题来。不过那时我人还在江宁，曾听坊间传闻，有不少军户抱怨过军饷分发并不及时，且数额不对，你今日一说，我倒有个猜测。曹海可能挪用了军饷，以至朝廷彻查之时无法填补空缺，就算有高仕才替他遮掩，但有御史监察，他也必须在短时间内填上窟窿……”

“简家家库内一共有现银八万两，一直都没找到下落，如今看来很可能被他拿去填补窟窿了。你派人往江宁查军器时，也可留意一下军饷，要是能拿到军需库账册就好了。”

“嗯。”陆徜点头，又道，“此外，军器往来，不论他是从外头购买，还是暗建军器坊，兵器或是矿料往来都有迹可循，查查去年京东路往来江宁的商队，应该还有线索。”

“江宁那边就交给你了，我会想方设法在临安绊住曹海。”明舒缓缓吐气，走到窗边，“除了那八万两现银外，我家还有一批古董玉石，价值不菲。这些东西变现不易，若是流入坊间又易惹来怀疑，曹海定不会在风口浪尖上将其变卖，我猜……这批东西，在曹府。”

谈了许久，天已黑透。

一双手轻轻圈上她的腰肢，陆徜自身后搂住她。

“查的时候，注意安全。”他叮嘱道。

“嗯。”明舒点头，“我已与何氏提过流水席的事，明天就去见焦春禄，让他准备进曹家。”

圈住她腰肢的手臂加重了力道，陆徜的唇落在她发顶，仍是那一句叮嘱。

“明舒，小心为上。”

陆徜起得很早，他睁眼的时候，明舒还在睡。

她睡得很香甜，脑袋歪枕在他手臂上，细软的长发散落满枕，呼吸绵长平缓。他轻轻托起她的脖颈，把手从她脖子下抽回，再将枕头塞入她的脑下。被压了一晚上的手臂又酸又麻，并不舒服，陆徜抖着手臂坐起，借着昏暗的天光定定地看她。

不知想起什么，他唇边绽开一抹笑，低头快速地在她唇上轻啄一下，才披衣下床。

明舒其实在他挪动她的脑袋时就醒了，只是装睡——虽说同床共枕了几日，但并未有夫妻之实，两人不过共被而眠，夜里灭了灯什么也看不见，清晨起来撞见彼此，她还是难免不自在，所以最好就是不要同时醒来，免得尴尬。

床外传来几声响动，尽管他动作放得很轻，但架不住这房子小，他进厨房后的动静还是传了出来。明舒再也睡不着，侧身环视屋内。清晨太安静，舀水声、烧火声、掀锅声……清晰可闻。陆徜身上只穿着半旧的浅青长袍，非常随意的打扮，散着发进进出出地忙碌。明舒看了半天，很是享受这样的时光。

就这么过了半个时辰，天色透亮起来。厨房里飘出饼香，盆架上的木盆里也倒好温热的水，陆徜这才走回床畔，明舒忙闭上眼。

陆徜站在床前看了两眼，失笑道：“还装？干躺大半天你不累吗？”

明舒这才睁开眼，眸中是慵懒惬意的神色，脸颊绯红。

“你都看出来了也不……”她原要嗔他，说到一半忽然想起什么，脸上发烫，骂了句，“无耻！”

借机轻薄她！

“赖够床就起来。”陆徜朝她伸手，“水好了，可以梳洗。”

她恨恨地握住他的手，让他把自己拉了起来，又看了眼房间，道：“想我一介平民女子，何德何能劳状元郎服侍我，罪过罪过。”

陆徜看着她。她嘴里道着“罪过”，却伸起懒腰，脸上可半点儿没有“罪过”的神情，轻轻松松地跳下床去，受之坦然的模样——这无伤大雅的任性做派，才是简明舒该有的姿态。

她在他掌心中一点一点地恢复旧日模样。哄也罢宠也罢疼也罢爱也罢，他都愿意倾尽全力。

“大小姐若是心疼我，就赶紧地……水要冷了还得重新烧。”陆徜道。

明舒才用水打湿了脸，闻言“咦”了声，满脸湿漉漉地转头，眯眼看他：“你是不是陆徜？别是什么妖魔鬼怪披着人皮扮的吧？”

那么一本正经、凛然不可犯的穷书生，居然说出这样的话来？这要换一年前，她会以为自己见鬼了。

陆徜很认真问她：“要扒开瞧瞧吗？”语毕，他扯扯衣襟。

明舒胡乱抹好脸，走到他身边，拍着他的肩头语重心长道：“陆徜，我还是比较习惯你从前的模样，就是头抬高点儿，目光冷一点儿，别笑……对对，就这样，像宋清沼一样……”

陆徜起先还配合，听到最后这句，他脸色顿时沉下来。

“简明舒！”

怎么成了他像宋清沼了？分明是她把宋清沼当成梦中的他。

明舒“扑哧”笑出声来，许久未闻的笑声又柔和了陆徜的眉眼。

“陆徜，谢谢。”明舒笑够之后，敛神温声道。

她的心情，确实好转了不少。

两人用过早饭，已过辰时。

明舒约了巳时中见焦春禄，马上就要出门。

“鸣镝、香丸、石灰粉……都藏好没有？”临出门前，陆徜检查她随身之物。

除了那把短刀外，陆徜另外准备了些应急的物件让她贴身藏着，呼救的鸣镝、解晕的香丸，以及江湖上不入流但是很管用的石灰粉，等等。

“藏好了。”明舒点点头。

“鸣镝会用了？”他又问她。

明舒再点头：“会了。”

“我会跟在你附近，若是遇险你就放鸣镝，我会很快赶到。”陆徜叮嘱她。

“知道，你说过很多遍了。”明舒一捧陆徜的脸，“我只是和焦春禄商量曹家的寿宴，又不是去同他们厮杀。状元郎，你放轻松些。上金銮殿都没见你像现下这般紧张。”

“谁知道他们会不会临时变卦，小心点儿总没错。”

说话间陆徜系紧了她身上的斗篷，替她将兜帽罩上，这才放她离开。

明舒和焦春禄约见的地方在离小村子不远的偏僻树林里。

枯叶已经在地上铺了厚厚一层，脚踩上去嘎吱作响，一步一个脆音。焦春禄已经等在树林中，身边只站着四个人，但更远的地方其余人影则隐约可见。地点是焦春禄挑的，这个不大的小荒林早就被他们搜过一遍，确定没有问题后才定下。

他们之中，除了焦春禄以外，还有不少朝廷要犯，不能被人发现行踪。

明舒脱下兜帽，神情冷峻地走到焦春禄面前，行了个礼，道了声“禄爷”。

焦春禄坐在棵枯树干上，正用仅存的一只眼睛冷冷地打量着她，那只眼眼窝深凹进去，眼球外突，宛如凶鳄。

明舒在他面前，就像只待宰的小兔子。

他很难相信一只小兔子敢只身走进鳄堆狼群中。

“小丫头，你该不会是在骗我吧？”他又问她。

简家的灭门案他也有下手，若说报仇，简明舒怎么可能放过他？他担心最后忙碌一场，把自己赔进去。而且曹海可不是什么良善之人，灭他满门会招致怎样的后果，他很清楚。

“我一个孤女，能骗禄爷什么？我想报仇，奈何仇家太厉害，才不得不孤注一掷。谁能帮我报仇，我便将那万两黄金赠予谁。这不是看禄爷和我一样，也与曹海有仇，才找的您？如果您实在担心，这笔买卖咱也可以不做。我不相信有这三万两黄金在手，还找不到替我报仇的人。”明舒不以为意道。

她是个商贾，最是明白利与险从来都是相伴。刀口舔血的人，只要价钱合适，卖的就是那条命。

焦春禄垂眸弹弹刀。当初他兄长兴致勃勃地说找了个靠山，日后有好日子过的时候，他没想过最后会落得丧家犬一般的下场。冒着那么大的风险劫了简家的财，却连一杯羹都没分到，他兄长死得不明不白，手下兄弟非死即残，全被剿了个干净。他想报仇不假，只不过与仇恨比起来，这三万两黄金的诱惑更大。

“说吧，你要怎么做？”

“九月二十，曹老太太寿辰，要摆三日流水席。”明舒道，将与曹海媳妇何氏说过的又说了一遍，而后道，“禄爷找两个人假扮厨子跟我去曹府，把这流水席宴接下，到时就能安插你的人手进曹府。”

她顿了顿，又道：“曹海已向何氏来信，九月十八动身。江宁和临安离得近，两日可到，他最快也该在九月十九抵达临安。我们要在他回到临安前动手。流水席要提早五日开始准备，我们动手的时间，就定在九月十七。”

寿宴正式开始前夕，曹家的人应该都忙于筹备寿宴，正是下手的好时机。

“曹海九月十八动身离开江宁，而我们九月十七得手后便从临安返回江宁，正好与他错过。这一出一进之间至少有三日的时间差，够禄爷您带着我找到三万两黄金远走高飞，逃出江宁地界。禄爷您觉得呢？”明舒道。

焦春禄继续低头轻弹刀身，似乎没在听明舒的话，又似乎在思忖这计划的可行性。

“哦，对了。曹府应该藏了不少赃物，就算你对我那三万两黄金存疑，找到曹府的赃物，也够你们逍遥了。”明舒倏地笑了，“禄爷当时在我家，应该看到从我家劫走的那批古董玉器珠宝了吧？”

此言一出，便见焦春禄目光一亮。那批珠宝从简家家库抬出来后，他连摸都没摸过，就被人又搬到其他地方去了。

“那些，就算是给禄爷的定银吧。”明舒大方道。

八万两现银，都不及那批古董珠玉贵重。

陆徜给明舒准备的那些东西，通通没派上用场。

当然，这是好事。

过午，明舒就带着焦春禄挑出的两个厨子出身的手下往曹府去了。何氏亲自接待了他们，报上杜撰的身份来历，因是明舒带来的人，何氏倒没起疑，只仔细问了许多关于流水席面的事，又与那二人拟定食单，约定第二日试菜。

一来二去，时辰渐晚。

明舒归家之时，天已暗。

陆徜跟了她一天，几乎与她同时进家门，只是一个走的正门，一个翻的屋后窗户。

“不知道的，以为家里进贼了。”明舒进屋时，正好瞅见陆徜翻窗户进来，笑出声来。

悬了整日的心，到此时方松快下来。

窗户特地开着供陆徜出入用，他进来后就顺手把窗户关紧，拍了拍灰，泰然自若地站到她面前，仿佛刚才翻窗那人不是他一般。

生火做饭，又是稀松平常的夜晚。陆徜站在灶前掌勺，明舒蹲在灶膛前，往里边扔劈好的柴。

火越烧越旺，烘得她脸上一片绯红。

“陆徜，焦春禄的人会在九月十七动手。”她边说边扔了块木头进灶膛，听到里面传出噼啪声。

陆徜在往锅里下面条，只“哦”了一声。

离九月十七，还有十三天时间。

秋分将至，天又冷三分。

明舒已穿上夹衣，可走在曹家后院的小道上，晒不到阳光，被风一扑，仍觉得冷，阴冷的寒意像从四面八方涌来般。

她住的那个村子村民平日多得老太太照拂，见老太太好日子将近，便纷纷拜托明舒带礼过来。庄稼人的礼物自然不是什么贵重东西，不过就是东家一筐新鲜鱼，西家一筐刚摘的菜，满满当当竟也装了一骡车。这些食材图的就是吃个新鲜，也不等老太太生辰正日，赶早就送来曹府了。

明舒到了曹府，将东西交给管家，本要拜见何氏，然而今日正巧有瓦工木匠入府搭建戏台，兼又有各色杂事等着何氏，她不得空闲，明舒便先去见老太太了。

“府里可真大，若是没人领着，怕要迷路。”明舒边走边与带路的老嬷嬷聊天，装着没见过世面的模样夸道，“在临安城，这样大的府邸，又在这样繁华的街巷，也不知要花费多少银钱。”

“可不是！”老嬷嬷在曹家待了多年，有幸见识过主家几桩大事，与有荣焉，“别说这片地方贵，就是造这个园子，都不知花出多少。小娘子是没见着，那银子跟流水一样往外花出去的场面。”

明舒惊讶地掩住唇，又道：“这些，都是贵府三爷挣回来的？”

“那是！咱家上下都指着三爷呢，要不外头怎么夸我家三爷了不得，也就最近四五年的工夫吧，就挣下这偌大家业。”

明舒便又望着曹家园子——很典型的江南园林，亭台楼阁一应俱全，园中花木品种俱佳，哪怕是湖边一块石头都大有来头。因是曹家一大家子三房人同住，便分立了诸多院子各自住着，每处景致皆不一般。

曹家造这个园子时，定是费了不少心力。

可曹海一个月才多少俸禄？厢都指挥使的俸禄不低，但就算再加上底下人的孝敬，四五年间也绝挣不到这样的身家。

明舒又想起曹海。曹海那人一见就知是军营里出来的，粗犷敦实，身上除了朝廷发的胄甲革衣外，就没见他戴过什么值钱的东西，在汴京时也就好喝几口酒，此外别无爱好。他在魏卓面前也半点儿架子不端，谨慎恭敬，好像仍是在前线时的无名小卒，以至总叫人忘记他如今的地位。

江宁府的厢都指挥使，即便职级在魏卓之下，可在江宁府，那也是能只手遮天的人物。

她只能说，曹海是她迄今为止遇到过的最擅伪装之人。

如果简家案子以山匪劫杀结案，高仕才升任江宁知府，这文官武官勾结，整个江宁就再无宁日，变成任他二人为所欲为的敛财之地。等有了足够财力，招兵买马不在话下，势力渐盛自可再图其他。

自古以来，争权夺势，粮草钱物与兵马皆不可缺，他如今以权牟财，再以财博权，如此循环，焉知日后不会生出异心……也许，这异心早生，只是藏得太深罢了。

细思之下，明舒后背生冷。

曹老太太在佛堂等她。

明舒因身上有孝，老太太寿辰正日是不便到府的，但提前送了卷手抄的经文过来给老太太贺寿。

因着这卷经文，明舒第一次踏进老太太的佛堂。

佛堂很大，左右各点着七对烛台，正中是个佛龛，龛下设了跪拜用的蒲团，曹老太太已经念完经，正跪在上面双手合十，闭眼虔诚祷告。

最后呢喃几句，结束今日早课，老太太被贴身丫鬟扶起，转头一看，便见明舒站在门口处，正呆呆地看着佛龛上供的那尊翡翠观音。

“舒娘来啦。”老太太一笑，走到明舒身边，忽瞧见她眼眶泛红，惊讶道，“舒娘？”

明舒陡然回神，抬手轻压眼角，不好意思道：“观音慈悲，我见之心有所感，所以……让义母见笑了。”

“好孩子，你与佛有缘。”曹老太太和蔼道，拉着她走到佛堂旁的禅房中说话。

“那尊观音大士也不知何人所雕，面相竟如此生动，我一见心里就忍不住……”明舒道。

“这是我小儿子去岁年末带回来的年礼，也不知从哪里寻到的，我一见也觉得甚是慈悲，可能这就是所谓的佛缘吧。”老太太笑着按按她的手，以示安抚。

明舒笑了笑，不再提这尊观音像。

和老太太说了半天话，明舒扶着她从佛堂出来，陪着她在园子里逛起来。

曹老太太很热情，身上没有富贵人家老封君般的做派，兼身子硬朗就喜欢到处走动，因见前几次明舒来都没带她好好逛过园子，今日便带着她闲逛。

“你看看，这么好的地，这么肥的土，若是种些菜啊瓜啊的，也不知能结多少，偏偏种了这些吃不得用不得的花啊草啊，真是浪费。”老太太边走边指着旁边的花圃道。

“义母，这些花啊草啊，都是名贵品种，种在这里应景。”明舒笑着回答她。

“你怎么和我那儿子媳妇一样，说什么这里随便一棵草，就抵过整块地里的菜了。”老太太不高兴了，像个孩子似的，“中看不中吃的东西，有什么好的！”

“是是是，义母说得对，还不如咱们在城郊那块土里种的菘菜山药。”明舒忙哄道。

老太太就又笑了。

两人走到最大的一个院子外，正好遇见何氏站在院外大声训斥下人。

“这外头来的人不长眼睛，你们在旁边盯着的人也不长眼睛？能让他们走到这里来？你们一个个的都是死人？”何氏很生气，骂人的声音传得老远。

明舒远远望去，就见何氏跟前跪着两个丫鬟，身后又站着三四个下人，离她五步开外的地方，还垂头站着两个男人。那两个男人明显不是曹府的人，穿着短褐，手上还拎着几件工具，看着像是来曹府的匠人。

何氏骂完那两个丫鬟，又骂身后的人，最后才又骂那两个工匠，骂完犹不解气，又让人把两个丫鬟拉下去打板子，还要把工匠扣了工钱赶出府去。

曹老太太站在远处听了半晌，越听脸色越不好看。

她出身贫苦，又笃信神佛，最见不得这样的场面，便唤来身后的老嬷嬷，交代了两句："去转告三媳妇，下人办不好事骂一骂罚点儿月钱就是，犯不着动棍动棒的。那工匠赚钱不易，他们也不是故意的，工钱就莫扣了吧。"

老嬷嬷领命前去，老太太这才朝明舒叹口气道："我这三儿媳妇，样样都好，就是脾气不行，动辄就要发卖、打板子，唉……这院里大概放了金山银山，处处防着人，连家人都不让近……"

这是曹家家事，明舒不便插嘴，便只听不说。

那边工匠已经被押着离开，正从她们面前走过，其中一个匠人转头看了眼，目光与明舒交汇，又各自收回。

这人明舒认得，是焦春禄的一个手下。

焦春禄安插到曹家的人，除了负责流水席的那拨人外，另外还挑了几个眼明耳聪的扮成匠人混进曹家专门打听简家那批失踪的古董珠玉的下落。

如今这批财物的下落也算有些眉目了。

是夜，陆徜回来。

他前段时间修书给魏卓已有回信，这两天便拿着信与临安厢军统领商量要事，有几天没回来了，只命人跟在明舒身边守着。

照常翻窗进屋，他眉心却是一蹙。

屋里黑漆漆的连灯也没点，只弥漫着浓浓的酒味。他轻唤了两声，没得到明舒回应，心中便生不安。

这么晚了，她没道理还在外面。

他点起灯急急走进寝间，咚的一声，脚下踢到个空酒坛，酒坛骨碌碌滚出老远，他在床畔看到一团人影。

明舒蜷缩在地上，手里还攥着个酒坛，身上散着酒气。

"明舒！"陆徜将灯放下，忙蹲到她身边，拨开她的头发，瞧见她已喝得两眼迷离，双颊通红，颊上泪痕未干，"发生什么事了？"

前几天她的情绪明明已经好转许多，怎么又突然崩溃？

明舒浑浑噩噩间知道是陆徜回来，凭着本能缩进他怀中，道："陆徜，抱我。"

陆徜随她坐到地上，将人搂住。

"你喝了这么多酒？"他看了眼地上的空坛，数了数，一共四坛。

明舒酒量不浅，很少喝醉，四坛也只是让她半醉而已。

因为守孝的关系，她很久没碰酒了，但今晚她忍不住。

醉了才能得片刻安生。

一个人身处陌生城镇，对着简陋空荡的茅屋，所有的亲人都走了，只剩血海深仇扛在肩头……她撑得痛苦。

"陆徜，我看到了……翡翠观音……"她趴在他胸口，汲取他的温暖，断断续续道，"那是……我娘的遗物……我娘也信佛，也是个善良的人……那是阿爹亲自寻的玉料……再找江南最有名的琢玉师傅……照着我娘的模样……一刀一刀刻出来送给她的……"

她哽咽的声音响起："我想我阿娘，想我阿爹……陆徜……我好想他们啊！"

陆徜只能紧紧搂住她，一下下抚着她的后背，任她宣泄。

她忽然狠狠地揪住他的衣襟，抬起头来，一双通红的眼睛盯着陆徜，也不知是因为酒还是因为哭又或是因为恨。

"陆徜，你知道吗？我今天看到那尊观音，我就想杀光他们……我……我答应了你，可我怕我控制不了自己……"

陆徜抱着她，她的痛苦一寸寸传到他心里，如同刀绞。

"快了，就快了。明舒乖，再等几天……"他一边安慰她，一边握紧了拳头。

天黑透，乌云蔽月，窗外不见半点光亮，屋里只有一豆灯火发出暗淡的光，照出地上两道相拥的人影。

一夜凄清，就这般过去。

九月十四，天晴。

曹府变得喧腾起来。

离老太太的寿辰还有六天时间，戏台已搭得差不多，再有两天就能完工，下人们进进出出地布置着偌大曹府，新鲜花卉摆出来，红纱幔挂起来，寿堂也开始布置，绣娘裁缝首饰商们陆续进府，曹家置办的新衣裳新头面都送了进来……何氏忙得脚不点地。

曹家外的街巷上长桌已经摆开，泥石木料全堆在墙根下，正等着包揽了流水席的师傅们垒灶搭棚将临时后厨建好，再搭个临时的雨棚，负责采买的人也驾着骡马车子，一趟趟往曹家运食材。

曹老太太的七十大寿，眼看就要热热闹闹地开始。

转眼就到九月十六，离九月十七，尚有一日之隔。

临安城外，却有十数匹骏马飞驰而过。

原定十八才从江宁出发的曹海，竟提前悄然归来。

第五十三章 大仇得以报

九月十六，天阴。

曹府外刚搭起的雨棚木架子上正在盖桐油布，工匠站在两头扯紧布，再将布紧紧扎在架子上，已经盖了一小段距离，天本来就阴沉，被油布遮盖的地方就更昏暗了。风刮得有些猛，工匠没攥紧，油布被吹翻，底下人一通叫嚷。

明舒正要踏进曹家大门，闻声回头看了眼，与站在棚底下指挥盖棚的男人目光对上。

男人叫詹义，明舒管他叫詹大哥。他是负责流水席这帮人的总厨，也是焦春禄的亲信。

“贾爷，我看这天要变，估摸着往后两天要下雨。下雨的话，这里的活儿就不好干了，要不今晚我与哥儿几个连夜把该搭的东西搭完，这样后面几天就可以专心备宴，东西到了也不怕被雨淋，您看呢？”詹义正与曹府的贾管家说话。

贾管家看看天色，也觉得这样最好，便点头道：“那就辛苦你们了，我去禀报夫人一声。”

詹义“哎”了声，暗暗朝明舒颔首。

明舒转身进了曹府。

天越发阴沉，雨要下不下，风将草木刮得飒飒作响。

距临安城十数里的官道上，原本正策马狂奔的一行人忽然勒马调转方向，朝着旁边一条小道拐去，行到隐蔽处方停下。前方是人迹罕至的荒林，是出入临安城必定会路过的林子。

这行人之中有一人下马落地，朝最前方的男人奉上一卷羊皮地图。

“将军，前头就是渡鸦林，这是舆图，请过目。焦春禄的人应该就藏身林中，准备随时接应出城的同伙。”

曹海高坐马上，接下舆图后打开，看了片刻，用指腹搓搓唇，朝地面啐了口，眼里现出戾色，他骂了句难听的话，才偏头问道：“陈永，咱们的人都到齐了？”

旁边马上坐着他的副官陈永，陈永闻言控马走到他身侧，开口回道：“按将军之命，属下已经召集江宁附近人马急行至此，现已埋伏在渡鸦林南面，只等将军下令，就能来个瓮中捉鳖，将焦春禄这漏网之鱼与他的同党一举拿下。”

“这不是江宁地界，切记，莫引起官府注意，我不想惹麻烦。”曹海又道。

“属下晓得，将军放心吧。”

“捉到人后，就地解决，斩草除根，一个都别留。”说话间，曹海又望向幽深的渡鸦林，倏地扬起个得意的笑来，“想要算计老子？正愁找不着你们呢，老子叫你们一个个都有来无回。”

“是。”陈永领命。

曹海便挥挥手：“你在这里指挥，其余人随我进城。”语罢，调转马头，又吩咐其余人，“到了我府上，除了我的家眷外不管遇到什么人，先拿下再说，若遇顽抗，格杀勿论。”

语毕，他顿了顿，才道：“简明舒，记得给我留活口！”

秋日天黑得早，又是阴天，还没到平时点灯的时辰，曹家里里外外已经都亮起灯来。

曹家外的空巷上已经点了许多灯，雨棚还没搭完，工匠暂时停工，正坐在墙根下吃饭，待歇过一阵再开工。

正是饭点，曹家的厨房也已准备好了饭食，正由各房的下人送到各个院中给主子享用。曹家护院们的饭食，也都送了下去。今日的饭菜，有肉有酒，似乎格外丰盛。

一切与往常无异。

明舒这两日都来给曹老太太请安，没事就陪老太太念念经，老太太喜欢她，便留她在曹家小住，这会儿她正和老太太在佛堂的禅房内用饭。

曹老太太茹素，吃的饭菜与其他人不同，也很少要儿子媳妇在跟前侍候，常常都是各房吃各房的，身边就只有一个老嬷嬷和一个小丫鬟陪着，她嫌一个人吃饭太闷，也就不讲究什么尊卑，让这老嬷嬷和小丫鬟在旁边陪着一起用饭。

今天明舒也在，四个人用饭，明舒陪她盘腿坐在罗汉榻上吃，那老嬷嬷和小丫鬟就拿小杌子坐在下首的方案上陪着吃。

每个人都是四菜一汤的份例，虽是素菜，却也做得精致可口。

"这么吃饭才热闹。"老太太乐呵呵的，"就是委屈你了，年纪轻轻的陪我这老太婆吃这些油腥子也不见的菜。"

"不委屈，我在家中也常茹素的。"明舒笑着给老太太舀了碗汤，端到她面前。

二人边说笑边用饭，老太太心情大好，食欲也跟着好起来，吃了一碗半的粳米饭，又痛饮了两碗汤才罢，老嬷嬷与小丫鬟也都多吃了些，只有明舒，光顾着说话，倒没吃多少饭菜。

"我怎么觉得头有些发沉？"曹老太太饮罢汤，歪在榻上正要和明舒再说笑几句，眼前忽然间模糊起来。

老嬷嬷想起身服侍她，可刚站起也是一阵天旋地转，扶额又跌坐在地上："老太太……我……我也晕……"

小丫鬟见状心生不妙，忙站起唤道："老太太？嬷嬷？"可她二人已经没了回音，都软趴趴倒在案上，小丫鬟惶急道，"这……这是怎么了？"又看明舒，"舒娘子……"

明舒也已起身，俯身在曹老太太面前挥了挥手。老太太已经彻底昏睡过去。

她平静道："可能饭食有些问题，你出去喊人，我在这儿看着。"

小丫鬟忙急匆匆往外跑去，想要叫人，可没跑几步，忽然也软趴趴栽倒在地上。

明舒看着这一屋倒下的三个人，整了整衣襟，踏出佛堂。

时辰已晚，天上没有月亮，夜空阴沉，曹府灯火通明，却从不知何时起，没了声音。

曹家巷子里挂的灯不知几时被人取下，失去照明后，整条巷子黑漆漆的，巷子里十分寂静，只有雨棚上还没全部绑好的桐油布，在风里呼呼作响。原本蹲在墙根下用饭的匠人也都失去踪影，曹家的大门已经紧闭，仿佛随着夜晚的到来而陷入了沉睡。

偌大的曹宅，只开了正门和东北两处角门，其余的现下全都紧紧关着，门内各站着两个男人把守，手里是明晃晃的长刀。

为了这一刻，詹义等人已经在曹家摸查了多日，曹宅的布局、护院人数及轮值换班的规律、曹家人的生活习惯……都逐一摸清，才与简明舒定下了这个计划。

九月十六夜间发动，以药迷倒曹家人，让简明舒神不知鬼不觉报仇。次日天亮，赶着城门初开的时候逃出城去，与在渡鸦林内的焦春禄等人会合。

“詹哥，曹家人已经全部绑去佛堂交给简明舒，剩下的人都蒙了眼绑着手关在西厢房内。我点过人头，没错了。”一个男人站在詹义身边低声禀报。

詹义点点头：“派几个人守在佛堂前后，别让简明舒跑了。其余人跟我取宝。”

他说完踏进三房院中。

趁着简明舒报仇的时间，他要去将被曹海藏在宅里的简家财物给取出来。

佛堂内灯光渐渐亮起，有人举着蜡烛将左右两侧七头铜烛台上的烛火一支支点亮，照出佛龛下倒了满地的曹家人。

最后一支蜡烛被点亮后，明舒捧着手中蜡烛走到佛龛前拈起三炷佛香点燃。

细细的白烟升起，檀香味飘散，明舒用手扇灭香头火焰，站在佛龛前，朝着那上头供着的翡翠观音恭恭敬敬地拜了三拜，才将香插到香炉内。

有人渐渐醒来，可眼前模糊的景象刚刚清晰，便发现自己被捆住双手双脚躺在佛堂里，当即吓得要尖叫，然而嘴里被布塞实，他只能发出一点儿呜咽声，抬头惊惧地看着佛龛下站着的明舒。

明舒着一身素衣，身上没有任何多余颜色，爱笑的脸上此刻面无表情，目光冷冷地看着倒了满地的人，叫人心生寒意。

地上的人逐一醒来，每个人醒后的第一反应都是惊恐地缩起来。

明舒对此毫不意外，她已经给他们用过解迷药的香丸，要的就是他们醒来。

“醒了，就跪着吧。”明舒看着醒了大半的人冷冷道。

有人“呜呜”几声，朝门口蠕动撞去，门被撞开，可门外却是冷冽的刀光闪过，把那人吓得又缩回屋中，门再度被关上。

“别想着逃。”明舒并不理会想逃的人，只冷冷道。

地上传出被吓坏的哭声，曹家的人不知发生了何事，都惊惧地缩在一起。

“跪！”明舒忽然厉喝一声。

尖锐的声音宛如刀刃划过每个人的心脏。

曹家人中有几个被吓得不行，瑟缩着跪在了佛龛前。

曹老太太醒得最晚，昏昏沉沉睁眼时，身边的何氏正挨着她哭。

明舒走到老太太面前，蹲下身将她嘴里的布扯下，复又起身，居高冷睇曹老太太，脸上再无昔日讨好卖乖的笑容。

“舒娘……你……”曹老太太意识渐渐清晰，已惊得脸色煞白，强撑着问道。

“我不叫舒娘。去岁江宁传出的那桩灭门劫杀案，你们都听说过吧？我就是江宁简家的独女，也是简家仅存的活口。”明舒缓缓道，“除了我以外，简家上下三十七口人……全都死了。老太太，您可知道真凶是何人？”

曹老太太惊恐地看着她，又看看满地或跪或躺的曹家人，好像意识到什么，颤巍巍道："舒……简娘子……"

"对，老太太没有猜错，真凶是你三儿子曹海。"明舒见她答不出口，便开口替她说道。

"不，不可能，我儿子上过战场，挣过功勋，得过圣人嘉奖，是朝廷派驻江宁的将军，他不可能……不可能犯下这样的罪……你一定是弄错了……"老太太颤抖地摇起头，浑浊的眼眸中全是无法相信的神色。

她并不相信明舒的话。

明舒转头望向佛龛上的观音像，眼眶微红，语气却依旧冷漠，道："老太太，你拜了这尊观音像大半年，还不知道这尊观音像的来历吧？我来告诉你吧，这尊观音像是我的阿爹江宁简家的简金海花重金寻得翡翠石，再按照我阿娘的模样，一刀刀刻出来的，是我阿爹多年前送给我阿娘的礼物。我阿娘过世之后，这尊观音像就被摆在我爹屋里。这是……我阿娘的玉像。"

她说话间伸手抚过那尊翡翠像的衣摆，随后转身道："这大半年你日夜跪拜的，是我阿娘！不是什么观音大士！不过你跪得也没错，你们全家都该给我阿娘下跪，给我简家的亡魂下跪！"

"不可能……这不可能……"老太太喃喃一声，陡然间转头望向身边的何氏，喝问道，"老三媳妇，这观音像是你们送来的，你……你知道来历吗？"

何氏只拼命摇头，恐惧的泪水不断落下。

明舒上前一把抽出她口中的布帛，她这才尖声道："我不知道，我什么都不知道。这观音像是曹海说他从江宁市面上淘换回来的，这其中定有误会！简娘子一定是误会了……"

"误会？"明舒都不必与他们说那些官官勾结、豢养私兵的勾当，单就提了一件事，"曹三夫人，你那院落里藏的东西，不是误会吧？就算你不知情，可那么多箱的财宝，你怎能收得心安理得?！"

何氏猛地闭嘴，面色灰白地盯着她，良久方道："我不知道，我真不知道……那些是……是……"

“是曹海带回来让你收着的？你为何不想想，曹海一介武官，俸禄一年才多少？怎能敛得如此巨财？曹老太太，你们为何也不想想，你们这三四年间住的吃的用的，一应花销，他曹海是从哪里给你们挣来的？你们祖上无积财，这些银子……如何来的？你们怎可过得如此心安理得？”

明舒说着声色俱厉，通红的眼眶中似要流下血来。

“老太太你满口神佛，可知你日夜跪拜的观音，可知你的吃穿用度，可知你做善事花的每一文钱，通通都沾着我家的血！你修桥铺路，行的是什么善，积的是什么德？神佛若有眼，怕也羞于受你供奉！”

这一字一字的质问，让曹老太太缓缓瘫下，呼吸也跟着急促起来，旁边的何氏见了，哭道：“你处心积虑混进我家，把我等捉来此处，到底要做什么？”

“我要你们跪在我母亲面前，给她磕头，给我家死去的三十七个人磕头！”明舒厉声道，见他们依旧瑟缩着，不由得怒极，“跪下磕头！”

天色愈暗，风依旧刮得猛烈，把守西角门的两个贼匪被吹得瑟瑟发抖，不禁拢了拢襟口，骂了句老天，又满口污言秽语地说起这曹府里的小娘子，正说得满眼猥色时，忽然同时被人从后捂住口鼻。

寒光闪过，一蓬鲜血飞洒开来，两个贼匪便都睁着眼重重倒地。

角门嘎吱一声被动手的人小心翼翼地打开，迎进了门外悄无声息站着的一行人。

当前那个，赫然便是曹海。

这行人人数并不多，统共不过十来人，但都是训练有素的精锐，身手敏捷利落，作战经验丰富，寻常山匪全然不是其对手。对付如今在曹家的这批乌合之众，这些人已经绰绰有余。

借着夜色遮掩，曹海带着人悄然进府，先将各处盯梢的山匪逐一清理。

三房的院子已被翻个底朝天，简家的那批财物都被藏在院内秘修的地窖里，如今已被一箱箱抬到地面上。詹义正看着手下人将这批财物抬上板车，拉到东角门处，外头自有接应的人负责转移这些财物、运去隐秘之地。

“搬得差不多了，詹哥，天已不早，可以动手了。”身边的人提醒詹义道。

詹义点点头，刚想发令，漆黑夜色中却忽然响起细微的破空声，随着这声音，一支箭猝不及防地射进他身边这人的身上。詹义脸色骤变，接二连三的破空声响起，他来不及细想，立即将身边这人拖到自己身前。

这人中箭本没伤及要害，却被詹义当作盾牌被射成了刺猬，气绝而亡。詹义大骇，边喊四周的山匪撤离，边隐进黑暗中，把这人一扔，顾不上许多，朝佛堂冲去。

身后，箭矢如雨，惊叫声四起。

佛堂的烛火仍旧全亮，照着满屋跪地的人。

明舒双眸已然通红。

曹老太太跪在地上，哀求道：“简娘子，如果真是我那逆子造的孽，这罪过我来赎，我愿意以命相偿……但求你放过他们。他们虽是曹家人，可也无辜，求你放过他们，放过他们……”

“无辜？那我简家三十七个人，岂不是比你们更加无辜？他们做了什么，要被曹海赶尽杀绝？我告诉你们，今夜外面也全是山匪，当日我简家遭的劫，我要曹家也遭一遍！”

“简娘子，我赔命给你，我赔！养子不教，是我的过错，要杀便杀我吧，求你饶了他们，他们……还有孩子啊！”老太太艰难地磕着头求道。

何氏也跪在一旁求她：“饶命，求你饶了……饶了我两个孩子吧……”

其余人也都呜呜咽咽着。

明舒垂头看着曹老太太花白的头发，看着屋里老老小小，眼泪大颗大颗地往下落。

她正要再说些什么，佛堂的后窗却忽然砰的一声响，有人破窗而入，在明舒猝不及防下冲进佛堂内，赤手朝明舒抓去。明舒来不及应对，只能在慌乱间退到门前，后窗又接连翻进两人，看那打扮应是军中之人。

曹海的人赶到了？

她正惊骇，门外忽传来惊乱响动，一道人影忽然砸在门上，血花随之飞溅在门上，门被撞开，眼前几道寒光交错闪过，明舒顾不上太多，身后曹海的人已经逼到身边，她只能矮头冲出佛堂去。

外面两帮人马已经厮杀开来，山匪边应对曹海的人边往明舒这里撤来。明舒听到远处曹海的声音响起："不要放箭，活捉简明舒。"

她蹙蹙眉，往佛堂外的长廊尽处逃去。

山匪的人已经所剩无几，对付不了曹海的人，只能仓皇逃命，又被曹海逼到了明舒身后。

明舒也无路可逃，四周俱被曹海的人包围。

曹海肆无忌惮的笑声响起："别跑了，识相点儿把简明舒交出来，老子还能让你们死得痛快点儿。"

明舒站在原地，惊惧地看着佛堂外四下的火把。

不期然间，一只手忽然攥住她的手腕，把她往后一扯，长廊外的花丛里蹿进一个人影，狠狠反剪了明舒的双手，将她牢牢钳在身前，另一只手握着柄长刀，架到明舒颈间。

"詹哥！"有山匪惊叫了一声。

那人脸上沾满血污，人又站在阴影中，看不清模样，身上穿的是詹义的衣裳，料想是詹义无误。

"曹海，让你的人退下，若再敢上前我就杀了她！大家就都别想找到那三万两黄金！"

低沉的、沙哑的男人声音在暗夜中响起。

明舒后背震了震，咬唇不语。

佛堂里传来哽咽声、说话声、哭泣声，不断有人进进出出的，被关在佛堂内的曹家人已经逐一被曹海的人解救出来。火把的光亮在佛堂外晃动着，曹海的身影出现在长廊下。

"你叫詹义？焦春禄拜把子的兄弟？"他挥手喝止欲上前的属下，开口问道，"你怎么知道我想得那三万两黄金？"

明舒望去，前方除了三个山匪外，就是手持刀刃的兵士，长廊已被围得水泄不通。曹海的脸被火光照得油光发亮，他微腆的肚子仍旧藏在胄甲下面，敦实圆润的脸庞叫人看不出喜怒，又被围在四周的人衬出几分威严悍戾。

就是这个看似普通的人，与高仕才合谋杀了她全家三十七口人。

再次见到曹海，明舒无法像在汴京时那样藏着心思，她呼吸变得急促，恨不能生啖曹海的肉。

“曹将军既然下令活捉她，想必是得到了简家三万两黄金的消息，只是不知是谁走漏了风声？”低沉声音再起，詹义咬牙切齿道。

“哈哈哈……”曹海仰天而笑，“你愿意跟着焦春禄，自然也有人不愿意跟着他，不想一辈子做朝廷的通缉犯。詹义，你把简明舒交给我，我也可以给你一个身份，再分你一笔银子，你同样能富贵荣华，又无须东躲西藏，岂不比你跟着焦春禄强上万分？如何？你考虑考虑。”

詹义似乎垂下头思忖曹海的话，曹海不急，又问明舒：“简明舒，你在汴京城装得可真是不错，连我都给骗过了。”

明舒冷冷地盯着他：“曹海，你谋财便谋财，为何要灭我简家满门？”

“谁叫那时我着急用钱，谁叫你爹顽固？明明是个不入流的商贾，却要在我这里装正经装清高，不愿意一起赚大钱，既然如此，那就休怪我拿他开刀。”曹海舔舔干燥的唇，许是身边都是自己人，他也不再藏着，直接道，“要怪就怪你爹吧。冥顽不灵，不识时务。”

他与高仕才在江宁府以权谋利成为恶商保护神，或逼得商贾同流合污，或迫害正经商贾，而简金海恰恰好是死活不肯低头的那类人，简家又握着江宁十之六七的金器买卖，曹海想分杯羹而不得，早起杀心。

明舒却笑起：“老太太可听到了？你日夜拜佛，却生了个恶鬼。”

曹海眉头一蹙，猛地转头，果见曹老太太站在身后。

“阿娘……”他心里一惊，正要说些什么，不妨曹老太太冲上前来，忙有人去拉老太太，可已经来不及了。

“啪啪”两声，曹海的脸歪了歪，双颊被扇红。当着手下的面被扇耳光，他颜面无存，但也不敢对老太太发作，只狠狠踹向陪着老太太出来的那护卫。

“谁让你把我母亲带过来的？”

老太太哭着撕扯曹海的衣襟：“你这畜生，真是你做的？”

曹海任老太太撕扯，并不还手，只安慰了老太太一句：“阿娘，这事我晚些再同你解释吧。”又吩咐手下人道：“把老太太扶下去，好生照顾。”

曹老太太被人扶下去，哭声渐远。

“曹海，你也是个孝顺儿子，你难道不知自己犯下的事会牵连全家？你的兄弟妻儿，你的母亲……”明舒又问道。

“知道又如何？富贵险中求罢了，何况你们能奈我何？”曹海不以为意道，“识相点儿就将三万两黄金的下落交代出来，我兴许还能饶你闯我曹家之罪，给你个全尸。”

知道真相的人都死了，没有证据没有证人，很快就连最后一个苦主也要死了，他怕什么？

“你想得倒好，我死都不会告诉你的！”明舒怒道。

“死？那你死死看，你死了，我就让曾玉卿和陆徜去给你陪葬，别以为他们人在汴京就安全了。我想杀他们，多的是办法。”曹海咧嘴笑开，露出口黄牙。

明舒神情骤变，竟不顾压在颈前的刀刃，疯了般想要冲向曹海：“曹海！”

身后的人拉住了她。

“你们废话说够没有！”詹义终于又开了口。

“詹兄弟这是想好了？”曹海不再理会明舒，望向詹义。

比起简明舒，这个詹义倒更棘手些，竟知道以简明舒来要挟他。

“曹将军说得倒动听，我把简明舒交给你，你还能放我条生路？”詹义冷笑道，他不是蠢人，简明舒是他现在唯一的倚仗。

“那你想怎样？”曹海问道。

“给我备马！我要出城！”詹义说话间又将刀刃压向明舒脖颈。

明舒仰起下巴，双眉紧拧，发出痛苦的呜咽声。

夜色里看不清晰，那刀刃仿佛已经割在她喉间，曹海也蹙起眉头。

“詹义，你不会以为你逃得掉吧？”

“给我备马！”詹义不管不顾道，“再啰唆我就杀了她，大不了和她同归于尽，你也别想拿到那笔黄金！”

曹海摸了摸刀柄，挥手：“给他备马！”并没再和他废话。

一场惊变，时间无声无息地流逝，转眼已到黎明时分。

天很黑，临安城如一头蛰伏的巨兽，似乎正等天际一道撕破黑暗的光亮将它唤醒。

马儿疾驰过寂静长街，惊起一阵鸡鸣狗吠，曹宅四周如同煮开的一锅粥。曹家的门开启，曹海站在门前看着四匹马匆匆离去。身边的属下不解道：“将军，就这么放他们离开？”

曹海沉声道：“放？出了城他们能去哪里？恐怕还指着渡鸦林的焦春禄接应他们呢。”语毕，他冷笑起来，又喊人牵来自己的马，翻身而上。

“将军，府中现下这情况，可要报官？”

曹海直接将那人踹下马去：“报官？你是生怕老子这点儿事知道的人太少？留十人在府中善后，剩下的随我跟上詹义。”

语毕，他带着人呼啸追去。

却是不知，离曹府不远的地方，数十个临安府官差已经赶到，手中提灯照亮长街，急匆匆朝着曹府疾行。

明舒从曹府出来，就被人架到马上，詹义坐在她身后，胁持着她离开了曹家。

风猛烈地刮过，将衣裳与头发都吹得凌乱。

詹义将身子俯得很低，逼得明舒不得不跟着俯身，整个人被他半拥在前。

“忍着点儿，怕追兵放箭。”跑出一段距离，詹义忽道。

“他们跟上来了？”明舒已无先前咬牙切齿的愤恨模样，冷静道。

“跟来了。”身后之人已经一改刚才低沉的声音，用清越的声音答道。

“我不是让你留在曹府外面照应，你进来做什么？”明舒略略拔高声音问他。

四周的景物先是晃着一道道黑色长影，渐渐又转灰，天正在转亮。

"不放心你。"他简单答道。

卯正，天未全明，但城门已缓缓开启。

空荡荡的街巷上，正有洒扫的人在清理归拢到街角的落叶，不料一匹马飞驰而过，将扫拢好的落叶带得纷飞起来。洒扫的人骂骂咧咧地抬起头，看到才打开一半的城门中，一匹马绝尘而去。

待出了城，明舒才又开口，她有些气恼："不放心什么？你我不是说定，由我引曹海去渡鸦林，你留在城中报官的？"

穿着詹义衣裳的陆徜抱紧了她，回道："我已经报官，现下临安府衙的官差们应该接到了曹家遇劫的消息，已赶到曹府外，我留人在曹府外应变，那批赃物会被官府查缴，你不必担心。曹海也已经如你所愿被我们引去渡鸦林和他的私兵汇合，你的计划如旧推行，只稍做改变而已。"

"所以你先前都在哄我？"明舒问他。

先前制订计划时，难怪他答应得那么干脆，原来是心里自有打算。

"明舒，我知道你不想让我冒险，可是让你只身涉险，我也办不到。"陆徜无奈道，"落进曹海手中很难全身而退，以自己为饵，你这步棋走得太冒险。"

依明舒的脾性，但凡他当时稍有反对，只怕她立时就要反悔，不让他参与进计划中，他也只能先按她的计划走，再找时机护她安危。

明舒闭上了嘴。事已至此无法更改，陆徜仍是为她身陷险境。

只能希望一切顺利。

是的，一切不过是她给曹海安排的局——从她答应陆徜收手那天起，她就改变了计划。

风自耳边呼啸而过，两人很快赶到渡鸦林外，跟着他二人的另外三名山匪已经不见踪影，并没跟上。

天色微亮，树林内鸦雀无声。

马儿只在林外转了片刻，便一头冲进了林中。

"找死！"曹海已经追到二人身后，眼中露出老鹰追逐小鸡般的亢奋来，“放信号给陈永。”

这个时间，焦春禄的人应该已经被清理了，树林里只剩陈永和他的人。

手下依言向天空鸣镝，曹海再度扬鞭，策马追进树林。

陆徜骑的这匹马并非好马，又驮着两个人，疾驰了这么久，早就力竭。

“压低身子！”明舒忽闻陆徜一声厉喝，人随后就被他抱着压下，而后翻到马侧。

两支长箭从马背上空掠过。

还没等明舒回过神来，马儿又发出声凄厉嘶鸣，一支箭正中马儿后腿，马儿吃痛顿时翻倒，陆徜急抱着明舒滚落地面。

沙石泥土滚了满身，手臂狠狠擦过地面，刺痛难当，但因被陆徜护在怀中，明舒并无大恙，倒是陆徜发出两声闷哼，应该是伤到了哪里。

明舒心头一紧，却连询问他伤情的时间都没有，就被陆徜拉起。

曹海已经赶上来，他想分开这两人，却没料到“詹义”竟舍命护着简明舒，难以分开。眼下天已大亮，“詹义”的模样已经藏不住，那身形身手，即使脸上还有血污，也依然被曹海看出。

“陆徜?！”他惊诧道，隐隐觉得哪里不对。

陆徜怎么也在临安，他不是正革职待查，怎么会出汴京?

曹海惊疑的当口，他身边的四个属下已经纵身扑向陆徜与明舒，打算拿下两人。陆徜以一敌四，讨不到半点儿好，又牵着明舒，只能勉力对付着，正是险象环生的时刻，林中忽然又冲出三人来，迎向了曹海的手下。这三人是陆徜身边仅剩的亲信，他们的出现，分走了陆徜的压力。

陆徜将明舒推到身后，专心对付眼前对手。

眼前刀光剑影交错，明舒咬紧牙退后，就在此时，她身后的林中忽又蹿出一人来，以迅雷之势扑到明舒身边，紧紧钳住她的咽喉，高喊了声：“将军，中计了！”

陆徜回头望去，目眦欲裂。从林中冲出来的，是浑身浴血的陈永，正钳住了明舒往西边退去，曹海脸色大变，策马赶到陈永身边。

“树林里，除了焦春禄的人以外，还埋伏着临安厢军……剿匪！”陈永胁持着明舒道。

明舒只嗅到浓重的血腥气。

远处的陆徜被人缠住，已是心急如焚，不顾对手的招式，往她这边冲来。

“是你？简明舒！”曹海仿佛忽然间想通了什么。

明舒艰难笑开：“是我！”

三万两黄金是假，勾结焦春禄是假，借焦春禄摸清曹家、找到赃物是真，逼着曹家磕头认罪是真。走漏消息给曹海的人是她和陆徜，三万两黄金足够让曹海为其疯狂，动用私兵对付焦春禄。她要的就是他动用私兵，这样埋伏在江宁的人才能顺藤摸瓜查到他藏兵的营地，她也能借剿匪之名，让临安的厢军出面肃清焦春禄一干人以及曹海的私兵。而明舒的作用，就是引他到渡鸦林，让他与他的私兵会合，咬死他的罪名。

谋逆的罪名。

曹家不能善终。

他自以为胜券在握，却不知从一开始就已经踏进圈套。

渡鸦林外早就埋伏了临安的厢兵，只等他露面。

“我杀了你！”曹海大怒，正要动手，拔刀的手却被远处掷来的刀撞开。

陆徜赶不过来，只能以此法相救。

“啊——”陈永忽然惨叫。

明舒不知何时已经摸出陆徜送的短刀，趁其不备狠狠扎进陈永的手臂，他吃痛惨叫松手，明舒便往陆徜那边奋力逃去。陆徜也正踹晕缠住自己的人，往明舒这头跑来。

电光石火间，陈永却忍痛出手，狠狠撞向明舒，阻止她逃跑。

明舒被撞开，踉跄两步摔倒在地，头磕上石头，忽感一阵眩晕，人便昏死过去。

光线、声音再度出现的时候，明舒只觉天旋地转。

树林在头上不断旋转，耳畔嗡嗡作响，仿佛是四周传来的打斗声，又仿佛是响在耳朵深处。

她又闭上眼，深吸了好几口气，才将这种天旋地转的感觉压下。她并没晕太久，人还在树林里，额头被撞得生疼，血似乎顺着额角流下，她不敢触碰伤口，艰难地坐起，又喘息了一番，才看清眼前的情况。

只一眼，心就悬到了喉咙口。

也不知在她昏迷的这段时间里发生了什么，不远处的打斗还在继续，陈永却已经倒地不起。

而陆徜……

陆徜只觉得呼吸艰难，挣扎着却吸不到空气，胸腔像要炸开。

他放倒了陈永，却被曹海自身后以软鞭勒住了咽喉。

行军打仗的人，曹海手劲巨大，又抵着他的后背，死死勒住他，仿佛报复般要置他于死地。

他整个人已经被勒得脚尖离地，眼前渐渐模糊，远处同伴的身影已经看不大清楚。

他费劲地想要转头去看明舒，可转不过去。

窒息让他失去力气，眼前出现大片空白……他的手扯不动脖间软鞭，喉骨似乎要被勒断……

死亡，瞬间到了眼前。

可忽然间，颈间的力量一松。

空气涌入鼻中、胸腔……他陡然间清醒过来，忍着喉间刺痛，握住软鞭狠狠甩开。曹海并没反抗……他只是站在原地，睁着眼，不可置信地看着前方。

陆徜挣开束缚转身，看到自己送给明舒的那把短刀没进了曹海的脖颈，而短刀另一头，紧紧握在明舒手中。

第五十四章 只愿长相守

明舒的脑海中一片空白。

她似乎听到很细微的哧的一声，眼前旋即有大片血液喷洒出来，她眼中只剩下红色。

铺天盖地的红。

曹海似乎动了动，想要挣扎，明舒的手牢牢握住刀柄，没有松动的迹象。

直到耳畔响起一声：“明舒，松手吧。”

温热的手掌伴着这沙哑的声音覆到她手上，她才惊醒般撒开手。曹海的身体缓缓软倒，明舒也跟着踉跄后退，最终退入陆徜怀中。

“陆徜，我杀人了。”她抬起脸，额上流下的血模糊了半张脸。

陆徜抱紧她，道：“你救了我的命。”

明舒有些浑噩：“我救了你？”

“嗯，你救了我。”陆徜重复道。

明舒怔怔地看着他，脸颊上的血，眼底的清澈，揉成她脸上矛盾的神色。

片刻，她才慢慢吐出一口长气。

“那就好……那就好……”

声音渐渐消失，她仿佛用尽全身力气般，挨着陆徜陷入深邃的、没有梦境的、深渊般的黑暗。

跳动的火光隔着眼皮渲染出一片温暖的橘色，黑暗像被融化般消失。

无知觉的黑暗渐渐退去，明舒慢慢察觉到从四肢涌上来的酸痛，像是在旷野奔跑了很久以后留下的酸痛，有些疼，也有些痛快。

她微睁眼，看到陌生的屋子。

屋子很小，三面石墙无窗，不过麻雀虽小，五脏俱全，屋里家什一应俱全，桌上点着盏烛灯，火苗轻轻摇曳着。她眨了眨眼，又揉了揉微涩的眼角，从床上撑起身体，脑中渐渐清明。

这不是普通的房间。

“醒了？”沙哑的声音在她耳畔响起，很快，有人坐到床畔扶她坐好。

“你……”她望向床边的人。

陆徜捋捋她的头发，仔细看她额头已经包好的伤，小心翼翼道：“明舒，我是陆徜。”

明舒摸摸头上的细布：“陆徜是谁？”

“……”陆徜动作一滞。

她却倏地一笑：“是我阿兄吗？”

只这一笑，便将屋里沉重的气氛打破，她虽仍然虚弱疲倦，但情绪已渐渐平稳。

“明舒！”他松口气，轻斥道，不过语气里没有恼意。

明舒却又望向这间屋子：“这是哪儿？”

“这是……临安府衙。”陆徜回道。

“衙门的牢房吧？”明舒一眼看透，“我没事，你别担心。曹海死了？”

陆徜见她面色确实无异，才点了点头：“死了。”又解释道，“渡鸦林中一场混战，曹海秘密召至临安的兵马与焦春禄都中了临安军的埋伏，均已被俘。”

这本就是明舒与陆徜的计划，以三万两黄金为诱饵，将曹海并其私兵诱引至临安。曹海贪求简家三万两黄金，但因明舒与焦春禄不在江宁境内，无法出动正规江宁厢兵，他只能动用私兵秘密来到临安。这支私兵与焦春禄的山匪在渡鸦林厮杀，最终全中了临安军的埋伏。

“江宁那头，已经循着这支私兵的动静查到他们的营地及曹海私设的军器坊的下落，魏叔已将曹海之事禀明圣人，并请旨带军赶往江宁镇压，以防江宁军心大乱，并收服曹海的私军。另外，从曹府找到的赃物，被赶去的临安衙差截获。”

陆徜以曹家遇劫为由报的官。官府的人赶到时，恰好发现两车被搬到府外的财物，当时以为是曹家被劫家财，再加上曹家经过厮杀，死伤者还未清理，因而尽数扣回官衙，如今全部成了证据。

这结果在他们计划之中，明舒毫不意外，只是过程中仍是起了波澜。

“不过一切罪名都要等押回京城审理后才有定论，眼下案情未明，你又手刃曹海，按规矩是嫌犯，所以……”陆徜抚上她苍白失色的脸庞，“不过你放心，知府已经知道你的情况，魏叔那头也打过招呼，除了暂失自由外，他们不会为难你。”

明舒笑了笑，她并不在乎自己身在何地，就算当时死了，她也没怨言。

“我明白。”她边说边抬起手，以指腹轻轻摩挲他颈间青紫勒痕。

曹海当时要置他于死地，手劲巨大，到现在不只勒痕未消，他连声音都没恢复，说起话来还是沙哑低沉的声音。

“你少说两句话。”她温声道。

陆徜握住她的手，明舒顺势倚在他怀中，双手搂住他的腰，微仰起头，以唇蜻蜓点水般抚过他颈间勒痕。陆徜喉头微微一动，托起她的下巴。

烛光昏暗，在墙上打出两道身影，交颈似鸳鸯。

秋去冬来，又是一年雪纷纷。

曾经轰动江南的简家劫杀案再度被提起，又一次震惊了朝野。

曹家男丁入狱，女眷圈禁于府，其余所有涉案要犯并证据尽数押送入京。除了简家劫杀案外，禁卫军另外还在江宁搜出曹海与高仕才其余罪证，其中便有挪用军饷私铸私贩军器并私通外族买卖军需等数项重罪。

明舒亦被押入汴京，经三堂会审，简家这桩灭门惨案历时整一年，于腊月初终尘埃落定。

圣人亲裁，判曹海与高仕才二人结党营私贪墨枉法、里通外敌、私铸私贩军器军需、勾结匪类劫杀良商等数十桩罪名，曹、高两姓三族连坐。

曹府查抄出的简家家产悉数归还简家，简家孤女简明舒当堂无罪释放，并因缉凶有功，得圣人亲赐“良贾”二字匾额以示嘉许。

明舒踏出衙门那日，天又大雪，整个汴京城霜雪满覆，就像她来时一样。

她深呼吸一口，冷冽的空气从鼻间涌入喉咙再灌满肺腑，很冷，但很清醒，也很痛快。

一柄伞撑到她头上，替她挡去飘飘扬扬的飞雪。

“走了，回家。”陆徜接她归家。

状元府一扫前些时日乌云压顶般的沉闷，热火朝天地准备起膳食来。

时候不早，曾氏带着轻摇站在门前，翘首盼着陆徜与明舒回来，正等得焦急，喃喃着：“怎么还不回来？不会又出什么事吧？”

“夫人别急，再等等。”轻摇一边安慰曾氏一边朝街口张望，忽然间眼前一亮，她喜道，“快看，那不是回来了？”

曾氏定睛望去，果然见巷口走过来两个人。

一柄油伞，伞下并肩缓行着两个人，白衣的明舒与青衣的陆徜，在漫天雪色间行来。

“曾姨！”明舒一眼瞧见曾氏，先冲她挥了挥手，而后拔腿飞奔过来，把陆徜甩在了身后。

满地的雪上留下长长一串脚印。

“明舒！”曾氏喜极而泣，一把将明舒搂进怀中，哽咽道，“你这……傻孩子，傻孩子……”

明舒将头埋在她怀中，狠狠吸吸鼻子，止住将落的泪，笑道：“我没事了！”

简明舒还是那个简明舒。

“外头冷，进屋说话吧。”陆徜随后跟上来，朝二人道。

“对对，咱们进屋说话。来，先跨火盆，把这晦气去去。”曾氏忙抹抹眼，转身命轻摇生火。

浓浓的艾叶香气生起，状元府外的雪地上，火盆烧得极旺。

“你也一起！”曾氏也催陆徜。

明舒提起裙摆，轻轻巧巧地从火盆上跳过，陆徜紧随其后。

跨过火盆，就将这一生晦气烧去，从此以后，便该是全新的日子。

曾氏准备了丰盛的饭食，全是陆徜和明舒平素最爱吃的菜。

屋里生起炭火，明舒脱去厚实的外袍，只着家常素罗裙，坐在陆徜身边，一边奋力吃着碗里堆叠如山的菜，一边推开两侧给她夹菜的筷子："你们不要再给我夹菜了，我吃不下！"

曾氏和陆徜这才作罢。陆徜给她倒了杯甜甜的卤梅汁，明舒接过不喝，先往脸上贴了贴，给脸颊降降温。

那张脸，也不知是因为高兴，还是因为火烤，已是红扑扑的模样，被身上这素净的衣裙衬得越发明艳动人。

用完饭，恰魏卓到访，曾氏便撤去席面，请他上座，四人便在屋里说起话来。

魏卓一是来告诉明舒如何归还简家家产之事，二是来看曾氏的。自从曾氏搬回状元府后，两人见面的机会少了，他念得慌，时不时要找些借口来陆家看曾氏。

说完了正事，魏卓并未急着离去，朝曾氏叹气道："我府中饭菜无味，我已几日未曾好好用饭。"

"你府上换厨子了？"曾氏瞥他一眼，回道。

"不曾，不过这段时日吃惯了有滋有味的饭食，再咽不下他烧出的饭食。"魏卓压了压胃，说得有些可怜。

"你从来不是挑食之人，再说都吃了十几年，哪来的吃不惯？"曾氏俘他。

魏卓笑着道："那是因为之前没吃着。我现在就念着那口饭，念得紧……"

那言外之意，众人心中皆是明了。

念的不是饭食，是人。

曾氏已然脸红。

明舒打个圆场，开了口："魏叔想蹭饭明说便是，别这般打哑谜，听得我怪累。"说罢又笑开，推推陆徜，"我想回屋歇会儿，你呢？"

陆徜知道她的意思，却未附和，起身拉住了她，道："等一会儿。"

明舒挑眉，看着他走到堂中，开口说出的话，与那天她要拜曾氏为母时所说的话几乎如出一辙。

"今日恰逢殿帅驾临，正巧做个见证。母亲，我有件事想求您。"他说着一掀衣袍，双膝落地，跪在曾氏面前。

曾氏微惊，明舒也大惑不解。

"母亲，儿子想求娶明舒为妻，望母亲应允。"陆徜重重拜下。

明舒那脸顿时红了个透，戳他后背："你快点儿起来。"

曾氏瞧瞧明舒，又瞧瞧陆徜，惊诧过后，露出高深的笑来："你要娶明舒，问她才是，拜我作甚？"

"明舒家中已无长辈，她视您如母，我想求娶，自要先问过您。再者明舒有三年孝期要守，我也……要离京三年。这亲事，得等三年，母亲，您可同意？"陆徜便道。

还没等曾氏开口，明舒先诧道："你要离京三年？为何？"

陆徜抬头望她。她一直关在衙门牢中，今日才归，并不知道外面发生了什么事。

"明舒……"他欲言又止。

"陆徜身为京官，在撤职待查期间无旨擅离京城，虽是为了查曹海一案，但也是犯了错，功过相抵，圣人降旨，外放章阳县出任知县，三年为一任。"魏卓轻叹一声，代为答道。

明舒怔怔地望向陆徜。

陆徜跪地未起，朝她道："明舒，你可愿等我？"

三年为期，求她为妻。

屋中静谧，只剩目光宛若有声，温柔缱绻诉尽外人难解的心事。

明舒静静地看着陆徜。

他们相识逾十载，自垂髫相遇走到如今，她欣赏过他，喜欢过他，也曾经放弃过他。

她真的以为，他们不会再相逢，男婚女嫁各自高飞，许多年后再忆起旧人时，只剩一声幽幽叹惜。

远隔千山万水的繁华之地，有她少女时期曾经爱慕过的少年。

那个少年，喜穿青衣，眉目清冷，定格在岁月里，任时光荏苒，永远不会老。

而如今，那个少年就在眼前，他红衣似火的模样比穿青衣更加好看，他也会笑会愁会生气会骂人，他会长大会变老，不只是记忆里的画面，也不是只能想象的人……

他真真切切地陪在她身边，经历生死险境，也经历柴米油烟，鲜活而温暖。

三年为期，她愿意嫁他为妻。

“好。”

明舒开口，只说了一个字。

陆徜微笑。

“年轻真好。”座上的魏卓有感而发，羡慕起他们来。

曾氏却从座上走下，看着跪在地上的陆徜，似笑非笑道：“你这一回，不是认妹妹了？”

语毕，她没等陆徜反应，又望向明舒：“你这回，也不是认兄长、拜干亲了？”

“……”明舒语塞，想起自己当时大张旗鼓地要敬茶认亲的阵仗，顿时俏脸发烫。

“母亲。”陆徜从母亲的话里听出打趣的意味，无奈道。

“你们不改了吧？”曾氏问二人道，待见二人同时点头后，方开口，“我允了。”

裙摆下的脚轻碰陆徜，明舒道：“还不起来？”

魏卓看得哈哈大笑：“这就心疼了？”又朝曾氏道，“也就是你，半点儿不心疼自己的亲生儿子。”

曾氏佯怒：“我心疼有什么用？这兜兜转转的，也就是他们年轻能折腾，这一会儿一个样的，累得我跟在后头担心，我还不能动点儿气了？”

“能，别气坏了就好。咱别理他们，让他们闹去。”魏卓忙哄道。

“谁同你‘咱’？”曾氏瞥了眼魏卓，眼波流转，俱是脉脉情意。

魏卓寻思着两个小的已是成了，不若借陆徜这阵东风用用，故而冲曾氏笑了笑，朝陆徜道：“陆徜，正好，我也有件事相求。”

不必他开口，陆徜已然会意。

先前他虽向魏卓临危托付，但魏卓却未乘人之危，没借保护之名勉强曾氏，如今万事皆定，他才打算正式提亲。

“魏叔所求之事，只需阿娘点头，陆徜尊重阿娘意愿。”

“好端端的，扯到我身上作甚？”曾氏早就扭头走开，不叫人看到她的脸。

魏卓忙跟过去，低声哄着。明舒窃笑两声，用手肘撞撞陆徜，使了个眼色，两人便并肩出了屋。

雪还未停，廊外的山石花木都被盖上了厚厚的雪被，明舒站在廊前的石阶上，伸手接了两片雪，看着雪融在掌心。

“不冷吗？”陆徜握住她的手放在唇下哈气。

她的手，冰凉凉的。

明舒忽然抽回手，将自己冰凉的手贴在他的脸颊上，笑得眉眼弯弯。

“不冷。”她搓着他的脸道，“陆徜，对不起。”

“为何道歉？”他任她摆弄，抬手拂去落在她鬓边的雪花。

“你为了今日地位，付出十载心血，可如今却因我付诸东流，被贬章阳，我……”

“明舒，别这么想。人生数十载光阴，怎会不经磨砺？你我都还年轻，你能凤凰涅槃，我又为何不能重整旗鼓？外放章阳虽是被贬，但于我又何尝不是一场考验？我定会拿出叫人刮目相看的成绩，你不必为我担心，届时归京，定非今日可比。”陆徜道。

现在的他，空有状元头衔，却欠缺官场历练，待他外放三年做出一番事业归来，那才是真正得重用之时。

见明舒还有些惆怅，他又道：“再说了，我本就是一介穷书生，若真不济事，便辞官回江宁，给你当个账房先生可好？”

明舒“扑哧”笑出声：“怎么？现在不嫌我家以财压人了？”

“我错了还不成？”陆徜双手落下，圈住她的腰，把人揽进怀中，笑道，又问她，“你什么时候回江宁？”

曹海、高仕才都已伏法，她也该回江宁祭拜她父亲了。

“等这场雪化，我便回江宁。”明舒淡淡道。

此次回江宁，她应该很久不会回汴京。

除了要替她父亲与在简家死去的其他人重新设灵办丧事外，她还得留在江宁重振简家招牌。这一年来因为简家无人的关系，大部分铺子都已关闭，简家这块招牌，都快在江宁消失了。

她与陆徜，一个回江宁，一个去章阳，要分开三年之久。

“我送你回江宁后，再去章阳赴任。”陆徜点点头，他们都有各自需要奋斗的目标。

所幸，都还年轻。

“谢谢。”明舒将头轻靠在他肩上，手依旧伸向廊外。

雪落掌心，片刻就融化。

寒冷的冬天，终将过去。

大雪一下就是多日，雪停后，触目所及皆是银装素裹。

天寒地冻，最该围炉。

炭火泥炉上架着铜锅，汤水沸腾，下入鲜肉，不多时，肉美汤鲜，暖暖地吃上一口，便觉身心熨帖，惬意到了极致，屋里屋外，就像两个世界。

外头越冷，里头越暖。

暖的是汤食，也是盈盈笑语间哈出的热气。

“淑君的大婚，我怕是赶不上了，不过你放心，到时候我一定托人送份大礼。”明舒吃得两颊通红，厚重的外袍已经脱下，可即便只着夹衣，她也已经后背生汗。

马上就要回江宁了，她找了个机会把闻安和殷淑君约出来小聚，还上先前二人凑给她的那笔银子，顺便道别。

“谁差你那点儿礼了。”殷淑君不高兴地噘嘴，眼里有淡淡伤感，“我就是……舍不得你。”

说着，她眼圈一红。

“哭什么？不中用的！她是回去继承家业，又不是像上回那样……别哭了！”闻安嫌弃地推了殷淑君一把，到底又递了块帕子过去。

明舒起身，坐到这二人中间，张开双臂一手搂了一个，道：“别这样，只是小别而已。我还想把我简家的招牌挂入京城呢，我肯定还得回来的，况且还有满堂辉。你们得往好处想，以后满堂辉的金器就由我来供着，定能成为京城第一金器铺！”

她说话时神采飞扬，满心抱负，心绪翻滚，尤胜这泥炉上沸腾的汤水。

一边说着，她一边又搂紧两人，笑眯了眼。

“小别胜初逢！你们等我回来。”

年关又至，汴京的大街小巷已充斥着浓浓年味。

明舒提了两盒丰楼新出的点心去国公府看许氏。许氏在自己院子的正屋里见了明舒，一见不免心里阵阵唏嘘。大相国寺发生的事与林婉儿、唐离的阴谋，她也已经知晓，明舒又救了她一次。

许氏对明舒的感情很是矛盾。

明舒曾是许氏认定的儿媳人选，可后来又传出她是商户孤女的事，门户悬殊，许氏的心思也就淡了，但架不住经历的种种与宋清沼的喜欢，许氏本也打算咬牙成全儿子，可后来宋清沼却又说……算了。

姑娘是招人心疼、惹人喜爱的好姑娘，奈何缘分浅，即便是她这当长辈的不做恶人，这份姻缘也不得结果。

一听明舒说要回江宁，许氏更是倍感唏嘘。

与许氏说了一会儿话，明舒就告辞离开，许氏便命宋清沼送她。

既要离去，自也该好好道别。

宋清沼穿了身月白衣袍送她出府。

许是在翰林院任职了一段时间，他身上添了些为官的沉稳，已不像初见时那般冷冽。两人踏进百花凋零的百花园，走得很慢，宋清沼忽然停步。

“什么时候动身？”他已经听说她要回江宁的事。

“开春吧。雪化了，路好走些。”明舒回道。

宋清沼点了点头，抬头看身边的树，又问她：“记得这棵树吗？”

明舒随之仰首——身边这棵树如今只剩下光秃秃的枝丫。

“这是……桃树？怎么了？”她不解道。

宋清沼又是一笑，她认得桃树，却不记得桃树下的事。

如果端午那天，他坦诚地说出了自己的心意，不知现在他与明舒是否会有不同的结果。

临安发生的事，简家的案子，陆徜的付出，他都听说了，这里头已没有他去争取的余地。

生死与共的爱情，他也羡慕。说好的公平竞争，到底还是输给命运。

“我想起来了，你在这里送了我一条长命缕。”明舒开了口，她记得那天桃花树下曾让她怦然心动的少年。

她想了想，坦然道：“清沼，谢谢你。你是这世间少有的好男儿，能得你另眼相待，是我的荣幸。”

“好又如何，还不是得不到你的欢心。”宋清沼眸色微黯，“明舒，陆徜能为你做的事，我也可以……”

他只是没有机会付出。

“清沼，我相信。陆徜很好，你也很好，你们都是这世间独一无二的人，谁也没比谁差半分。陆徜能做到的事，换成你，也一样能够倾力付出，这一点我从未怀疑过。你切莫因此妄自菲薄，守好你的心，留住你的热忱，完完整整地交给你将来的妻子。”

他值得一份完整且毫无保留的感情，而她注定只是他少年时期偶遇的一个过客。

他们都会成长，会遇见更多的人，会有更广阔的天地。他们擦肩而过，放下执念，他才能在遇到真正对的那个人时，执手相拥。

人生如旅，行走往来于天地之间，不过一场取舍。

“借你吉言。”宋清沼忽然间觉得明舒比他要更豁达，哪怕是拒绝，也说得如此坦荡。

“我该走了。”明舒笑笑。

“我送你回去吧。”宋清沼亦回她一笑。

明舒摇摇头：“不用，陆徜在外面等我。”

今日是陆徜送她来的，他没有入宋府，给她时间和宋清沼道别。

“也好，那我就不送了。”宋清沼止步，“就此别过，你保重。”

“你也一样，告辞。”明舒欠身一礼，转身离去。

素净的身影，在宋清沼的目光中，似融进茫茫雪色般，消失不见。

因为陆徜与明舒开年后都要离京，禁卫军统领魏卓的婚期便提前了。

他与曾氏的婚事筹办得很是低调，汴京城几乎没有什么达官显宦收到请柬。这是曾氏的意思——彼此都是成过婚的人，没有必要大肆铺张闹得全城皆知，一切从简。

虽说从简，但该有的礼数一样不少。

三书六礼，皆从正室娘子礼制。

成婚当日，陆府的尚书令大人送了一份厚礼过来，贺二人大婚之喜。

那夜，陆徜去见了陆文瀚。

陆文瀚拉他饮酒，直至醉得不省人事。少年已老，终也只是这芸芸众生中的一名凡夫而已。

魏卓与曾氏的婚事过后没两天，就到年关。明舒与陆徜留在魏府陪魏卓和曾氏守岁，陆徜给她买了许多爆竹烟花，两个人站在庭院里放烟花玩，魏卓便与曾氏站在廊下远远看着。

咻——

一枚银星腾空，在天际炸开，如花绽放，又似流萤飞落，散入夜色间。

明舒站在烟花下拍掌叫好，被烟火照得明明灭灭的笑颜比花色更娇，恰落进回望她的陆徜眸中，一眼入心。

一夜就这般过去，晃眼又是一年。

大年初三，年关未出，陆徜与明舒踏上回江宁的路途。

他们踩春入京，也踏春离京。

第五十五章 榜下贵婿来

一月的江宁县，似乎还没从过年的喜庆中回过神。元宵节已经过去了许多天，街巷上悬挂的花灯却没全部取下，依旧可见年节的喜悦，如同盛宴散去时的尾音。

沉寂了整整一年的江宁简府，忽然打开了大门。

门外白幔遍挂，丧幡竖起，简家失踪的女儿归来，重办简家丧事。

门内灵堂新设，漆黑的“奠”字下，跪着通身素缟的少女，除了乌黑的瞳仁与青丝外，她身上似乎就只剩下一个颜色。

灵堂内无棺无尸，只有三十七个牌位，叫闻者伤心，见者落泪。

明舒却没哭，她冷静地主持着丧礼上的一应事宜，客气地接待每个上门吊唁的人，沉稳得体，无可指摘，汴京城那个明快的小娘子仿佛就此消失。

丧礼过后，便是起棺迁坟。明舒另挑了风水宝地重新安葬他们，迁坟的队伍浩浩荡荡，远远望去，似是白龙盘游山间。

明舒的泪，终于在简金海的新坟前落下。

“阿爹，我回来了。对不起，没能见您最后一面，但您放心，您的仇，简家的恨，女儿都替你们报了……”

报了仇，她才有脸来见他们。

陆徜上前跪在她身边，结结实实地磕了三个响头，方将哭成泪人的明舒揽入怀中，任她痛痛快快地哭这一场。

丧事过后，明舒并未休息。

简家的生意要重新张罗起来，全都要她一个人撑着，她不能也不想休息。

金坊早已停工多日，铺面也几乎全关，她做的第一件事，就是将简家金铺的旧伙计、老掌柜们，全都召回简家。

偌大的议事厅内，老少爷们儿站了满堂，明舒端坐堂上。她一身素白孝服，乌青的发髻间只有两三支珠钗，脸上脂粉未施，一双剪水瞳中蓄着与年纪不相符的威严，不动声色地感受着堂下众人各异的目光，没有怯意，也没有退缩。

这是陆徜第一次见到这样的明舒。

他印象里的她，似乎还是在汴京时明朗快意的小娘子，又或者是幼时娇俏讨喜的小女孩，可转眼之间，她已是独当一面的当家人，那些稚气天真懵懂，一扫而空。

这才是真正的简家大小姐。

"愿意回来的叔伯兄弟，明舒替父亲、替简家谢过诸位，此情意明舒会铭记于心；不愿意回来的，明舒也不强求，人各有志，明舒明白，在此就祝各位前程似锦……"

不知何时，明舒已经起身走到堂中，朝着四周老少抱拳，清脆的声音宛如玉石掷地。

堂下响起一片附和声，各人抱拳以回，仿佛回到昔年简金海在世时堂内议事的光景。

夜深，屋内烛火通明，近两个月来每日如是。

"酸，好酸！对对，就这儿。"明舒扭着咯吱作响的脖子嚷道。

温热的手捏着她的肩颈，按得她一阵酸爽。

"你伏案太久了，要走动走动。"陆徜一边按一边劝她，"我知道你急着把金铺的账目理清楚，让生意重上正轨，但也要顾着自己的身体。"

"就剩一点儿了。"明舒舒服得闭上眼。

陆徜扫了眼桌案，她所谓的"一点儿"是这满桌案的数不清的账册。

这叫他如何放心离开？

一只手忽然搭到他手背上，明舒向后仰头道："陆徜，你明天一早出发去章阳，我却拉着你陪我看账册，也没给你好好饯行。”

“你我之间，还谈这些？”陆徜俯下头，唇轻触她的额角。

那里有道浅粉色的伤痕。

“别闹，痒！”她笑着别过脸去。

陆徜猛地捧住她的脸颊，唇扫过她的脸颊，滑至她的唇瓣。

明舒呜咽一声，被他噙住唇。

辗转流连了许久，他方缓缓抬头，以指腹摩挲她的唇瓣，道了声：“明舒，你该睡了。”

明舒双手挂到他颈间，软绵绵地“嗯”了声，被他拦腰抱起。

陆徜认命地将她抱回寝间，在心中暗暗叹了声。

他还有三年要守。

离别这日，天气晴好。城外的桃花已开，被徐徐的春风一吹，落了满地粉白花瓣，偶有马儿驰过，花瓣被马蹄扬起，飘飘扬扬飞向远处。

“到了那儿，记得给我来信。若有缺什么，也只管同我说，我让人给你捎去。这车上的东西，要送人的我都做了记号，其余的你就自己收好，尤其那包应急的成药。章阳贫寒之地，缺医少药的，你……”明舒说着说着，吸吸鼻子。

陆徜看着马车后那满满当当一车子行李，失笑。

此去章阳，他本轻车简从，只带了来安一个书童与四个亲随，其余亲信都被他安排留在明舒与曾氏身边了，行李也就简单几箱东西，一辆马车绰绰有余，但明舒硬是又收拾出一车子的东西让他带着。

四季衣裳鞋袜、应急成药、笔墨纸砚、点心零嘴干粮……就差将整个家都给他搬过去。

“我会照顾自己。”陆徜从未想到两人间有一天会处境倒置，变成明舒操心起他的饮食起居来。

“章阳那地方不太平，你是朝廷指派的知县，到了任上就是众矢之的，可要多加小心。”明舒又道。

春日薄寒，风灌入衣襟，不免带着些凉意。陆徜替她拢紧披风，道：

“你也一样。简家的生意虽然要紧，但你也莫操之过急。”

明舒点点头，看了眼天色，推他：“罢了，再说下去，这话也说不完。天不早了，你……快走吧。”

“那我走了。”陆徜握握她发凉的手，松开，转身朝着马车走去。

可他才刚走到马车前，却听身后忽然传来一声呼唤。

“陆徜！”明舒飞奔而来，径直扑进他展开双臂的怀中。

陆徜紧紧抱住了她。

一阵风过，桃花满头。

时光匆匆，转眼又是一年冬去春归。

简家金铺已恢复昔年八成景况，明舒野心大，借着满堂辉已将生意往京城铺去，年末之时几乎是汴京和江宁两地来回奔忙。除夕她是在汴京同魏卓和曾氏一起过的，也只待了一天，就又匆匆赶回江宁，惹得曾氏心疼不已。

她与陆徜，也已一年多没见过面，彼此间不过鱼雁往来，信积了厚厚一叠收在妆奁下面，拿藏在手镯里的钥匙锁着，累了的时候就打开读一读。

这一年之间，章阳倒是不断有消息入京，多是好事。

章阳那地方苦寒，穷人多，百姓吃不上饭便落草为寇，干起打家劫舍的事来，又对朝廷心怀怨愤，是以极不太平，闹过几次起义。朝廷虽然屡次派兵镇压，可总是压下一拨又起一拨。到这里赴任的官员，无不叫苦连天。

陆徜这七品小知县去了以后，倒是雷厉风行，拿出几项章程，先在乡间组建乡兵对抗草寇，以保百姓安危，再大兴水利农事，兴民之根本。

一年多时间过去，章阳太平不少，陆徜政绩传入汴京，得圣人嘉许。

眼瞅着情况已往好的方向发展，怎料到了这一年夏，突降天灾，章阳连同周围数县大旱数月，秋收无望，挨到深秋，百姓余粮渐空，闹起饥荒，当真是将章阳上下官员折腾得焦头烂额。

陆徜亦不例外。

“大人，粮仓的米粮已经快放空了。”

半个月前，陆徜就已下令开仓赈灾，但一县的存粮有限，只够勉强支撑半个多月。

“让账房算算现在衙门还有多少存银，够采买多少米粮。”陆徜坐在案后沉声道。

开仓已经无法应付日渐严重的饥荒，采买粮食是当务之急，可章阳本就贫匮，历年来税银都不足，衙门内的存银也不过勉强支撑一县日常运作而已，并无多少可周转。

“如今数县皆起饥荒，附近粮价大涨，我们的银子买不了多少。”

“朝廷的赈灾银粮又迟迟未至，如此下去，只怕……”

饥荒之下易生灾变，百姓饿死，疫病横生，流民四窜，匪患再起……

陆徜捏着眉心听站在屋里的下属禀报着章阳县的情况，正思忖对策时，外头忽然有衙役来报。

“陆大人，衙门外头来了位娘子，说是您的妹妹。”

“妹妹？”陆徜愕然抬头，他哪有什么妹妹？除了……不会吧？

“快，请她进来。”他霍地起身，吩咐道。

“大人，您还是出去看看吧。”衙役为难道，“她带了好多车东西，都停在衙门前。”

都已经要入冬了，白花花的日头还照着大地。

陆徜匆匆走出衙门，没几步额上就已见汗。远远地，他就已瞧见停在衙门外的数辆马车，马车上有镖旗迎风招展，旗上写着龙飞凤舞的“威顺”二字。

打头的马车旁，站着许久不见的熟人威顺镖局的镖头赵停雪。

陆徜脚步微顿后又很快迎上，朝着赵停雪拱手，简单寒暄后，他才四下张望——没瞧见明舒的身影。

“明舒呢？”他问赵停雪。

能自称是他妹妹，又雇了威顺镖局护镖的，除了明舒，不会有第二个人。

“阿兄，我在这儿呢！”

熟悉的声音似乎从天上传来，陆徜猛地抬起头，只见马车高叠的箱笼之上坐着个人，正晃着腿居高临下地看他。太阳在她头顶明晃晃照着，他抬手遮阳，看不清她的容貌，但心脏却不可遏制地跳动起来。

“接住我！”她笑着，从箱笼上跳下。

陆徜展开手臂将人接下，惊喜道：“你怎么来了？”

“想你了呗！”明舒用脸蹭蹭他的胸口，抬起头，“阿兄，你瘦了，黑了！”

陆徜穿着粗布衣袍，人结实了许多，明舒倒还是老样子，白白嫩嫩面团子一样。

“大人，这位是……”跟着陆徜出来的人问道。

“他妹妹。”

“我未婚妻。”

两个人异口同声，说的却不是一回事，把问的人听蒙。

陆徜瞪了眼明舒，才道：“她是我未婚妻，简明舒。”

明舒便嘻嘻一笑，不再逗他。

陆徜才又看向这车队——车队比他第一眼看到的还要长，已经排出街巷，每一辆马车上，都是高高叠起的货物。

“明舒，这些是什么？”

“简家的银子，简家的粮，你要还是不要？”明舒略仰起下巴，得意道。

她是来救火的。

虽然陆徜在信中从未提及，但章阳大旱的消息早就传到她耳中，她自然有办法打听到章阳的现状。

“明舒……”陆徜瞧着这长长的车龙，久久未语。

太阳依旧很晒，陆徜着令属下交接这批及时雨般的赈灾物，自己则将明舒拉进衙内。

她的脸已经被晒红。

“外头现在闹饥荒，百姓日子艰难，衙门也不例外。你来得不是时候，大鱼大肉是没有了，委屈你了。”陆徜解释道，温柔目光内愧疚愈深。

就这几样，蛋还是因为她来了，他让人加上的，若是只有他，常常是素饼就酱对付过去。

“我不委屈，就是心疼你。”明舒随他坐在桌畔，将素饼撕成块泡进汤里，“还说我来得不是时候，我要再晚些时间，这儿还不知道闹成什么样。”

“那是，若非你来，我这乌纱帽保不保得住都难说。”陆徜顺着她道。

这批米粮银子来得的确及时，正好够他撑过朝廷赈灾粮食送达之前的这段时间。

“嘴上抹蜜了？”明舒甜甜笑起。

从前的陆徜可不会这么说话的。

“你要尝？”陆徜眼帘半垂道。

明舒脸一烫，把手里剩下的大半块饼都塞到他唇前。

“快吃饭吧你！”

陆徜就势咬下她手里的饼，不再逗她。

两人一边吃饭，一边聊起家常话来。

“我回汴京看望过曾姨两趟，她一切安顺。”她知道他牵挂曾氏，便说起汴京的事来。

“嫁给禁卫军统领，阿娘压力不小，可受委屈？”陆徜问道。

要不是章阳条件恶劣，他不愿带母亲过来吃苦，恐怕两人的婚事，还不会定得这么快。

明舒摇摇头，笑得有些坏：“曾姨那性子，外柔内刚，魏叔可不敢惹。我上回去的时候，刚好遇着她与魏叔两人因为点儿小事置气，她险些搬回状元府，还是魏叔千哄万求地才让她消了气。你放心吧，状元府是她的底气，她又不愁钱、不图权的，想走就走了，魏叔拦不住她，更何况……”她说着笑得更坏，“还有你亲爹在旁边虎视眈眈，巴不得他们吵，好乘虚而入，魏叔可守得紧呢。

“哦，对了。魏叔收养了两个孩子，是他部下的遗孤，一男一女，都

七八岁的年纪，特别懂事乖巧。男孩子叫苏尘，跟着魏叔习武，女孩子叫林簪，被曾姨带在身边教养，可乖了。”明舒嘴巴没停，说起陆徜关心的事来。

陆徜点点头：“阿娘信上提过这两个孩子，夸了很多。”

“唉，所以我们两个，都被阿娘忘了。”明舒托腮愁道。

“你怎么还吃孩子的醋？”陆徜笑她，忽然间又古怪地盯着她，“你刚才……喊我娘什么？”

喊什么？

她喊了“阿娘”。

明舒一拍唇——说混了。

头一年喊“阿娘”喊得太过习惯，后来改回“曾姨”便总不顺畅。

“喊错而已。”明舒嗔道。

“将错就错，别改了。横竖只剩一年半时间。”陆徜唇角上扬。

他三年归京，她恰出孝，正是婚期。

“一年半的变数可大了。”明舒起身，绕到他身后，“也许……我还认你为兄。”

陆徜蹙蹙眉，耳畔忽然一痒，她的气息拂过他的耳畔，唇已经凑得很近很近。

“阿兄……”她小声唤着。

陆徜被她一口仙气吹得半身酥软，想也未想就转身将她一拽，让她坐在在自己膝上。

“再叫两声。”他一反常态道。

“？”明舒以为他要生气的，没想到竟是这个反应。

见她困惑的目光，他俯下头：“叫我阿兄，也不是不可以，没人的时候，随便你喊……”

其实，她那声“阿兄”，很动听。

不过，只能喊给他听。

春生夏长，秋收冬藏，世间万物又匆匆轮转一回。

明舒已过双十，恰值桃李年华。三年孝期到头，除服换裳，尽褪悲苦。

“好快啊，一转眼三年过去……不比从前漂亮了。”镜前的人呢喃道。

刚沐完浴的年轻娘子，只穿着素丝里衣，披着满头长发坐在妆奁前，盯着镜里照出的影像细细地看。

下巴好像尖了些，双颊似乎没三年前饱满了，鼻梁倒依旧高挺，眼眸也没怎么变，就是眼角……她凑近镜面，去找那并不存在的细纹。

这几年到处奔忙，担子重，烦事多，她总觉得自己要长皱纹。

还好，眼角与额头都还平滑，皮肤像剥了皮的荔枝，水灵灵的。

她满意地摸摸自己的脸——不枉她这三年费力保养。

服侍她的小丫鬟“扑哧”笑出声来：“娘子，您这是说的哪里话？这江宁县再没比您漂亮的姑娘了。先前在外头见过您的人，都偷偷打听您的芳龄呢……”

“哦？他们怎么说的？”明舒来了兴趣。

“问您是不是刚过及笄，许了人家没有。我说我们娘子今年芳龄十八，已经定了人家，就等出了孝期完婚。问的那人可失落了，直道‘好好的仙女儿，也不知要叫哪家的浑蛋给糟蹋了去’……”

这是明舒三年前新收的贴身侍女，唤作青蝉。

明舒被逗乐了，即便知道青蝉恭维得夸张，她还是心情大好。

“就你嘴甜，净瞎说。”她说话间拿起口脂抹上唇。

“我可没瞎说，不信您上外头问问去，哪个不夸娘子貌比天仙？娘子今日怎么突然提起这事来了？”青蝉边替明舒挽发边问道，她可没见主子说出过这样不自信的话来。

简家的大小姐，在江宁可是响当当的人物，要容貌有容貌，要手段有手段，短短三年已经将简家买卖做到京城，简家的金器更是风靡全汴京。

这样的人物，谁还管她年岁几何？

明舒本也不愁，只是不凑巧前段时间接到闻安来信，信里提了最近汴京城发生的两桩大事。

一桩是储君落定，三皇子正式入主东宫，她的另一位闺密殷淑君，也随之成为太子妃。

另一桩，就是青蝉嘴里那位要糟蹋仙女的浑蛋回京述职了，因为政绩出色，官阶连晋三级，官拜五品。果然如他所想的那般，归京之时就是他宏图大展之期。

二十四岁，已经不能再称少年了。

一年半以前，明舒在章阳见过他一面，他又长了些个头儿，身板更结实了，身上的棱角被藏起，人变得温敛，不再有少年时咄咄逼人的清傲。

如今又过了一年多，想必章阳的日子已将他磨炼得越发优秀。

他刚一回京，就惹出几桩桃花债来。

什么太傅的幺女对他一见钟情，什么贵妃的侄女暗抛香帕……她都不必亲眼见到，也能想象出是什么情景。

虽然闻安信里也说了，他拒绝了皇帝的赐婚，拒绝了太傅的邀请，对哪家娘子都没个笑，但明舒还是不痛快。

但这不痛快，她自然不能对青蝉说。

拈酸吃醋不符合她一贯的形象。

"娘子！陆大人到了！"屋外忽然传来一声通传。

青蝉当即惊道："准姑爷这么早就到了？"

明舒还没梳妆打扮妥当呢。

"慌什么？去把衣裳取来。"明舒轻斥一声，稳稳地坐在镜前。

青蝉应了声慌忙跑去桁架取衣，明舒这才捂了捂心——心脏跳得有些快。

来得这么早做什么？

陆徜是亲自来下聘的，送聘的队伍跟着他从京城跋涉至江宁。

三书六礼，样样周全。

从汴京到江宁虽然路途遥遥，但她是简家女儿，自然要从简家出嫁，即便烦琐，他也要办得漂亮，不能叫人指摘简家女儿。

简家的大门打开，门里走出个红衣小娘子。

明媚娇艳的容颜，温婉迷人的笑，她比上回见面时更美了，看得陆徜一阵失神。

"陆大人？陆大人？"

站在旁边的媒婆连唤两声，才把陆徜的魂叫回，对面的明舒已经冲他无声地笑开。

那双水汪汪的眼睛依旧会说话，满眼都是促狭之色——看傻眼了吗，陆大人?

他是被美色迷晕了，已许久不曾见过如此明媚的明舒。

“江宁的穷书生陆徜，自汴京携聘归来，特来求娶简家大小姐简明舒。小生必当倾余生之力，珍之、重之、敬之、爱之，至死不休。”

明舒看着门外身着红衣朝自己揖礼的青年，缓缓退开。

“还不进来?”她含笑道。

十日后，大吉日，简家嫁女。

浩浩荡荡的迎亲队伍上路，从江宁去往汴京。

五月，大喜。

空置了三年的状元府被修葺一新，终于恢复热闹气象。

宅子里添了许多花木，都是曾氏的手笔。主屋已经翻新，窗子糊上崭新的窗纱，床上挂着新换的床帐，铺着曾氏亲手绣的百子被。她与魏卓成婚后住在魏府，不大过来这边，便将主屋腾给陆徜做了新房。

“挂高一点儿，往左一点儿，对，就这儿……”

曾氏站在正堂看人挂红幔，旁边又有小丫鬟捧着红烛匆匆跑过来问她：“夫人，这些要放哪里?”

她便又回身指挥小丫鬟，话还没说完，又有小厮过来，说是新采买的灯笼到了……

短短一盏茶工夫，下人们已经接二连三向她请示了四五件事，魏卓见她忙得脚不沾地，自有些心疼：“有些事交给他们去办就成，你不必亲力亲为。”

“不成，我这又是娶媳妇，又是嫁女儿，和别人家不一样。”曾氏任他扶着自己坐到椅上小憩，心里的喜悦都写在脸上。

她和别家婆婆不一样，明舒是媳妇，也是女儿，又费了这般力气才与陆徜修成正果，她这做母亲的自然高兴。

一辈子也就这一次，再累都值得。

“你啊……自己成婚时也没见如此高兴。”魏卓捏捏她的手，低声道。

“那不一样。”曾氏红了脸。

“哪里不一样了？不都是成亲？你这般厚此薄彼，我是要伤心的。”四下无人，魏卓一改平日的清肃威严，在她耳边委屈道。

曾氏脸色愈红，推了推他，嗔道：“一把年纪了还和孩子计较，你快正经些。”

“我说的都是心里话，哪句不正经了？”魏卓反握住她的手。

“不同你说了。”曾氏说不过他，脸红红地站起来。

正好庭院外急匆匆跑进来个小厮，到门前喘着气道：“殿帅、夫人，迎亲的队伍，已经到城外了。”

迎亲的队伍浩浩荡荡，从江宁到汴京，走了十数日，终于抵达汴京。

因要等吉时，明舒在城里最好的客栈住了一晚，第二天一大早，梳洗更衣，换上喜服，再由陆徜迎回府邸。

明舒的嫁妆一早就运到京城了，看得见的布匹头面压箱银这些不说，满满当当几十抬，看不见的田庄铺面地契列了一摞厚厚的礼单，令人啧啧赞叹。

这也是她阿爹的心愿——让女儿风光大嫁，一点儿委屈都不要受，一点儿苦也不要吃。

所以这场婚礼，明舒并没想着简单办。

她就是要让全江宁和全汴京的人都知道，简金海的女儿今日出嫁。

这场婚礼的确风光——由太子殿下亲自主持，禁卫军统领魏卓与六部尚书陆文瀚都驾临，有了这三人镇场，其余朝中重臣又怎敢轻视，再加上当日还有圣人从宫里赏下的贺礼，是以来的宾客几乎个个身份非凡。

内宅的宾客也毫不逊色，明舒在汴京经营四年，人脉已广。她的全福夫人，是国公府的世子夫人许氏。老国公还健在，许氏也依旧是世子夫人，四世同堂，福气自然满满。太子妃、郡王妃、县主……亦都前来恭喜，状元府这小庙，险些装不下这么多人了。

而这风光大嫁的结果就是，明舒累得四肢都快抬不起来。

光一个拜高堂，她就比别人多拜一回。曾氏与陆文瀚他们是分开拜的，先拜过陆文瀚，再拜曾氏与魏卓。这两位爹出手倒都大方，就跟互相攀比一样，魏卓送了城外的马场，陆文瀚就送了汴河边的别院；魏卓送了套黄花梨家什，陆文瀚转头就搬了套拔步床过来……其余玉器古玩又当别论。

这些，全都被陆徜做了聘礼，而成亲，仍旧在他自己得来的状元府邸。

他这人，心里还留着过去的清傲。

好容易被送回屋里，行撒帐合髻等礼，待与陆徜饮过合卺酒，众人才退出屋去，留明舒独自坐在新房内等陆徜招呼宾客归来。

屋里的龙凤烛烛火轻摇，烛泪已经积了两层，喧闹声隔着门缝传进来，听在耳中做梦般不真切。

明舒顶着沉重的赤金头面坐在床沿，已觉腰快直不起来了。虽然辛苦了整天，但她此刻居然不觉得饿，也许是饿过了头，也许是陆徜偷偷塞给她的小点心垫了肚子，她只觉得累，上下眼皮都在打架。

她觉得她可能等不到陆徜进来。

敬过一轮酒，陆徜便回房了，却见明舒已经巴着床架子坐着睡着。

顶着那么累赘的冠子，她也不嫌硌得慌?

蹑手蹑脚地走到床边，他坐到她身边，伸手要替她卸冠，但冠子复杂，又不忍扰明舒清梦，他一时间竟不知从何处下手，忙了半天没将头冠取下，反而把明舒给吵醒了。

明舒咕哝两声睁开眼，斜眸望他，大大的眼眸眯得只剩狭长的缝，在烛火下似含着一汪春水。

“乖，把钗髻妆面卸了再睡。”陆徜顺手揽住她的腰，半抱着她道。

明舒渐渐清醒，眨眨眼睛，轻声道：“席散了？”

“没有，还在喝呢。魏叔他们在招呼宾客，我先回来了。”陆徜把她拉到妆奁前，令人取水进来。

“不闹洞房吧？”明舒有些紧张地看着房门口。

陆徜揉揉她的头：“同他们说好了，不闹。”

明舒这才安心。

一时间青蝉把水打好离开，屋门复又关上，明舒卸去钗环发髻与妆容，陆徜也洗漱完毕，两人均着大红里衣并排坐在床沿。

都有点儿紧张。

陆徜二十有四，年纪已经不小，明舒也过二十，别家小娘子这个年纪，孩子都该会走了……但他们两人，却什么也没有。

此前虽然也同床共枕过，但还守着礼，并没逾矩，今夜可就不同了。

陆徜虽然等了三年，但早就心急如焚，但到了此刻，他又变得小心翼翼。

主要怕唐突了明舒。

“饿吗？要吃点儿东西吗？”他道。

“不饿。”明舒摇头——她不想吃，吃了有味道。

“渴吗？”

“想喝口茶。”

陆徜便起身给她倒茶。

一时饮过茶，两人又直挺挺坐着。

“要不，睡吧。”陆徜提议一句。

“嗯。”明舒毫无异议。

下一刻，两人并排直挺挺躺到床上，被子严严实实地盖到二人身上。

“你累吗？”陆徜翻个身，侧向明舒。

明舒盯着床顶：“累。”

从天不亮就开始折腾，她能不累吗？

“那你睡吧。”

陆徜边说边伸出手臂搭在她腰间，规规矩矩地搭着。

明舒闭上眼——累是真累，但她睡不着。

他的手臂有点儿沉，这被子有些厚，两个人一起盖着格外热，直挺挺躺着不舒服……她能想到一百个睡不着的理由。

“怎么了？”陆徜觉察到她急促的呼吸，问道。

“我睡不着。”明舒道，“你呢？”

“我也睡不着。”

“那咱们聊会儿吧。”明舒也侧过身，面向陆徜。

“聊什么？”陆徜眼里只有她亮晶晶的眼，水润润的唇，身上有些发烫了。

明舒摸着簇新的百子被，想着如今的一切，有些感慨：“记得我们刚赴京时的日子吗？点碗面你还要把自己碗里的肉都匀给我吃，住的是临街的小楼，我占了你的房间，你就得在楼下竹榻上将就。”

那段时光，她记忆犹新。

陆徜把她往自己怀中按了按，两人凑得近了些，她身上淡淡的香味传来，还是那股熟悉的香味，以前她在他手上抹过的淡淡桂花香，沁人心脾。

“你身娇肉贵的，那时我就怕委屈了你。”他心不在焉地回道。

“我哪里身娇肉贵了？”明舒对这个词有些意见，她觉得自己已经算是特别容易适应生活的人了。

“连穿件粗布衣裳都能把你磨出一身红疹，还不是身娇肉贵？”陆徜抱紧了她，唇轻轻点在她额头。

提起这茬，倒是叫明舒记起了一件事来，她仰头，唇自他下巴刷过，满眼不怀好意地调侃：“我记得，你带我去成衣铺子买衣裳了。那是你第一次陪小娘子买衣物吧？把你那脸给红的哟……”

说着她“咴咴”笑出声。

“就算过了三年，那也还是我第一次陪小娘子买衣裳。”陆徜毫不避讳。

“你记不记得老板娘让你摸料子，你就跟被刺猬扎了手似的！”明舒越说越来劲，满眼笑意，忽然间竟将衣襟扯松，“看，那件小衣，我还穿着呢。”

“……”陆徜的呼吸顿时停滞。

发现陆徜目光神情起了变化时，明舒才意识到自己做了什么。

但已经来不及了。

陆徜忽扣住她的手，沙哑道：“你还留着这件衣裳？”

明舒别过脸去，双颊绯红，小声地“嗯”了声。

她不仅留着，还特地在新婚之夜穿上。

“喜欢？”他又问她，唇已经徐徐落在她耳畔。

明舒被他问得整个人如同火燎，恨不能缩进被中去，嘤咛一声算是答话。

“下次，我再给你挑……”一语钻入明舒耳中，未待她反应，陆徜已倾身覆来。

天光大亮，已过普通人家起身的时辰，陆家的新房仍没动静。院子的回廊下面，远远站着两三个丫鬟婆子，正等屋里的人起身进去服侍。这些都是明舒的人，规矩很好，未得传唤不会靠近主屋半步。

日头斜压雕花窗，几只雀鸟落在窗棂上，四周没有一点声音能惊飞它们。

大婚的喧闹过后，这清静尤显难得。

屋中的光线仍旧昏昏暗暗，龙凤烛已经烧得只剩下厚积的烛泪，屋里残留着昨夜那炉百合香的香气，床帐半落半掀，隐约可见床上沉睡的人影。

原本落到地面的薄被不知几时被拾起盖上身，五月天已渐热，又是两人共眠，那被子被蹬掉大半。陆徜已经醒了，眼眸微睁，目光流连在枕畔人的脸上，手里是一捧她的长发。明舒还在睡，头枕在他手臂上，属于她的已被踢到床尾，在她腿下压着。

时辰确实不早了，但陆徜并没叫醒她的意思。

按理他们今日是要去给曾氏和魏卓请安的，不过曾氏一早就发话了，过午再去找她。

瞧明舒睡得这香甜的模样，陆徜担心过午她也醒不来，正考虑要不要

派人找曾氏说一声时，怀里的人动了动，收

似的两声呓语。

过午的请安，曾氏最终还是没能等到，只好与魏卓

她有些失落道：“女儿被抢走了。”

贴心小棉袄变成别人的解语花了。

“抢你‘女儿’的人，是你儿子。”魏卓开解她，又道，

派人去催催？”

“那倒不用，昨日定是累坏他们了。”曾氏忙摇头道。

“你别杞人忧天，陆徜知道分寸的。按他俩的感情，指不定再过十个月，咱家就能添喜。”魏卓见她也用完了饭，边说边唤人来撤走饭食。

提起这茬，曾氏果然笑开脸。

“你啊，就别操那么多心了，他们又不是小孩子。”魏卓挥挥手让屋里下人退出。

门被合上，屋里只剩淡淡的天光，魏卓站在曾氏身后，圈住她的腰。

“别闹，在孩子们家里呢。”曾氏慢慢红了脸。

“怎么？陆徜家就不是我们家了？再说了，他们闹他们的，我们过我们的，两不相干，有什么关系？”魏卓低语。

曾氏的脸色愈红。

于是，明舒新婚第二日的请安，从早上拖到了晚上，成了一家四口共进晚膳。

七月初七，天星满布的晴朗夜。

汴京城的大小河道上漂下五颜六色的莲花灯，每一盏莲灯里，都藏着一个少女的心愿。

愿得遇良人，能有一桩像小陆夫人那样的婚事，夫妻恩爱，家宅宁静。

这是近几个月，汴京城未婚的、已婚的娘子们，都在偷偷企盼的事。

小陆大人新娶的娘子，日子过得太逍遥。

早晚请安服侍，也没有乱七八糟的内宅争端，小陆大人任何需要他夫人操心的事，她不用像汴京城的其他娘子一苦子嗣、烦姬妾，她只需管好自己的事。

的人都或多或少听说过小陆大人的夫人。

很英俊，官路亨通，曾经迷倒一大片汴京小娘子。

还有钱，比小陆大人更有钱，置地买宅，养着小陆大人。

她是个商贾，铺子一间间地开，买卖做到了皇宫里。

她还长得漂亮，落落大方却又娇俏讨喜，很多娘子都愿意与她做手帕交。她的人缘儿，好得出奇。

她可随心所欲做自己想做的事，比如那间满堂辉，照旧开着。她新招了三个副手，专门接汴京城小娘子们奇奇怪怪的委托。

尽管她是个商贾，但很多人羡慕她。

“真羡慕你。”幽静的小楼里，殷淑君也忍不住羡慕明舒。

别说整个汴京城，就算是整个大安，能找出几个活得这样逍遥自在的女子?

“羡慕我做什么？你与太子殿下不也感情深厚，如今也是孩子的娘了。”明舒趴在酒馆的扶栏上，看着街巷上来去匆匆的人，漫不经心道。

这几年除非她不在京城，否则七月初七女儿节她定与两个挚交聚会。

殷淑君刚刚生下殿下的嫡子半年，还有些丰腴，明艳化作温婉。她早就不是当年那个莽撞的殷家大小姐了，嫁入皇家便意味着踏进比殷家更加复杂的环境，天真会被消磨，她得学着成长。

嫁给赵景然是她自己选择的路，就算千难万难，也要走下去，人慢慢也就长大了。

所幸赵景然在外头虽然严苛端肃，可对她却也是知疼知热，体贴入微，宫中人事繁杂，他便一点一点教她，如何与人斡旋，如何猜测人心……只不过她学得越多，性情也就变得越大。

在众人眼中，她已经是个合格的太子妃了，也只有回到两个闺密面前，她才能松懈，再找找当初的自己。

“哪比得上你，自由自在的。”淑君叹道。

明舒只笑笑："闻安今日怎么晚了许多？"

三个人的聚会，却只有淑君和她到了。

"大概又被她夫君给缠住了吧。不是我说，就闻安的脾气，和小凌将军，那简直是……"淑君找不到词来形容这对欢喜冤家了。

一个是古灵精怪、能说会装的县主，一个是名将之后、心高气傲的年轻小将军，这两人简直是用最锋利的矛去刺最坚固的盾，看看谁输谁赢。

输赢当然是没能分出，倒是擦出了火星来。

这桩婚事是两年半以前由圣人赐下来的，两人从成婚到现在，就没有消停过。

最能说、最能装、最有手段的闻安，险些被气得烧了小凌将军的房子；而最傲慢、最霸道、最无礼的小凌将军，也曾经冒雨在郡王府门口站了一天一夜，求闻安回府。

就这么吵吵闹闹的，一时好得蜜里调油，一时吵得仇人一般。

明舒觉得她这两个好友恰好相反——最应该贤良淑德牢牢把握内宅的闻安，竟在凌家活出了她真正的性格，也不知该夸这位小将军，还是该气他。

"热死我了！"

说曹操，曹操到，闻安一阵风似的从外头进来，还没等坐下就要冰湃的香饮。

"又吵上了？这次是为了什么？"淑君笑嘻嘻地问她。

"能为什么？还不就是因为……要不要教女儿习武这事。我说女子学些武艺防身是好事，结果那浑蛋说有他护着就行了，姑娘家就该温柔大方。我不同意，说着说着就吵起来了。"

"你有喜了？"明舒和淑君异口同声地问道。

哪知闻安摇了摇头："还没。"

"……"明舒和淑君同时闭嘴。

弄了半天，他们这个女儿连影子都还没有，不过是夫妻两人闲话家常，竟也能争执起来。

明舒是服气的。

夜深了几分，小楼下头有人唤了句：“小陆大人来了。”

畅聊了半天的闺密散席，明舒从楼上提裙匆匆下来，看到手里捧着一盏莲灯站在堂中等着接她的陆徜。

“带你放灯去？”他举了举莲灯道。

“好！”明舒喜笑颜开地飞奔到他身边。

二人并肩出了这间隐蔽的小酒楼，往附近的河边去。

河面上早就漂了许多灯，从上游顺流而下。

河边都是人，有年轻的小娘子结伴而来的，也有夫妻同来的……陆徜和明舒来得晚，找不到落脚处，便沿着河边慢慢地走，挑合适的位置放灯。

没走几步，明舒忽然驻足。

前头有座五步长、两人宽的小石桥，桥对面同样并肩走来两个人。

晴朗的夜，天星密布，两侧莲灯铺了满河，仿如天际银河倒悬，故人蹚过天河绵长的光，也停在石桥对面。

陆徜抱拳向那头轻轻一揖，对面的人也还了个礼。

明舒没与宋清沼打招呼，只朝他身边的娘子微笑颔了颔首，便牵着陆徜的手，仍沿着河边往前走去。

这短短的桥，无人走过。

三年时光，宋清沼早已成婚。

他的夫人，听说是个非同一般的娘子呢。

“应寻要成亲了，我得给他备份大礼，送什么好呢？”明舒边看陆徜点河灯边问道。

三年了，应寻那浪子总算也要成亲，他的新娘不是别人，正是满堂辉一年前新招进来的给明舒做副手、接满堂辉委托案的小娘子。

小娘子十八岁，和明舒开满堂辉时一样大，朝气蓬勃，管明舒叫师傅，于是应寻成了她师公。虽然只是戏称，但她就认准了师公，跟着他学本事，结果不出一年，师公成了夫君。

也是桩欢喜姻缘。

“金器。”陆徜说得毫不犹豫。

这两年，明舒最喜欢用来送人的，就是金器。

放完花灯，陆徜与明舒买了些点心，打道回府。

成婚之后，他与明舒独居状元府，曾氏住在魏卓那里，平时两边不在一块儿住，但两处府邸都各自留了住处，只要想得紧了，不管是陆徜夫妻，还是曾氏二人，都能到彼此府邸小住。

这样的自由，在别人家是不敢想的。

过两天魏卓要出公差，他不放心曾氏一个人住在偌大魏府，就提早与曾氏搬回状元府小住。与他们一起搬过来的，还有魏卓那两个养子苏尘和林簪。他们虽被魏卓收养，但因二人父亲都有功于国，又和魏卓交情深厚，是以不曾改姓。

这两个孩子的起居，如今都由曾氏打点着。

明舒常常假装吃味与曾氏说笑："阿娘有了弟弟妹妹，就不要我与陆徜了。"

小小年纪的林簪很懂事，立刻会说："不会的，阿娘最疼兄长和明舒姐姐。"

这时苏尘就会马上反驳："不是'姐姐'，是'嫂嫂'。"

这两个孩子给魏卓和曾氏带来不少欢乐，也叫明舒和陆徜打心里怜惜疼爱。

"苏尘，林簪……快看我给你们带了什么？"

还没进屋，明舒就嚷开，她带的都是两个孩子喜欢的零嘴点心。

只是明舒的声音还没落下，就见林簪从屋里跑出。九岁的小姑娘，穿了身月白的袄裙，梳着两个鬏髻，生得很是水灵，只是眼眸里泛着水光、眼眶通红的模样。

"小簪子，你这是怎么了？"明舒忙拽住她。

父母双亡的孩子，最是懂事，林簪从来不会闹脾气的。

林簪抽噎着，仍是很有礼数，道："嫂嫂，我没事……"

明舒未答，就听魏卓声音响起："苏尘，你为何欺负妹妹？"

魏卓对苏尘比对林簪要严肃许多，这沉声质问就显得有些吓人了。

原来是苏尘不知做了什么事惹得林簪生气，才有了这一出。

苏尘没有答话，林簪拉拉明舒的手，对他二人小声道："嫂嫂，兄长，我没事……你让义父别骂阿兄了。"

她来魏家时，陆徜还在章阳，明舒在江宁，是以她与苏尘感情最好，只唤他阿兄，后来陆徜回来，她改不惯口，就管陆徜叫"兄长"或者"大兄"以示差别。

陆徜蹙蹙眉，带着明舒和林簪进屋，正听魏卓训斥苏尘，苏尘头低低的，耳根泛红。

十岁的小男孩眉清目秀，已经有些小大人模样，比普通人家的孩子更稳重些，可以想象长大后必也是个英挺的男子。

"好孩子，你与妹妹感情一向和睦，怎么突然起了争执？告诉我，你为何不让妹妹唤你阿兄？"曾氏拦住魏卓，和颜悦色地问苏尘。

林簪难过到哭的起因，是苏尘死活不让她再管自己叫"阿兄"。

苏尘咬咬唇，想了许久才道："不能叫阿兄……我那天听到嫂嫂管兄长也叫阿兄。叫了阿兄，是要做夫妻的……"

这句话一出口，明舒顿是涨红了脸，连陆徜都傻了。

状元府里只有他们两人，四下无人时，明舒偶尔也叫几声"阿兄"来玩，哪曾想不小心被苏尘听到。

曾氏的脸色不好看了，狠狠瞪向二人："陆徜！"

教坏孩子，阿娘要发飙了。

陆徜一个人挨了训，但明舒也觉得脸上火辣辣的，魏卓甩手坐到旁边，这回他也不打算劝曾氏骂人了。

只有苏尘和林簪站在旁边，睁着似懂非懂的眼，彼此对望——叫了阿兄，就要做夫妻吗？

番外二 嫁人当嫁陆状元

又是一年冬尽春来。

每年的冬天，明舒都会回趟江宁，简老爷的忌日就在大雪纷飞的时节，天气再差，她也要回去祭拜扫墓，待过了父亲忌日再返京过年。

这是她嫁给陆徜的第三年，前两年陆徜无论如何百忙之中都抽空陪她回江宁，今年朝中有大事，陆徜着实脱不开身，只能让明舒独自回江宁。

夫妻俩这一别，就是近两个月时间。

陆徜待在京城，除了政务还是政务。同僚见他过得凄清，下帖的下帖、邀约的邀约，想带小陆大人去见识见识人间温柔乡，哪料百般解数使尽也没能将小陆大人给诓来，惹得同僚们明里戏谑暗地嘲讽，只言他惧内。

倒是各公侯府邸的妇人，甭管已婚未婚的，听完后将陆徜捧上天，都道“嫁人当嫁陆状元”，纷纷以陆徜为榜样要求自家夫婿。一时之间，就连媒人要夸哪家的小郎官，都要道一句“与小陆大人一般洁身自好”。

这事便成了汴京城这个冬天最大的乐子。

陆徜这个当事者却置身事外，每天不是在官署就是在府里，顶了天偶尔和要好的朋友小酌两杯酒。

日子就这般一天天过去，元夕的前三天，明舒才终于抵京。

汴京下了场大雪，积雪厚重得铺满道路、屋顶与树枝，热闹繁华的京城只剩萧索的银灰白黑。陆徜得了信，一大早随从也没带就独自驾马赶到了城门外的小茶馆守着，叫了壶热茶，佐着五香蚕豆，静静等着。

也不知过了多久，官道那头一列车队远远驰来，绣着“威”字的镖旗迎风招展。

陆徜摸了把铜钱压在桌上，撑起放在凳旁的伞便匆匆迎了过去。

他走得颇快，地上的积雪被踩得“咯吱”作响，那列车靠近城门时放慢速度，缓缓停在了城门外。陆徜走到车队中最大的那辆马车旁，唤了声：“明舒。”

声音不大，温润悦耳。

车窗遮得严严实实的厚帘立刻就被人掀开，半张小脸露了出来，似醒非醒的迷茫眼神在触及陆徜时倏地睁大。

陆徜听到一声银铃般开心的声音：“陆徜。”

下一刻，窗帘落下，车里的人打开马车门钻了出来。

明媚的笑脸像春日的桃花，让这颜色寡淡的冬日刹那间鲜艳起来。

陆徜急步上前，将伞往她头上一撑，还没说话，就被她温热的手捧住脸颊。

“不是我做梦，真的是你呀。陆徜，我想你了。”明舒揉着他冰凉的脸开心道。

陆徜一手撑着伞，另一手圈住她的腰肢，轻轻松松将她搂腰抱起，转了个圈放到地上，又将伞塞到她掌中。

“我也想你。”他一边道，一边解开自己厚实的斗篷，甩开后披到她身上。

属于陆徜的气息涌来，明舒笑得愈甜，趁着陆徜拿回伞的工夫，她踮起脚尖，倏尔在陆徜脸颊啄了一口。

陆徜耳根微红，垂眸看她：“大庭广众，别胡闹。”

按说两人成亲时年岁都不小，到如今也成婚三年，在外人眼中一个是沉稳内敛的小陆大人，一个是精明干练的商行当家，不该这般像个孩子，但明舒偏就在外人面前大方明丽，到他面前又变成孩子。

“都是夫妻了，怕什么？”明舒的脸红扑扑的，也闹不清是在马车里被炭火烤的，还是激动的，一双眼也亮得出奇。

陆徜盯着她挪不开眼，顺着她的话道：“也对，是无须怕。”

语毕，他将伞一落，挡去外界目光，微倾身，夺了她的唇。

最美的光景，从来不会因为时光流逝而消失，只会定格在彼此眼底心头。

即便霜雪满头，少女依旧是当年的少女，少年也仍旧是当年的少年。

又一年伊始。

明舒归京后就随陆徜去魏家陪曾氏过年，到元夕后的第三日，两人才回状元府。

这些年虽然陆徜官途顺遂，明舒的买卖也风生水起，在京城置了不少产业，但二人一直住在状元府里未迁。他们就两个人，住得小了局促，大了还得再雇人打理，状元府不大不小刚刚好。

回来之后，明舒便再没迈出过门。

许是这回分别了太久，回状元府后又没人管着，陆徜便有些不知节制，与她在家中耳鬓厮磨不知餍足。

“好阿兄，我今日过午要出门，该起身了。”明舒窝在陆徜怀中道。

日上三竿，而床帐未掀，暖被加身，无人管束的日子委实自在，连陆徜这等自持之人，都沉湎于温柔乡内。

“不放。”陆徜的声音微带鼻音，是他床笫之间独有的慵懒。

落下帐子，这小陆大人可就与平时判若两人了。

“可我约了闻安与淑君。”明舒掰开他落在自己腰上的手臂，命令般嗔道，“不管，快些起身，我还得梳洗打扮，你送我过去，晚上再陪我去州桥夜市再逛逛。”

这一天的行程她都安排好了。

她说话间坐起，暖被落到膝上，露出松挂的桃红色小兜，她一看陆徜眼神不大对了，立刻便又抱起被子，羞恼道：“陆徜！”

二人就这般又闹腾了一会，才终于起身，各自梳洗。

过午，陆徜送明舒去了汴河边的小酒馆，赴手帕交的邀约。

她到的时候，闻安与淑君都到了，菜已点过，两人正靠着扶栏闲聊。明舒带着礼物匆匆进来，先斟了一杯酒自罚，及至入口才道：“怎么是香饮？”

“咱们郡主如今可不能饮酒了。”淑君掩唇一笑。

闻安红了脸。

明舒立刻凑上前："有喜了？"

"满三个月了。那蛮夫本不让我出门呢，听是你们才同意的。"闻安点头道。

蛮夫是她早年与小凌将军不和时给取的诨号，到如今却成了夫妻的昵称。

"你别听她的，小凌将军只是紧张她，这是头胎，她反应又大，小凌将军哪能放心？就她身在福中不知福，天天跟将军作。"淑君最是了解闻安的情况，边笑边戏谑道。

"反应？什么反应？"明舒不解。

"她害喜严重，吃什么吐什么。"淑君替闻安回答。

"也不知何时是个头，都是那蛮夫害的，叫我怀了个小冤家。"闻安又爱又恨垂头看看还没隆起的小腹，骂上自家夫君。

淑君哧哧笑了，两人聊起孩子，明舒似懂非懂地听着。

她成亲三年，还未见喜，身边要好的朋友膝下都已有子，只有她与陆徜还是两个人，旁人看着未免皇帝不急急死太监，她与陆徜倒无甚感觉，家里也没人催促他们，便愈发觉得无谓。

少顷，店家上菜，端了盘新钓的活鲈鱼生上来，还没等她们下筷，闻安立刻扭头干呕，淑君连声让把鱼生给撤了下去。

因着闻安是头胎，淑君作为过来人少不得细细叮嘱闻安一些日常注意之事，明舒坐在旁边没记住好的，倒是把什么害喜、嗜睡、腰酸、脚肿听得明白。

"别说这些了，再说就把人吓坏了。"闻安看着明舒神情不对，一拍她的膝，笑道。

二人这才换了话题，但也晚了。

明舒吓到了。

转眼又过了两个月，汴京春深，正是踏青的好时节。

陆徜难得休沐，与明舒带着苏尘和林簪去繁台赏春放纸鸢。众人兴致都很高，苏尘帮着林簪放纸鸢，陆徜帮着明舒，玩得皆很起劲，尤其明舒，铆足了劲头要与林簪的纸鸢争个高低，像个孩子似的，没有半点大人模样，在空旷的草地上又是跑又是跳。

“我阿兄的纸鸢最厉害！”

“我阿兄的才厉害！”

做家人久了，林簪早也敞开心怀，又受明舒影响，愈发开朗，她手里那纸鸢是苏尘给做的，明舒手里那个，不消说自然出自陆徜之手。

两人关于哪位阿兄厉害的争论从纸鸢上天起就没停过。

自家的阿兄，都是最香最好的。

陆徜和苏尘很是无奈。

一个不留神，两人的纸鸢线缠在一起，落下时钩在大树上。

“小簪子，你扶我一把，我上树。”明舒第一个冲到树下，抬头看看位置，又拍拍树干，寻找适合下脚的位置。

“阿嫂，这不成！”林簪可不敢让她爬树，这要是受了伤，非把家里人给急坏。

“胆小鬼。”明舒一戳林簪的眉心，“不就是爬个树，想当年你嫂子我在江宁，府里的树哪棵没爬过？你大哥他都不敢管我！”

她一边说，一边下脚，跃跃欲试。

林簪大急，频频朝后望去。

明舒那脚已经踩到树干上，手也攀上去了，却忽然听到耳边一声沉喝。

“明舒！”陆徜赶到。

她给吓了一跳，脚底打滑，没爬多高就后仰摔下，落进陆徜怀里，人倒是没伤，脚却给扭了。陆徜给气得不行，板着脸将人抱去了医馆。

“还不是因为你把我吓了一路……”马车到医馆，明舒被抱下马车时还在同陆徜争辩，毫无悔意。

陆徜不理她，径直将人抱入医馆，大夫捋着胡子出来，才算堵住明舒的嘴。

检查完脚踝，大夫又替明舒把了脉，本打算开些祛痛散瘀的药，不想这脉把了又把，大夫迟迟不开口。

“李大夫，内人身体可有不妥之处？”见大夫满面凝重，陆徜也跟着沉下脸色。

“确有些不妥。”大夫又捋捋胡子。

“……”陆徜心一悬，恨不得撬开大夫的嘴让他说个明白。

大夫却忽然笑了：“恭喜小陆大人，夫人应是有喜了。”

“！”陆徜与明舒同时一惊。

平时千伶百俐的人，突然间话都说不利索了。

“大夫……我听人说……女子有孕之时会有害喜、嗜睡等诸多不适之状，可我……我什么感觉也没有。”明舒讷讷问道。

她不只没有害喜、嗜睡，还吃什么都香，能跑能跳还能上树。

“这些症状因人而异，有些女子身体康健，胎儿稳当，确实与常人无异。”大夫捋捋胡子笑道，又道，“我瞧夫人面色红润，精神爽利，脉象和缓有力，这一胎必稳。”

与常人无异?

明舒琢磨了一下——那敢情好，不必受苦。

待明舒敷完脚踝，陆徜又拉着大夫在一旁细细询问了许久，心中难免感慨。

即使他明知她在外面早就是独当一面的当家人，她也依旧是他捧在手里怕摔、含在口中怕化的人。在他面前还像孩子般的人，然而转眼间都要当娘了，而他也即将成为父亲。

他不免又想起自己的父亲，暗暗发誓定不会让自己的妻子孩子重蹈他父母的覆辙。

一时间心绪杂陈，陆徜回过头时见明舒没事人般坐在椅子上左顾右盼，又想起明舒适才又跑又跳还要上树，不免吓出一身冷汗来，再一想孕期十月，明舒这样的个性怕是闲不住，少不得他要多费心思。

为人夫，为人父，未来的日子，他任重而道远。